Lilian Loke

Auster und Klinge

Lilian Loke

Auster und Klinge

Roman

C.H.Beck

Die beiden Mottos stammen aus:

Shakespeare, William: The Merry Wives of Windsor. Oxford University Press. 1990, Akt. 2, Szene 1, S. 124.

Bardbury, Ray: Fahrenhcit, 451. Zürich. 2008, S. 75–76.

Umschlaggestaltung: Geviert, Grafik & Typografie, Andrea Hollerieth
Umschlagabbildung: © shutterstock
Satz: Fotosatz Amann, Memmingen
Druck und Bindung: CPI – Ebner & Spiegel, Ulm
Gedruckt auf säurefreiem, alterungsbeständigem Papier (hergestellt aus chlorfrei gebleichtem Zellstoff)
Printed in Germany
ISBN 978 3 406 70059-0
www.chbeck.de

«Why then, the world's mine oyster, which I with sword will open.» William Shakespeare, *The Merry Wives of Windsor*

«Wir sollten nicht verschont werden. Wir sollten von Zeit zu Zeit richtig aufgestört werden. Wie lange ist es her, seit du richtig verstört warst? Aus einem triftigen Grund, einem wesentlichen Grund?» Ray Bradbury, *Fahrenheit 451*

I

I

Absichten

Ein Murmeln aus Dutzenden Mündern erfüllt das Callcenter, während Georg auf seinem Merkblatt herumkritzelt, stets lächeln beim Sprechen, Verständnis zeigen, Essverbot am Platz, Georg zeichnet Herzkranzgefäße, Aorta, Muskelgewebe mit schnellem, fließendem Strich quer über die schnörkellose Computerschrift. Das menschliche Herz, ein Klopfen, Pochen, Jagen, Stechen, ein Rhythmus in Brust, Kehle, in jeder Faser, wenn wir lieben, hassen, fürchten, leiden, Sitz der Seele oder bloß Blutpumpe, ein zuckender Klumpen Fleisch – Georg dreht rasch das Blatt um, als der Abteilungsleiter durchs Büro geht wie ein Lehrer bei einer Klassenarbeit, ihm einen kurzen prüfenden Blick zuwirft.

Georg schätzt, in Törners Augen ist er wohl eine Personalnotlösung, Schublade *Alt und braucht das Geld*, dreiundvierzig, brotloser Akademieabschluss, null Erfahrung im Vertrieb, geschweige denn im Beschwerdemanagement, doch andere Bewerber waren offenbar noch untauglicher, obwohl Georg sich das schwer vorstellen kann. Er macht den Callcenterjob erst seit vier Wochen, tatsächlich hat er dringend Geld gebraucht, weil sich der Kater alle Knochen gebrochen hat beim Sturz vom Dach in den Hof, dann hieß es tausendfünfhundert Euro für die Operation oder eben keinen Kater mehr. Dabei gehört ihm das Vieh nicht mal, ist ihm vor einem halben Jahr zugelaufen und hat sich entschieden zu bleiben, was heißt, dass es jeden Tag kommt, wenn es ihm passt, um zu fressen, zu schlafen oder Georg die Hosenbeine vollzuhaaren, bevor es wieder spazieren geht. Auf den Aushang *Kater zugelaufen* hat niemand reagiert, das Tierheim wollte Georg ihm nicht antun, aber einen Namen hat er ihm nicht gegeben, er sagt *Kater*, dem Tier ist es egal. Dank des Katers hat Georg jetzt den ganzen Tag Leute am Telefon, die ihn zur Sau machen, weil ihr Handy, Laptop, Drucker nicht mehr funktionieren, Georg ist erste Anlaufstelle, bevor es gegebenenfalls zur Technik geht. Der Job war ein Fehler. Mein Gerät, brandneu, alle wollen, ich habe, macht mich glücklich, Bedürfnisse, mein Gerät, Schnäppchen, größer, flacher, schneller, andere Farbe als der Vorgänger, mein Gerät, wieso schon kaputt? Er hätte sich besser um den Putzjob in der Kolonne am Flughafen beworben, aber dort haben sie Referenzen verlangt, die er nicht hatte. Hier haben sie nichts verlangt, du kriegst eine unbezahlte Schulung und los. Er muss sich nach einer anderen Arbeit umsehen, aber wenn die vom Callcenter mitkriegen, was er den Kunden inzwischen den ganzen Tag erzählt, setzen sie ihn ohnehin vor die Tür. Telefonate werden aufgezeichnet, außer, der Kunde widerspricht, was dieser aus Faulheit oder Komplizenschaft selten tut, schließlich sind Callcenteragenten alles Affen, Qualitätskontrolle ist gut. Demnächst wird vermutlich ein Qualitätsmanager mit lautem Knall in einer Wolke Schwefelrauch erscheinen, Georg am Kragen packen und aus dem Großraumbüro schleifen, bis dahin telefoniert er.

«Servicecenter, guten Tag.»

«Ja, hallo? Endlich, Gott sei Dank! Das Display meines Handys fällt dauernd aus, das Ding ist eine Unverschämtheit!»

Ein angestrengtes Schnauben rauscht in der Leitung, in der Stimme des Anrufers liegt die übliche Mischung aus

Wut, Leid und Erleichterung, die Warteschleife überwunden zu haben, und natürlich der Hoffnung auf ein Heilsversprechen für das kaputte Gerät. Georg lehnt sich auf seinem Stuhl zurück.

«Innereien wie die Ihres Telefons werden sechs Tage die Woche in Zwölf- bis Fünfzehn-Stunden-Schichten zusammengeschraubt, bei einem Monatslohn von vierzig bis zweihundertfünfzig Euro, aber das können Sie sich ja denken beim Preis für Ihr Gerät. Außerdem möchte der Hersteller, dass Sie bald ein neues kaufen, spätestens nach Garantieablauf.»

Kurz herrscht Stille am anderen Ende, dann überdreht die Stimme des Anrufers so stark, dass es in der Leitung scheppert: «Wollen Sie mich verarschen? Ich habe über vierhundert Euro dafür bezahlt!»

«Wussten Sie, dass sich die Leute in der chinesischen Elektronikindustrie reihenweise umbringen? Sie klettern aufs Fabrikdach und springen in den Tod.»

«Sagen Sie, sind Sie geistesgestört? Nennen Sie das Kundenservice? Ich will Ihren Vorgesetzten sprechen, ich –»

«Tut mir leid, das geht nicht, bleiben Sie dran, ich verbinde Sie mit dem Techniksupport.»

Georg dachte, seine Zeit beim Krisentelefon würde ihm helfen hier im Callcenter, rein nervlich, aber das ist zu optimistisch gewesen. Die Telefonseelsorge macht er bald zehn Jahre, zwei Mal im Monat, Krankheit, Scheidung, Todesfall, Geld-, Alkohol-, Drogenprobleme, Selbstmordgedanken, Georg hört zu, erzählt auch von sich, wenn der Anrufer fragt, verbindet auf Wunsch mit einem Psychologen, aber die meisten wollen das nicht, wollen mit einem *normalen Menschen* sprechen, was immer das ist.

Georg solle sich eine Beschäftigung suchen, bei dem er sein Sprechen trainiere, etwas, das ihm gefalle, riet der Sprachtherapeut, als das Stottern plötzlich wieder ausbrach, nachdem Georg es jahrelang im Griff gehabt hatte. Das Krisentelefon ist eine von Georgs Sprachtherapien, er stottert seit seinem sechsten Lebensjahr, aber er hat gelernt, es zu kontrollieren, Atmung, Zwerchfell, Tempo, Rhythmus. Wörter, über die er stolpert, schiebt er nach hinten im Satz, umgeht sie notfalls. *Au-Au-Auto.* Er sagt *Wagen.* Die meisten merken nichts. Das Schlimmste ist, wenn Leute denken, dein Verstand wäre so verkrüppelt wie dein Sprechen. In Georgs Kindheit war das Stottern ein Monster, das ihm die Zunge aus dem Hals reißen wollte, heute ist es bloß noch ein kurzer Spuk, ab und zu. Beim Krisentelefon, abgeschirmt von drei Pappstellwänden mit Notfallnummern, stottert er nie. Manchmal fühlt er sich wie ein Priester im Beichtstuhl, nur Absolution erteilt er nicht, aber er glaubt, wenn du gibst, wird dir gegeben. Viele schweigen lange, bevor sie sprechen, manche legen einfach wieder auf, manche weinen bereits, wenn sie anrufen. Er hat gelernt, die Gespräche nach der Schicht hinter sich zu lassen, auch wenn er sich fragt, wie viele von denen, die mit ihm über Selbstmord gesprochen haben, jetzt noch am Leben sind. Ob er geholfen oder Fehler gemacht hat. «Ich sterbe auch nicht mit jedem Patienten», sagte eine der anderen Ehrenamtlichen, eine Krankenschwester. «Du sprichst mit ihnen, Georg, du hörst sie, das ist viel.»

Aber die Art Abhärtung hilft ihm hier nicht weiter.

«Servicecenter, guten Tag.»

«Ich habe ein Problem mit meinem Laptop, der Lüfter macht komische Geräusche, ich habe aber noch Garantie.»

«Wussten Sie, dass –»

Um zwölf macht Georg Pause in der Kaffeeküche, Barbara sitzt am Tisch wie ein Häuflein Elend, vor ihr eine Tupperdose voll Nudelsalat, dick Mayonnaise, Wurst, Erbsen, bei dessen Anblick Georg jedes Mal übel wird, ein paar nennen Barbara hinter ihrem Rücken Tonne, Presssack, Jabba the Hutt und ähnlich Charmantes, aber Barbara ist eine der wenigen gewesen, die überhaupt Hallo gesagt haben, als Georg hier angefangen hat. Er sieht Angst in ihren Augen, Herr Törner steht am Küchentresen, redet mit falscher Freundlichkeit auf sie ein. Ob Barbara nicht mal Gas geben wolle. Die Kollegen hätten so viel mehr Biss, das sei ja auch eine Frage von Stolz, niemand sei gerne Bodensatz.

Barbara ist in der Vertriebsabteilung für einen Druckerpatronenhändler, ihre Zahlen sind nicht überragend, aber darum geht es Törner nicht, Törner, ein untersetzter, halbglatziger Kerl, frisst Barbaras Angst wie Brot, er genießt es, auf seinen Leuten rumzuhacken, einfach, weil er es kann. Georg beobachtet die beiden einen Moment schweigend, er hat Leute so satt, die ihr Maul aufmachen, bloß um Schmerz zu erzeugen. Es heißt, kleine Sünden bestrafe Gott sofort, aber Georg glaubt nur an Chaos, Zufall. Die Einzigen, die bei Sünden zusehen, falls überhaupt einer zusieht, sind Komplizen oder Gaffer, unbeteiligte Dritte. Georg bemerkt Törner hinter sich, erkennt den Schimmer seines hellen Hemds im Metall des Kaffeeautomaten, als Georg eine Tasse unter den Auslass stellt, die Maschine beginnt zu brummen, lässt in einem dünnen Strahl Kaffee in die Tasse rinnen. Wenn jemand einem anderen etwas antut, weil der ihm zuvor etwas angetan hat, heißt das *Rache*. Georg betrachtet die wirbelnden Schaumbläschen in der dunklen

Flüssigkeit. Wenn ein unbeteiligter Dritter dem, der einem anderen etwas angetan hat, etwas antut, heißt das *Strafe*. Eine Frage, die sich Georg und Evelyn als Teenager gestellt haben: Wenn du Superkräfte hättest, würdest du den Helden spielen oder sie nur zu deinem Vorteil nutzen? Was ist mit normalen Begabungen? Was stellst du damit an? Georg fragt sich, ob auf alles zu scheißen, auch eine Begabung ist.

Er sieht Herrn Törner auf sich zukommen, verbrühen will er ihn nicht, aber vor allem sich selbst nicht, er schüttet Milch in den Kaffee, nimmt die Tasse, wendet sich Törner mit einer raschen Drehung zu, als der direkt hinter ihm stehen bleibt. Törner entfährt ein Schrei, die Tasse kippt klimpernd vom Unterteller, Törner weicht zurück, aber über sein Hemd, Jackett, seine Hose und Schuhe ergießt sich ein brauner Schwall, bevor die Tasse zu Boden fällt, in zwei saubere Teile zerspringt – «Sie Vollidiot! Sehen Sie sich an, was Sie angerichtet haben!»

Georg entschuldigt sich, reicht Törner Küchenpapier, er werde die Reinigung bezahlen, er werde – Törner entreißt ihm die Rolle, versucht, sein Hemd zu trocknen, der Kaffeefleck prangt dunkel auf seiner Brust, das Jackett zieren braune Spritzer, auch Georgs Hemd ist besudelt, aber das war es wert. Törner läuft aus der Küche, verschwindet in der Personaltoilette.

«Oh Gott, Georg, ausgerechnet dem Törner aufs Hemd –», Barbara starrt ihn mit einer Mischung aus Bestürzung und Schadenfreude an. Georg liest die Scherben vom Boden auf.

«Ja, ich bin manchmal sehr ungeschickt.»

Barbaras Augen werden groß, als Georg zu lächeln beginnt.

«War das etwa mit Ab-?»

«Schh …» Georg legt einen Finger auf die Lippen, zwinkert ihr zu, Barbara presst die Hand auf den Mund, unterdrückt ein Lachen.

2
Bald

Als der Wärter ihn durch die Gitterschleusen in den Hof führt, spürt Victor seinen Herzschlag bis zum Hals, er hat sich verzehrt nach diesem Tag, genießt das Klacken des Schlosses, das lautlose Schwingen der letzten Tür, den Blick auf ein schlichtes Stück Straße, das ihm schön vorkommt, weil es Freiheit verheißt, trotzdem erfasst ihn beim Anblick Angst. «Herr Ellischer», der Wärter reicht ihm die Hand, Victor fühlt, wie trocken und warm sie ist, wie feucht und kalt seine eigene. «Viel Glück. Und drehen Sie sich nicht um, wenn Sie gehen. Wer zurückschaut, kommt zurück.»

Victor schultert seine Tasche, eine kalte Brise schlägt ihm entgegen, als er auf die Straße tritt, den Blick geradeaus. Nie wieder die Zelle, der Gestank auf den Gängen, nie wieder das schmale Rechteck Himmel, zerschnitten von Gittern, nie wieder in der Gefängnisküche literweise Eintopf kochen, Kartoffeln schälen, Zwiebeln hacken, nie wieder gefilzt werden bis auf die Haut, weil einer der Sparschäler abhandengekommen und zu spät im Spalt zwischen Herd und Spüle gefunden worden ist. Victor legt den Kopf in den Nacken. So viel Himmel. Er kann gehen, wohin er will, aber weiß nicht, wohin, der Himmel kommt ihm gleißend vor, ein Blau, so leuchtend, dass es in den Augen schmerzt. Am Ende der Straße entdeckt er eine Bushaltestelle, setzt sich für einen Moment, spürt seinen Herzschlag rasch und heftig in jeder Faser seines Körpers, er weiß nicht, ob das noch Angst ist oder schon Glück. Drei Busse lässt er vorüberziehen, bis er endlich einsteigt. «Wohin?», fragt der Fahrer,

Victor befühlt das dünne Bündel Scheine in seiner Hosentasche, das bisschen, was er im Gefängnis verdient hat. Er wird seiner Tochter ein Geschenk kaufen.

Im Spielwarenladen steht er etwas verloren vor den Regalen, zu viel Licht, zu viele Leute, Kinderstimmen, Quengeln, Betteln, Lachen, betrachtet die Stofftiere, zu viel Auswahl, Bären in allen Größen, Hunde, Katzen, berührt das weiche Fell – «Kann ich Ihnen helfen?» Victor zuckt zusammen, als eine Verkäuferin neben ihn tritt, ihn mustert, als wüsste sie alles, *du bist ein Lügner und Dieb*. Seine Wangen werden heiß, aber er hält dem Blick stand, lächelt sie an, bis sie sein Lächeln erwidert. Er wird nicht rot, seine Stimme bleibt ruhig, er war immer ein guter Blender, das ist wie Fahrradfahren, das verlernt man nie.

Kim hatte den Fuchs in den Geschichten geliebt, die er ihr abends vorgelesen hatte. Der Fuchs und der Rabe mit dem Käse. Wie schön du singen kannst, Rabe, bitte sing mir was. Der eitle Rabe öffnet den Schnabel, krächzt sein Lied oben auf dem Baum, da fällt ihm der Käse aus dem Schnabel, und der Fuchs schnappt ihn sich.

«Ich suche einen Stofffuchs. Haben Sie so was?»

Als er Richtung U-Bahn läuft, entdeckt er einen Blumenladen. «Was hast du verbrochen?», hat Sina jedes Mal scherzhaft gefragt, wenn er ihr Blumen geschenkt hat. Diesmal werden Blumen wenig bringen. Aber irgendwo muss er anfangen.

Victor spürt, wie ihm die Kehle eng wird, als Sina die Tür öffnet, sie trägt einen etwas verschlissenen grauen Pullover, das honigblonde Haar offen, ihr Gesicht grimmig und schön zugleich, als sie sich eine lose Strähne hinters Ohr streicht. Victor nimmt ihren vertrauten Duft wahr, rosig und einen Hauch herb. Er hat sie die ganze Zeit über nicht gesehen, nur einmal während der Untersuchungshaft hat sie ihn besucht.

«Sag mir, dass nichts davon wahr ist, was sie behaupten.»

Als er ihr sagen musste, dass alles stimme, kam sie nicht mehr. Er schrieb ihr, anfangs antwortete sie noch auf jeden Brief, dann wurden die Briefe und Telefonate immer seltener.

«Erwartest du, dass ich auf dich warte?»

«Nein … aber ich hoffe.»

Irgendwann brach sie den Kontakt ganz ab. «Wir sprechen, wenn es vorbei ist», sagte sie zuletzt. «Es fühlt sich an, als wäre ich eingesperrt mit dir, aber es ist deine Haft.» Er schrieb ihr seinen Entlassungstermin, er komme früher raus wegen guter Führung, aber auch darauf antwortete sie nicht.

«Victor», sagt sie jetzt nur, ihre Stimme ist ruhig und fest, aber ihr Gesicht ist blass. Er will sie in die Arme schließen, doch wagt es nicht. «Ich habe dich vermisst», sagt er, «ich habe euch schrecklich vermisst.» Als sie nicht antwortet, fügt er hinzu: «Tut mir leid, ich hätte anrufen sollen», dann streckt er ihr etwas ungeschickt den Blumenstrauß entgegen. «Hier, für dich.»

Sina hebt die Brauen, als ihr Blick auf den Strauß fällt, ein kleines Ungetüm, Victor hat dem Händler einen kompletten Bund Alstroemeria abgekauft, endlich lächelt sie, wenn auch dünn und mit einem Anflug von Zynismus. «Hast du jetzt auch noch einen Blumenladen ausgeraubt?»

«Ich würde eher sagen, es war umgekehrt.»

Sie muss lachen, dann schließt sie die Augen, atmet tief durch; als sie wieder aufsieht, liegt Traurigkeit in ihrem Blick, aber sie nimmt den Strauß.

«Mama? Wer ist da?»

Victor spürt, wie ihm die Tränen kommen, als Kim sich neben Sina in den Türrahmen drückt, um auf den Hausflur zu spähen. Wie sehr sie gewachsen ist, bald wird sie fünf, ihren vierten Geburtstag hat er verpasst. Mit großen Augen sieht sie zu ihm auf, kurz fürchtet er, sie erkenne ihn nicht, doch dann ruft sie: «Papa!», er beugt sich zu ihr hinunter, sie fällt ihm um den Hals. «Papa, du bist zurück!» Es ist das Schönste, was er seit dreizehn Monaten gehört hat.

«Komm.» Sina lässt ihn in die Wohnung. Hier hat sich kaum etwas verändert, die Flurwände immer noch tapeziert mit Kims Bildern aus dem Kindergarten, im Wohnzimmer die kleine Couchgarnitur, der dicke Vorlegeteppich, der Esstisch aus hellem Holz. Sina und er haben alles gemeinsam eingerichtet, nur Plattenbau, aber 21. Stock, Blick über die ganze Stadt.

«Ich habe dir auch was mitgebracht, Kimmi.» Victor holt das in Geschenkpapier eingeschlagene Stofftier aus seiner Reisetasche. Als Kim den Fuchs auspackt, lacht sie freudig auf, drückt ihn an sich. «Der ist toll! Ist der aus Madagaskar?»

Sina blickt Victor fast ängstlich an, als Kim das fragt. Er nickt zögerlich. «Ja, Schatz.»

«Aber in Madagaskar gibt es doch gar keine Füchse.»

«Richtig … deshalb ist ein Stofffuchs dort was ganz Besonderes.»

Kim scheint zufrieden mit seiner Antwort, streicht dem Stofftier über den Kopf, Victor nimmt sie auf den Schoß, küsst sie aufs Haar. Madagaskar. Ihre absurde Notlüge. Papa arbeitet eine Weile im Ausland, dann kommt er wieder nach Hause. Auf dem Couchtisch lag die DVD des Kinderfilms, den Kim so gern hatte, *Madagascar*, «Papa arbeitet dort in einem schönen Hotel», war das Erste, was Sina eingefallen war, sie hatte es sofort bereut, aber nicht über sich gebracht, Kim die Wahrheit zu sagen.

«Kim, zeig dem Fuchs mal dein Zimmer, Papa und ich müssen kurz alleine sprechen.» Unwillig rutscht Kim von Victors Schoß und läuft hinaus, Sinas graue Augen mustern Victor einen Moment lang erschöpft. «Du hast abgenommen», sagt sie, «sieh dir an, wie dein Hemd sitzt.» Mit den Fingerspitzen fährt sie ihm über den Kragen, aber als er ihre Hand nehmen will, zieht sie sie zurück. Wo er heute Nacht bleibe. Victor betrachtet seine abgewetzte Reisetasche. Er habe gedacht, vielleicht hier, aber vermutlich keine gute Idee. Sina atmet aus, schüttelt den Kopf, sie brauche noch Zeit, sie hoffe, er verstehe das. Victor nickt, steht von der Couch auf. Je länger er bleibt, desto schwerer wird es werden, wieder zu gehen.

Kim bricht in Tränen aus, als er sich verabschiedet. «Wieso gehst du wieder?» Victor blickt zu Sina, die versucht, Kim in den Arm zu nehmen, aber Kim schluchzt auf, klammert sich an Victor wie eine Ertrinkende. Papa komme morgen wieder, er müsse noch ein paar Dinge erledigen, er komme morgen Abend, um sieben, sagt Sina schließlich, er lächelt ihr zu, auch wenn sie sein Lächeln nicht erwidert. Er darf wiederkommen. Er nimmt Kim in den Arm, hält sie, bis sie sich beruhigt hat, dann begleitet Sina ihn hinaus.

«Danke», sagt er. Sina nickt, schließt wortlos die Tür. Kurz verharrt er noch auf der Schwelle, dann verlässt er das

Haus. Ein paar Jungs aus der Siedlung spielen Fußball bei den Garagen, sehen neugierig zu ihm herüber, einer lässt eine Kaugummiblase mit lautem *Plock* zerplatzen, grinst Victor an. Alles wie immer hier, als wäre er nie fort gewesen, doch es kommt ihm vor wie eine Pappkulisse. Er lässt die Wohnblöcke hinter sich wie damals vor dreizehn Monaten, als er zu seinem letzten Einbruch losgezogen war.

«Du siehst gut aus», hatte Sina gesagt, ihm über die Schultern seines neuen Kellnerjacketts gestrichen. «Lass dich nicht von zu vielen reichen, alten Damen angraben, klar?»

Sie hatte ihm einen Kuss zum Abschied gegeben, Victor hatte sie umarmt und an sich gezogen, den Kuss verlängert. Sein schlechtes Gewissen fraß ihn jedes Mal auf, wenn er behauptete, er fahre nach Bad Homburg ins Kurhotel zur neuen Stelle, die er seit ein paar Monaten hatte, gut bezahlt, hatte er ihr gesagt; was Sina nicht wusste, die Stelle war wieder nur ein Aushilfsjob, ein paar Stunden im Monat. Aber er würde mit dem Einbrechen aufhören. Bald. Er hatte es schon reduziert, seit Kim auf der Welt war, hätte nie gedacht, dass er das so gut könnte, so ein Baby. Anfangs überwachte Sinas Mutter mit Argusaugen, wie er sich anstellte, Windeln wechseln, Fläschchen machen, Kim die richtige Kleidung anziehen, bis sie endlich einsah, dass dem Baby in Victors Obhut weder der Hunger- noch der Kältetod drohte. Sina war stellvertretende Restaurantleiterin, er nur Stationskellner gewesen, als sie mit Kim schwanger wurde, ungeplant. «Ich pass aufs Kind auf», hatte er gleich gesagt, irgendwie wollte er das unbedingt, scheiß auf den Kellnerjob, Sina verdiente auch viel mehr als er. Und ein Vater mit Kinderwagen, ordentlich in Hemd und Sakko, der mit dem hübschesten Baby der Welt – was Kim zweifellos war –

durch teure Wohngegenden spazierte, sah harmlos aus, kein Mensch verdächtigte ihn, wenn er dabei Häuser ausbaldowerte. War natürlich nicht in Ordnung, Kim auf Ausspähtour mitzunehmen, inzwischen machte er das nicht mehr so oft, Kim wurde bald vier. Außerdem hatten Sina und er endlich mit großem Tamtam vor einem Dreivierteljahr geheiratet, dreitägiger Ausnahmezustand mit Familie und Freunden in Südfrankreich in einem Strandhotel, querfinanziert durch ein paar extra Touren mit Fred. Vor Sina hatte Victor die Kosten natürlich heruntergespielt, Freundschaftsrabatt im Hotel als ehemaliger Mitarbeiter, außerdem hat man ja nur einmal im Leben vor zu heiraten, zumindest Victor, also wenn schon, denn schon. Perlhuhn, Lamm, Brasse, Ratatouille, Bouillabaisse, Mirabellentarte, Crème brûlée und eine ungeheure Menge Wein und Pastis, anschließend Flitterwochen, mit dem Wagen rüber nach Italien, sie hatten sich quasi die Halbinsel hinuntergegessen, von Parmesan und Schinken in der Emilia-Romagna bis zu Rumkuchen in Neapel. Mit dem Antrag hatte er sich auch richtig Mühe gegeben, Sascha hatte es zwar kitschig gefunden, aber Fred hatte breit gegrinst und beide Daumen gehoben, Verlobungsring vom Juwelier, weißgold, mit einem richtig schönen Stein –

«Bist du verrückt geworden?», hatte Sina ausgerufen, noch bevor er überhaupt seine Frage stellen konnte, ganz oben auf dem Hoteldach. Dort hatten sie sich vor fünf Jahren zum ersten Mal geküsst, damals hatte er das Schloss geknackt, diesmal hatte er einen Hoteltechniker überredet, ihm die Luke aufzusperren, Schampus und was zu essen hochzuschaffen.

«Wo hast du das Geld für so einen Ring her?»

«Na ja, gespart … Also … willst du? Du weißt schon … mich heiraten?» Er hatte das Gefühl, sein Herzschlag setze aus, als sie ihn einen schier endlosen Moment lang nur prüfend ansah. Den Ring wollte sie eigentlich nicht, aber sie wollte Victor, sagte Ja, das war die Hauptsache.

Er hatte die Touren wirklich reduziert, doch nach zwei, drei Monaten wurde das Kribbeln unerträglich, durchzog seinen ganzen Körper, wenn zu lang nichts gestiegen war. Dann ertappte er sich, wie er bei jedem Haus Fenster und Türen begutachtete, jeder gepflegte Vorgarten, teure Wagen in der Einfahrt, jede Alarmanlage war wie eine lockende Neonreklame, die ihn zu sich rief. Aber er würde aufhören. Endlich mit Sascha das Restaurant eröffnen. Anständiges Geld. Für Sina, für Kim. Bald.

Die Luft war eisig an jenem Abend, kleine Atemwolken bildeten sich vor Victors Mund, als er über den Parkplatz zum Auto lief, selbst in der Wagenkabine war es so kalt, dass sein Atem sich in der Luft kräuselte. Er drehte das Radio auf, fuhr Richtung Norden zu seiner Garage, dort stand ein Zweitwagen für die Touren, lagerte auch die übrige Ausrüstung, Tarnkleidung, Brillen mit Fensterglas, verschiedene Kopfbedeckungen, Blaumann, Paketboten-Outfit, Warnweste, Klemmbrett, Aktentasche, ein Stapel *Wachtturm*-Zeitschriften, Klatsch-, Auto-, Reisemagazine, Picks, Drähte, Bohrer, Ziehglocke, Störsender, aber meistens genügte ein Schraubenzieher. Victor trennte strikt seine zwei Leben, hatte das immer getan, egal, in welcher Stadt, welchem Land, aber seit Sina und Kim trennte er alles noch gewissenhafter. Die Garage lag auf einem trostlosen Gelände am Rande eines Gewerbegebiets nahe der Autobahn, der Vermieter, ein Frührentner, verbrachte die meiste Zeit des

Jahres als Dauercamper in Spanien. Victor zahlte immer für ein Jahr im Voraus, der Mann hatte nicht mal seinen Ausweis sehen wollen, als Victor ihm das Geld hinlegte. «Können wir das unbürokratisch regeln?» Für den Vermieter war Victor Herr Christian Müller, dessen Frau nicht mitkriegen sollte, dass er einen Hobbyraum hatte, was dem Vermieter ein paar steuerfreie Extraeinnahmen bescherte.

Der Geruch von Abgas schlug Victor entgegen, er machte Licht, schloss das Tor hinter sich, wechselte seine Lederschuhe gegen ein neu gekauftes Paar aus Kunststoff, das er später wieder entsorgen würde. Schuhe, mit denen er einstieg, behielt er nie lange, wenn die Witterung feucht war wie heute und man in jedem Fall Fußspuren hinterließ. Sein Kellnerjackett tauschte er gegen einen Kapuzenpullover, die Winterjacke gegen einen schwarzen Kurzmantel mit hohem Kragen. Dann stieg er in den Wagen, brach zu dem Haus auf, das er in den letzten Wochen ausgeforscht hatte, frei stehend am Ortsrand, Achtzigerjahre-Bau, großer Garten, der Bewohner ein Mann um die siebzig. Jeden Morgen Punkt halb acht brach er zum nahe gelegenen Industriepark auf, silbergraues C-Klasse Coupé, neuestes Modell, kam erst gegen 19 oder 20 Uhr zurück. Der Mann lebte allein, zweimal hatte Victor geklingelt, einmal als Abo-Vertreter, einmal als Stromtechniker, niemand hatte aufgemacht, nachdem der Mann zur Arbeit aufgebrochen war, also keine Frau, nie gehabt, weggelaufen oder schon tot. Victor hatte sich die Sicherung des Hauses angesehen, keine Alarmanlage, keine Kameras, kein Hund, alte Fenster, große Terrassenfront, gut abgeschirmt durch Büsche. Eine schnelle, glatte Nummer.

Er parkte eine Straße weiter, eine hohe Mauer grenzte den hinteren Garten von der Straße ab, Victor entschied sich für die dreiste, aber unauffälligere Variante, falls ihn doch jemand sehen sollte, lief zur Vorderseite, einfach durchs Gartentor die Auffahrt hinauf. Als das Licht des Bewegungsmelders ansprang, wartete er im Schatten der Garagenwand, doch im Haus blieb es dunkel. Im Schutz der Büsche streifte er die Kapuze ab, zog Sturmmaske, Stirnlampe und Handschuhe über, dann lief er zur Terrasse, setzte den Schraubenzieher am Rahmen der Glastür an, hebelte sie mit ein paar gezielten Griffen auf. Eine angenehme Wärme strömte ihm entgegen, als er den Wohnraum betrat, der Lichtkegel seiner Lampe glitt über eine Schrankwand, eine lederne Couchgarnitur, einen neuen Plasmafernseher, aber der interessierte Victor nicht, heute arbeitete er ohne Fred, hieß, rein und raus, so schnell es ging. Er durchsuchte die Schubladen, fand bloß einen Koffer mit Silberbesteck, ließ ihn stehen, würde ihn nur mitnehmen, wenn er nichts Besseres fand. Das Haus sah nach Safe aus. Keinem guten, aber einem Platz, an dem alles gehortet wurde. Als er die Tür neben dem Wohnzimmer öffnete, empfing ihn ein großer Schreibtisch, eine Wand mit Regalen bis zur Decke. Rasch öffnete er alle Unterschränke, im letzten wurde er fündig, ein Safe mit elektronischem Zahlencode und Profilzylinder für einen simplen Kerbenschlüssel, kaum besser als die Dinger in Hotelzimmern. Victor brauchte nur ein paar Sekunden, um das Schloss zu öffnen, die Bolzen schnappten leise zurück, als er den Drehmechanismus betätigte. Im Safe lagen ein paar Bündel Fünfziger und Hunderter, Reisepass, Bankpapiere, Uhren, ein schweres goldenes Herrenarmband, Damenschmuck, dem Aussehen nach ein paar Jahrzehnte alt, Silber, Gold, Platin. Victor nahm bloß das Bargeld und wertvolle Edelmetall, vier der fünf Uhren, warf alles in den Rucksack, dann ging er in den ersten Stock, suchte das Schlafzimmer. Er fand es am Ende des Flurs, ein großer Raum mit bodentiefen Fenstern, doch als der Schein seiner Lampe das Bett traf, blieb Victor ruckartig stehen. Die Bettdecke war aufgeworfen, das Kissen zerdrückt, auf dem Nachttisch ein halb volles Wasserglas, zerknüllte Papiertaschentücher, ein Blisterstreifen Tabletten. Kurz verharrte Victor misstrauisch im Türrahmen, der Alte hatte keine Frau oder keine mehr, vermutlich litt deshalb der Haushalt, kein Grund, nervös zu werden, trotzdem wurden Victors Finger in den Handschuhen feucht. Eigentlich hatte er genug aus dem Safe für eine Tour, ein paar Tausend in bar plus Schmuck. Aber im Schlafzimmer horteten die Leute das meiste, das konnte er nicht auslassen. Nur ein kurzer Blick.

Im Nachttisch fand er eine Submariner, Edelstahl, aber immerhin, Manschettenknöpfe, Gold, steckte sie ein, dann öffnete er die Seitentür des Wandschranks, kontrollierte Boden und Fächer. Als er zur Doppeltür ging, glaubte er, ein Geräusch zu hören, ein seltsam gedämpftes Schaben, das ihn mitten in der Bewegung erstarren ließ. Er hielt den Atem an, lauschte angestrengt, aber hörte nichts als das wilde Rauschen seines eigenen Bluts. Vorsichtig ging er zum Fenster, warf einen Kontrollblick hinaus, unter ihm lag der dunkle Garten, einen Augenblick meinte er, jemand stehe an der Mauer, aber es war nur ein Busch, mach dir nicht ins Hemd, du brauchst zu lang, konzentrier dich. Er wandte sich wieder der Schrankfront zu, öffnete die Doppeltür, der Lichtkegel der Lampe glitt über ein Arsenal Anzüge und Hemden, penibel nach Farben sortiert. Doch ganz ordentlich, der Kerl, schoss es Victor durch den Kopf, als plötzlich ein Ruck durch den Stoff ging, Victor wandte sich nach rechts, der Lichtstrahl traf ein fahles, zerfurchtes Gesicht, wässrige Augen, Victor entfuhr ein Schrei, der ihm halb in der Kehle stecken blieb, einen Moment lang glaubte er, der Mann wäre tot, dann stürzte der Alte sich auf ihn. Für den Bruchteil einer Sekunde erkannte Victor einen glänzenden Holzkleiderbügel im Schein seiner Leuchte, dann flammte ein greller Schmerz an der Schläfe auf, als der Mann ihn mit voller Wucht am Kopf erwischte, rücklings gegen den Nachttisch stieß, sodass Victor fast das Gleichgewicht verlor, das Wasserglas stürzte herab, zerschellte mit lautem Schlag auf dem Boden. Ein zweiter Hieb traf Victor im Gesicht, er spürte, wie ihm der Metallhaken durch die Sturmhaube die Wange aufriss, aber diesmal griff er nach dem Bügel, schlug ihn dem Mann aus der Hand, dass er mit lautem Klackern gegen den Schrank flog, doch der Alte war erschreckend schnell, packte Victor mit beiden Händen am Hals, drückte zu mit aller Kraft. Victor rang nach Luft, griff hinter sich, fühlte den kalten Glasschirm der Nachttischlampe, das Gewicht des Metallfußes, der Alte versetzte ihm einen Fausthieb, Victor schmeckte Blut, als ihm die Lippe aufplatzte, wich dem nächsten Schlag aus, riss die Lampe vom Nachttisch, traf den Mann in die Rippen, in den Bauch, schließlich gegen den Kopf, Blut strömte dem Mann in kleinen Bächen übers Gesicht, aber seine aufgerissenen Augen starrten Victor unverwandt an, die Hände wie Klauen um Victors Hals. Victor holte aus, schlug wieder zu in einem roten Nebel aus Angst und Wut, ein Knacken ertönte, als breche ein Ast, die Augen des Mannes weiteten sich, er ließ los, sackte zusammen, blieb reglos auf dem Boden liegen.

Einen Augenblick stand Victor nur da, hörte seinen eigenen jagenden Atem, betrachtete das Blut, das sich um den Kopf des Mannes ausbreitete, spürte Genugtuung, es ekelte ihn vor dem Gefühl, aber es war da, bevor Entsetzen aufkeimte. Du hast ihn umgebracht. Vielleicht hast du ihn umgebracht. Victor ließ die Lampe fallen, trat einen Schritt zurück. Noch einen. Sein Blick streifte den Wandschrank, wo der Mann sich versteckt hatte. Fiel auf das Handy am Boden des Schranks. Kurz war Victor wie gelähmt, als er begriff. Dann brach er in Panik aus, er machte kehrt, stolperte über den Teppich im Flur, schlug der Länge nach hin, stieß hart mit dem Kopf gegen die Wand, achtete nicht auf den Schmerz, raffte sich benommen auf, eilte die Treppe hinunter. Als er aus dem Haus stürzte, die Einfahrt hinunter, hörte er einen bellenden Schrei, sah die Polizisten vor dem Tor, die gezogene Waffe, keine fünf Meter von ihm entfernt: «Hände hinter den Kopf! Hände hinter den Kopf, habe ich gesagt!»

Victor wandte sich um, zwei Polizisten waren bereits im Garten, kamen auf ihn zu, eine Streife blockierte das Einfahrtstor, Victor sah wieder zu dem Beamten mit der Waffe direkt vor ihm, zu nah, einfach zu nah. Langsam hob er die Hände.

«Einen Arzt», rief er, als die Polizisten auf ihn zustürmten, ihn grob zu Boden zwangen. «Im Haus liegt ein Mann, er braucht einen Arzt –»

3
Gefallen

«Penne all'arrabbiata für Törner!» Wenn Victor das noch einmal rufen muss, flippt er aus, wieder ein Glasbunker mit tausend Gängen, die alle gleich aussehen, die Empfangsdame hat ihn in den sechsten Stock geschickt, Firma Best-Call GmbH, Gebäude 3, Trakt A. «Penne all'arrabbiata für Törner! Das Zeug wird kalt!»

Keine Reaktion, nur der leere Gang, Dutzende Türen, aus denen leises Gemurmel dringt. Diese Büroarschlöcher. Wie Termiten in ihrem Hügel. Erst zwei Wochen fährt Victor diesen Dreck von matschigen Nudeln und fettigen Pizzen aus, den der Koch *Essen* zu nennen wagt, und hat schon keine Lust mehr. Fast wäre er schwach geworden, hätte Fred angerufen. Fred würde ihn runterbringen, er hat eine Art, entspannt wie ein Schwein in der Suhle, Vorliebe für Hawaiihemden, Cowboystiefel und Santana, *Chill, Kleiner*, selbst, als Victor schon über dreißig war, nannte Fred ihn noch *Kleiner*, aber Victor darf ihn nicht mehr sehen, Fred ist schlechter Einfluss. Wie oft hat ihm das der Bewährungshelfer runtergebetet, altes kriminelles Umfeld, Ursache Nummer eins für Rückfälle. Aber er muss Fred noch einmal sehen, um seine Schulden zu begleichen.

«Penne all'arrabbiata für Törner!» Guter Gott.

Endlich tritt jemand auf den Gang, eine massive Frau in massivem lindgrünem Pullover, sieht ihn ängstlich an. «Schreien Sie doch nicht so, wir telefonieren hier, Herr Törner ist in seinem Büro, links den Flur runter, zweite Tür rechts, aber gerade ist es nicht so günstig –»

Victor ist das egal, er steht im Halteverbot, die Nudeln werden kalt, und dann darf er sich noch den Anschiss vom Chef anhören, wenn er ins Lokal zurückkommt, wo schon der wütende Kunde angerufen hat. Victor läuft den Gang hinunter, checkt die Türen, liest *Törner* auf dem Schild eines Büros mit Glasfenster. Ein untersetzter Mann mit Halbglatze sitzt am Schreibtisch, davor steht ein rotblonder Typ Anfang vierzig, der Ausdruck auf seinem unrasierten Gesicht wirkt mehr genervt als schockiert, während der Glatzkopf ihn anschreit, was der Irrsinn solle, er habe Dutzende Gesprächsprotokolle, das sei unfassbar! Der Glatzkopf reißt die Schrankwand auf, zieht einen Aktenordner heraus, knallt ihn auf den Tisch. Victor entdeckt einen kleinen Safe zwischen den Ordnern.

«Es ist einfach.»

Fred hatte mit der Faust auf den Safe geschlagen, gleichzeitig den Drehschalter betätigt, und die Tür war aufgesprungen. «Schau.» Fred schloss die Tür wieder, hantierte mit Spanner und Haken, knackte das Schloss in kaum zehn Sekunden, lächelte Victor freundlich an. «Noch was, Kleiner: Die Kombination ist meist sechsstellig, die Werkseinstellung des Mastercodes meist sechs Mal die Null. Oft sind die Besitzer zu nachlässig, ihn zu ändern. Besonders Hotels. Du sitzt doch an der Quelle. Probier es. Nur zum Spaß.»

Der Glatzkopf wedelt wütend mit einem Blatt vor dem Angestellten herum: «Wie können Sie Leuten solche Sachen am Telefon erzählen? Sind Sie ganz bei Trost? So was habe ich in meiner zwanzigjährigen Laufbahn noch nicht erlebt!»

«Tut mir leid, dass Sie so lange darauf warten mussten»,

erwidert der andere ungerührt. Der Glatzkopf bekommt vor Wut rote Flecken auf seiner Platte, aber Victor hat keinen Nerv mehr, länger zu warten, er klopft, drückt die Tür auf.

«Penne all'arrabbiata für Törner.»

Die beiden Männer starren Victor irritiert an, bis der Glatzkopf seine Sprache wiederfindet. «Warten Sie gefälligst, Sie sehen doch, dass ich beschäftigt bin!», dann wendet er sich wieder dem Angestellten zu: «Räumen Sie sofort Ihren Platz! Sie sind fristlos entlassen!» Der andere verlässt wortlos das Büro, während der Glatzkopf tief durchatmet, seine verschwitzte Kopfhaut mit einem Taschentuch abwischt. Victor hält die Tüte mit dem Essen hoch, ärgerlich zieht Törner seine Geldbörse aus der Hosentasche, fummelt einen Schein und ein paar Münzen heraus.

«Behalten Sie den Rest.»

Satte zehn Cent.

Als Victor zurück zum Lift geht, erkennt er den Typ, der gerade gefeuert worden ist, er hat einen schäbigen grauen Regenmantel übergeworfen, der aussieht wie aus der Kleiderkammer, der Mann hält den Kopf gesenkt, wirkt jetzt doch etwas geknickt. Im Aufzug stehen sie schweigend nebeneinander, bis Victor dem anderen einen kurzen Blick zuwirft. «Scheißtag, ha?»

Der andere vergräbt die Hände in den Taschen seiner knittrigen Hose. «Schon okay, ich hab drauf gewartet.»

«Was soll das heißen: drauf gewartet?»

«Habe Anrufern erzählt, dass sich bei der Firma, die ihre Handys herstellt, die Leute wegen der Arbeitsbedingungen vom Fabrikdach stürzen.»

«Und warum zur Hölle erzählst du so was?»

«Weil es so ist», entgegnet der andere so sachlich, dass Victor lachen muss, aber der Typ verzieht keine Miene.

«Das ist so bescheuert, als würde ich bei jeder Lieferung erzählen, dass der Koch sich nach dem Pinkeln nie die Hände wäscht. Dein Ex-Chef isst das gerade, falls dich das tröstet.»

«Hab nicht nach deiner Meinung gefragt. Aber ja.»

Als sie vor die Tür treten, entdeckt Victor schon von Weitem eine Politesse, die vor seinem Wagen steht und auf ihr Gerät eintippt. Victor fängt an zu laufen, winkt der Frau zu: «Halt! Bitte! Ich fahre sofort weg!», aber die Politesse schüttelt unbeeindruckt den Kopf. «Sie parken mitten auf dem Gehsteig und behindern die Fußgänger.»

«Ich parke *halb* auf dem Gehsteig, und sehen Sie hier irgendwelche Fußgänger?»

«Hinter Ihnen steht einer.»

Victor wendet sich um, der Callcentertyp steht immer noch vor dem Bürogebäude, sieht zu ihnen herüber.

«Ey! Fühlst du dich etwa behindert?»

«Wenn du so fragst: manchmal.»

«Hältst dich für komisch, was?» Der andere zuckt nur die Schultern, Victor wendet sich wieder der Beamtin zu: «Kommen Sie, bitte, können Sie nicht ein Auge zudrücken?»

«Ich bräuchte jedes Jahr ein neues Paar Augen, wenn ich das ständig machen würde.» Die Beamtin klemmt das Knöllchen unter den Scheibenwischer, geht einfach weiter. Victor reißt den Strafzettel unter dem Wischer hervor, blickt zu dem Callcentertypen, der langsam auf ihn zukommt: «Glückwunsch, du hast deinen Scheißtag gerade auch zu meinem gemacht. Wärst du nicht gefeuert worden, wäre ich vielleicht ein paar Minuten früher runtergekommen, und die Alte hätte mich nicht gesehen.»

«Ich geb dir ein Bier aus. Ich brauch selbst eins.»

«Du gibst mir besser einen Kasten aus. Aber ich muss erst den heißen Schlitten hier zurückbringen –», Victor klopft auf das Dach des klapprigen Puntos, der mit Werbeaufklebern zugekleistert ist, eine lachende Pizza, der Arme und Beine aus dem Teig wachsen. «Wenn, musst du mitkommen.»

Der andere zuckt wieder die Schultern. «Sicher. Hab heute viel Zeit.»

Sie haben sich eine Kneipe am Bahnhof gesucht, der Callcentertyp, der sich als Georg vorgestellt hat, macht keine halben Sachen, trinkt, als käme morgen die Prohibition, aber Victor ist auch ganz gut dabei. Mittlerweile ist es kurz nach elf, er hat keine Lust, zurück in die Pension zu fahren, aber muss, sonst wird er ausgesperrt, die Vermieterin ist nicht ganz frisch im Kopf. Er hat sich ein Monatszimmer genommen, Notlösung, bis er was Richtiges findet, aber ab Mitternacht hängt die Vermieterin die Sicherheitskette an der Haustür ein. Wegen Einbrechern! Mit Mühe hatte Victor ernst genickt.

Für die Kette rückt sie keinen Schlüssel raus, da habe sie angeblich nur einen. In der ersten Woche kam er einmal erst um ein Uhr nachts nach Hause, die Vermieterin öffnete grimmig im Morgenmantel, Kippe im Mundwinkel: «Nächstes Mal kommen Sie besser gleich um sieben Uhr früh, weil sonst ist hier zu», blaffte sie, und hinter ihr in der Wohnung bekam ihr Hund einen Kläffanfall. Der schlug anfangs schon an, wenn Victor bloß durch den Garten lief, mittlerweile hat er den Hund mit BiFi bestochen, jetzt wedelt das Tier mit dem Schwanz, wenn es Victor sieht, obwohl es Dünnschiss von der Wurst bekommen hat, Gott sei Dank hat die Vermieterin nicht bemerkt, woher. Victor muss da raus. Im Hausflur fängt sie ihn jedes Mal mit einer neuen Beschwerde ab, duschen nicht nach zehn, Fernseher leiser, nicht so trampeln im Treppenhaus, und vorsorglich: keinen Damenbesuch, der letzte Monteur habe – ja, schon klar, keine Cracknutten-Partys. Hat Victor natürlich nicht gesagt, sondern das Foto von Sina und Kim gezeigt, gerade Eheprobleme, nur vorübergehend ausgezogen. Überzeugt wirkte die Vermieterin nicht, aber er hat das Zimmer im Voraus bezahlt, und einen vollen Monat Belegung wollte sie sich wohl nicht entgehen lassen. Das Viertel ist das Gegenteil von Touristenmagnet, dort steigen sonst nur notgedrungen Vertriebler zur Messezeit und Arbeiter auf Montage ab, die alle früh rausmüssen und meistens früh heimkommen.

«Ich muss allmählich los. Bin übergangsweise in einer Pension, und ab zwölf sperrt die Vermieterin die Fronttür zu und lässt mich im Garten pennen. Wenn die wüsste, dass sie sich jede Nacht mit einem Einbrecher einschließt, der gerade aus dem Knast kommt, würde die 'nen Schlag kriegen.»

Der andere nickt nur, als hätte Victor was völlig Banales gesagt, winkt den Wirt heran, um zu zahlen. Scheint auch nicht ganz sauber zu sein. Einer, dem es so egal ist, seinen Job zu verlieren, kann es wohl nicht sein.

«Hast du sonst keinen, bei dem du bleiben kannst? Familie? Freunde?»

«Nein. Suche gerade eine Wohnung, aber ist nicht so einfach mit der Mieterauskunft, könnte denen nur Lohnzettel der letzten drei Monate aus der Knastküche vorweisen.» Die Worte kommen Victor leicht über die Lippen, aber versetzen ihm trotzdem einen Stich. Er hatte schon überlegt, vorübergehend in seiner alten Garage zu schlafen, die Polizei hat nie davon erfahren, Fred hat das Schloss ausgetauscht, sich um die Miete gekümmert, jetzt schuldet Victor ihm knapp zweitausend Euro. Plus vierzig Prozent Zinsen. Aber wäre das mit der Garage aufgeflogen, hätten sie Victor richtig am Arsch gehabt, also eben vierzig Prozent für Fred. Um in die Garage zu kommen, müsste Victor allerdings erst die Schulden begleichen, außerdem will er dem Equipment, das dort noch lagert, eigentlich nicht zu nahe kommen, so kurz nach der Haft. Fred könnte ihm sicher sofort was zum Wohnen besorgen, aber Victor muss sich fernhalten.

«Hat dir das Einbrechen gefallen?»

Victor zögert mit der Antwort, versucht abzuschätzen, ob Georg sich lustig macht, aber der erwidert den Blick nur interessiert. Gefallen? Hat ihn noch nie einer gefragt. *Gefallen* ist vermutlich untertrieben. Der Rausch nach der ersten richtig großen Tour mit Fred. Als wärst du unbesiegbar. Diese unbeschwerte Dummheit, wenn du jung bist. Fred bringt zur Feier billigen Schädelspalter, du schüttelst dich, als du einen Schluck direkt aus der Flasche nimmst, aber du nimmst noch einen, Fred legt dir deinen Anteil auf den Tisch, ein paar Tausend in vielen, vielen kleinen Scheinen, du willst plötzlich unbedingt damit rumwerfen, Fünfer, Zehner, Zwanziger, Fünfziger flattern aufs Bett, Klischee, aber scheiß drauf, in deinem abgefuckten Schuhbox-Apartment, papierdünne Wände, rostiger Wasserboiler, sechster

Stock ohne Lift, du legst dich rein in die Scheine, wälzt dich, Asche, Kies, Kohle, Moos, Schotter, Cash, Bares, Piepen, Flocken, Mäuse, Kröten, Knete, Heu, Pinke-Pinke, bis Fred die Brauen hebt: «Ey, an dem Zeug kleben eine Milliarde Keime, Pisse, Kacke, Sperma, alles.»

Du hältst angewidert inne, doch dann lachst du auf: «Ist mir egal!»

Du schaust dir Uhren an, Autos, eine neue Bude mit richtiger Küche statt ranziger Nische einen Meter neben dem Bett, gehst mit Fred Anzüge kaufen, kein Synthetikmüll, Mohair, Alter. «Du siehst aus wie ein Prinz», Fred grinste ihn an, stand da in knallrotem Hemd, Nadelstreifen-Zweireiher, den notorischen Cowboystiefeln. «Und du siehst aus wie ein Zuhälter, Fred.» Der Verkäufer musterte sie mit professioneller Höflichkeit, bevor er ihnen noch ein Dutzend Hemden, Manschettenknöpfe, Krawatten, Gürtel präsentierte, Fred zog Victor den Kragen zurecht, als sie vollbepackt den Laden verließen, klopfte ihm auf die Schulter: «Heute ein König. Morgen wieder das übliche arme Schwein.»

«Ich war gut», entgegnet Victor schließlich. «Wenn man was gut kann, gefällt es einem meistens auch. Aber ich bin fertig damit. Fünfzehn Jahre bin ich damit durchgekommen, bis sie mich erwischt haben, dann haben sie mich übel erwischt. Mit zwanzig habe ich angefangen, erst nur Schmiere gestanden, zweite Lehrzeit. Hab auch was Anständiges gelernt, Hotelfachmann. Aber das Einsteigen war einfach scheiß aufregend, Schwachstellen finden, schlecht gesicherte Fenster, Türen, billige Schlösser und Alarmanlagen, davon wurde ich angezogen wie Motten vom Licht. Nebenbei habe ich in Hotels gearbeitet, ein bisschen ehrliches Geld, kam viel rum, zehn Jahre, verschiedene Städte, einmal ein Kreuzfahrtschiff, Skigebiete im Winter, Kur- und Badeorte im Sommer, jede Menge Urlaubshäuser ausgeräumt, oft im Ausland, nie zu lang an einem Ort. Dann habe ich meine Frau kennengelernt, bin fünf Jahre hiergeblieben, aber konnte einfach nicht aufhören.»

«Wie haben sie dich erwischt?»

Victor überlegt, ob er die Wahrheit sagen soll. Bei einem Fremden ist das einfacher, keine Erwartungen, keine Enttäuschung. Außerdem hat er sich vorgenommen, von jetzt an ehrlich zu sein.

«Einbrecher sind Feiglinge, keine Räuber, sondern Diebe», sagt er schließlich. «Ich habe immer genau darauf geachtet, dass keiner zu Hause war, wenn ich irgendwo eingestiegen bin, habe mich wochenlang vorbereitet, aber hier wurde ich nachlässig. Bei meinem letzten Einbruch war der Besitzer im Haus, griff mich an, versuchte, mich festzuhalten. Ich schlug mit dem Erstbesten zu, was ich in die Finger bekam, einer Lampe aus Messing. Ich hätte ihn beinahe umgebracht, aber ich wollte nur, dass der Mann loslässt, wollte bloß weg.»

Victor fährt sich mit der Hand übers Gesicht.

«Als ich aus dem Haus rannte, lief ich der Polizei direkt in die Arme. Ich saß drei Monate in Untersuchungshaft. Sie durchsuchten unsere Wohnung, selbst das Kinderzimmer meiner Tochter, prüften, ob meine Frau etwas gewusst hat. Sie wusste von nichts, fünf volle Jahre lang. Ich habe zwei Jahre bekommen, räuberischer Diebstahl mit gefährlicher Körperverletzung. Aber ich hatte noch Glück. Denen war klar, dass ich das nicht zum ersten Mal gemacht hatte, aber sie hatten sonst nichts außer ein paar Sozialstunden mit fünfzehn für den Klau eines Geldbeutels im Schwimmbad. Danach hatte ich lange nichts angestellt, erst gegen Ende der Lehre fing's wieder an, einfach zu verlockend im Hotel, aber ich war sehr vorsichtig, hab mich nie erwischen lassen.»

Victor kann in Georgs Blick weder Verachtung noch Verständnis erkennen, bloß dieses freundliche Interesse.

«Was hast du jetzt vor?»

«Ich will ein Restaurant aufmachen. Zusammen mit einem Freund, der Koch ist. Wollte ich schon vor dem Gefängnis, aber war einfach nicht diszipliniert genug, lief ja alles, schnelles Geld. Ich will meiner Frau und meiner Tochter beweisen, dass ich das hinkriege.»

In der Haft hatte Victor sich vergraben in seinen Fachbüchern über Essen, Weine, die ihm Sina ins Gefängnis geschickt hatte, frischte Altes von der Hotelfachschule auf, aber er hat noch nicht gewagt, Sascha anzurufen, vielleicht will er überhaupt kein Restaurant mehr. Mit Victor. Sascha hat ihn in der Haft besucht, aber das Thema haben sie umgangen. Als Sascha ihm zum ersten Mal im Besucherraum gegenübersaß, hatte er immer wieder den Kopf geschüttelt, «Mann, Mann, Mann» gemurmelt. «Hab geahnt, dass du nicht ganz sauber bist, zu viel Bling für 'nen Kellner, aber ich dachte eher Drogen.» Victor vermisst ihn, aber noch mehr enttäuschte Blicke verträgt er gerade nicht, Sinas reichen ihm. «Ich hab's echt versaut, auf ganzer Linie», sagt er, mehr in sein Bier als zu Georg, aber als er wieder aufsieht, winkt Georg ab.

«Was du getan hast, ist auch nicht schlimmer als das, was alle anderen tun.»

«Soll das ein Witz sein?»

«Leute lieben Krimis, weil sie sich dabei besser fühlen können als die Mörder, Lügner, Betrüger, gleichzeitig schauen sie zu wie bei einem guten Porno, ohne sich die Hände schmutzig machen zu müssen. Es beruhigt das Gewissen, für das sogenannte Gute zu sein, die Leute schreien Hurra, Buh, genießen die Show, aber tun sonst nichts, außer, in der Pause aufs Klo zu gehen, sich noch ein Bier zu holen. Bei den meisten verhält es sich mit der Moral wie mit der Passion für den Fußballverein, Siege werden gefeiert, als hätte man selbst Höchstleistung erbracht, auch wenn seit Jahren der eigene Schmerbauch die Sicht auf die Füße versperrt. Schau sie dir an», Georg macht eine wegwerfende Handbewegung durch die Kneipe, dann deutet er zum Fenster hinaus, «oder da drüben in der hippen Bar, die Studenten, Büroleute, eine Straße weiter die Freier in den Laufhäusern. Die wollen nicht wissen, wo ihr Essen herkommt, ihre Kleidung, Möbel, Nutten, solange es komfortabel zugeht. Wenn ich dauernd hören müsste, dass die Prostituierte, über die ich drüberrutsche für einen Dumpingpreis, das nicht freiwillig macht, sondern dass man ihr den Pass abgenommen hat, als man sie herkarrte ins gelobte Land, verdirbt das die Freude über den guten Deal. Manchen gefällt das sogar, aber den meisten verdirbt es die St-st-st-stimm …» Georg gerät plötzlich ins Stottern, bleibt am letzten Wort seines Satzes hängen, sein Gesicht verzerrt sich gequält, bevor er sich fahrig über den Mund wischt. Er schämt sich, Victor kann es in seinen Augen lesen, aber Georg zwingt sich zu einem Lächeln, atmet durch, dann artikuliert er die Worte wieder so deutlich, als trage er ein Gedicht vor: «Entschuldigung. Manchmal lässt mich meine Zunge im Stich.»

«Schon okay.» Georg scheint etwas abgedreht, aber momentan ist Victor nicht so wählerisch. Im Gefängnis hatte er welche, die damit prahlten, anderen Insassen Brandwunden, gebrochene Finger, einen Leberriss verpasst zu haben; Junkies, die zu spät zahlten, Leuten, die jemanden verpfiffen hatten oder in der Hierarchie ganz unten standen. Victor hatte dreizehn Monate keinen zum Reden, bei dem er nicht bei jedem Wort aufpassen musste, was er sagte. Schlimmer als die bloße Kontrolle, die das Gefängnis über deinen Körper hat. Wärter, Mauern, Türen, Gitter bestimmen, wo du wann zu sein hast, Einschluss, Aufschluss, Kommando Essen, Schlafen, Hofgang, Duschen, morgendliche Lebendkontrolle, sag was oder heb den Arm, zeig, dass du nicht tot bist. Fremde Schuhe, Kleidung, Unterwäsche, die vor dir Hunderte andere getragen haben, mit dir Hunderte andere tragen, du hast keine eigene, alles wandert in die Wäscherei, wird wieder neu ausgegeben. Für das Gefängnis bist du ein Niemand, aber die anderen Insassen sorgen dafür, dass du ein anderer wirst. Weinen. Auf der Zelle. Allein. Auf den Gängen, im Hof, keine Schwäche zeigen. Es gab auch Insassen, die von Victor Tricks lernen wollten, du erzählst, tust groß, damit du wer bist, mehr aus Angst als aus Eitelkeit.

Als sie zusammen vor die Tür treten, lehnt Victor sich an die Hauswand, atmet die frische Nachtluft ein, der Himmel leuchtet gelb vom Licht der Stadt. Georg läuft ein paar Schritte, dann legt es ihn plötzlich der Länge nach hin, er flucht, rollt sich stöhnend mitten auf dem Gehsteig auf den Rücken. Der Kerl kann saufen wie ein Loch, aber das Loch scheint langsam voll zu sein. Georg liegt halb in einem achtlos weggeworfenen Rest Döner, aber macht keine Anstalten aufzustehen, Victor geht zu ihm, stupst ihn mit der Schuhspitze an. «Los, hoch, das ist ätzend.»

«Die Welt ist umgefallen. Die ganze Welt.»

«Nein, du bist umgefallen.» Victor hält ihm die Hand hin, zieht ihn auf die Füße.

«Hör auf, die Welt zu verteidigen, die hat schon genug Verteidiger, Physiker, Biologen, Priester, Kaufmänner, Anwälte, bei der Konkurrenz hat Obstbrand eine faire Chance.» Georg klopft sich Dreck von der Hose, dann sieht er Victor wieder an. «Wo musst du lang?»

«Rüber nach Griesheim. Muss mich beeilen, ist schon zwanzig vor zwölf.»

«Ich wohne um die Ecke.» Georg deutet Richtung Bahnhof. «Hab meinen letzten Untermieter vor einem Jahr rausgeschmissen, kannst heute Nacht sein altes Zimmer haben – wenn du mich nicht ausraubst. Momentan eher eine Abstellkammer, aber für eine Nacht geht's. Falls du willst, überlasse ich es dir auch vorübergehend, obwohl ich das eigentlich nicht mehr mache, aber kann gerade etwas Geld brauchen. Der letzte Untermieter hat mir das Bad geflutet, weil er auf Moradorm meinte, aus dem Klo kämen Schlangen, und den Abfluss mit Zeitungspapier verstopft hat. Später hat er Durchfall von dem Zeug bekommen und die Zeitung vergessen beim Spülen. Aber du bist wohl aus dem Alter raus, in dem man sein Selbst mit rezeptfreiem Dreck erforscht. Kannst dir das Zimmer ja mal ansehen.»

«Klingt einladend.»

«Bloß ein Angebot. Also, raubst du mich aus?»

Vielleicht ist das ein Verrückter. Einer, der einem Wildfremden, der gerade aus dem Knast kommt, ein Zimmer anbietet, muss zumindest ziemlich naiv sein.

«Ich sagte schon: Dieb, kein Räuber. Und im Ruhestand.»

«Gut. Hab noch Wodka als Absacker.» Georg läuft los, ohne sich noch mal umzudrehen, schließlich folgt ihm Victor zu einem heruntergekommenen Haus an der Bahnhofsüdseite, eingepfercht zwischen einem Fernbusbüro und einem Gold-Ankauf/Verkauf. Im Flur schlägt ihnen ein beißender Geruch von Urin und Putzmittel entgegen, im obersten Stock sperrt Georg eine Tür auf, führt Victor in einen chaotischen Raum unter einer Dachschräge. Ein Riss zieht sich durch den Putz zwischen zwei Fenstern, auf dem Fensterbrett eine halb tote Grünpflanze, in der Mitte des Raums eine abgewetzte Couch, ein vollgestellter Tisch, leere Flaschen, zerlesene Taschenbücher, ungeöffnete Post. In einer Ecke lehnen Dutzende mannshohe Leinwände, manche bemalt, manche noch weiß, auf dem Boden ein Haufen Papierrollen, Farbeimer, Pinsel auf Zeitungspapier. Georg bahnt sich seinen Weg zur Küchenzeile, holt Wodka und Gläser aus dem Schrank, schenkt ein, dann räumt er einen Stapel Zeitungen vom Sofa, wirft ihn auf den Boden. «Setz dich.»

Victor sinkt in die durchgesessenen Kissen ein, betrachtet das Bild an der Wand neben der Tür. Ein goldgelbes Kornfeld unter strahlendem Himmel, Wesen, halb Tier, halb Mensch, bevölkern die Landschaft, Ungeheuer mit Libellenflügeln, Vogel-, Pferde-, Hunde-, Fischköpfen, manche mit Zähnen, spitz und dünn wie Nadeln, Krallenhänden, zu vielen Augen. Gegenüber der Couch hängt ein zweites Bild, ein schlafendes Paar, eng umschlungen, die Gesichter rosig, die Bettdecke wirft gekräuselte Berge und Täler in strahlendem Weiß, zartem Blaugrau an den schattigen Stellen, aber unter ihnen ist kein Bett, es sieht aus, als lägen sie auf einem

Stapel bleicher Körper. Victor erkennt einen Brustkorb, Arme, Hände, Beine, ein Stück Hals, der Kopf abgewandt, teils unter anderen Gliedmaßen begraben, kein Gesicht ist zu sehen, nur die Halsbeuge, der Haaransatz, ein Ohr. Victor wendet den Blick ab, leert sein Glas. Ob die Bilder von ihm seien, fragt er, Georg nickt. Sie wirken nicht gerade wie von einem heiteren Zeitgenossen, aber erschreckend realistisch, wie ein guter Horrorstreifen. «Du solltest damit Geld machen, statt in Callcentern abzuhängen.»

Georg winkt ab. «Habe ich mal. Aber keine Lust mehr.»

Als etwas Graues unter dem Couchtisch hervorschnellt, zuckt Victor zusammen, eine Katze springt neben ihn auf die Couch, funkelt ihn an. Georg wirft dem Tier einen flüchtigen Blick zu. «Mach ihm das Fenster auf, er will raus. Hat sich letztens fast den Hals gebrochen und klettert schon wieder.»

Victor streicht dem Tier über den Kopf, der Kater lässt es bereitwillig geschehen, dann öffnet Victor das Fenster, das Tier springt raus aufs Dach, verschwindet in der Nacht. Georg leert sein Glas, steht auf, bringt Bettzeug aus dem Nebenraum. «Komm, ich zeig dir das Zimmer.»

Der Raum ist vollgestopft mit noch mehr Leinwänden in Packpapier, aber in der Ecke steht ein Bett mit Holzrahmen, das einigermaßen bequem aussieht, unter dem Gaubenfenster ein Campingtisch, in der Ecke eine verstaubte Kommode. Georg drückt Victor das Bettzeug in die Arme: «Falls du was aus der Küche willst, bedien dich einfach. Nacht.»

Victor bezieht das Bett, dann geht er zurück zur Küchenzeile, holt sich ein Glas Leitungswasser. Georg hat seinen Geldbeutel auf dem Tisch liegen lassen, aus dem Scheinfach lugen goldbraun die Ränder zweier Fünfziger. Der Typ spinnt echt. Aber Victor kann ihn trotzdem leiden. Schließlich geht er zurück in sein Zimmer, löscht das Licht.

4
Die Taube und das gute Pferd

Georg muss aufstehen, er wird zu spät kommen, aber Caroline hält ihn fest, küsst ihn, er schließt die Augen, als sie sich an ihn schmiegt, er muss zur Volkshochschule, Hobbymaler unterrichten, doch Caroline will nichts davon hören, legt ihm einen Finger auf die Lippen. «Du verschwendest dein Talent», sagt sie, drückt ihn in die Kissen, «aber ich weiß», flüstert sie zwischen den Küssen, «verschwendetes Talent zahlt meistens das Essen.»

Caroline hat Zeit, ihr Mann glaubt, sie sei in der Galerie, bereite eine neue Ausstellung vor, was sie auch tun wird, später. Ihr Mann ist ein langweiliger Mensch mit dem Charme eines Karpfens, schätzt für ein Auktionshaus Preise antiker Möbel und ist wohl auch kein Heiliger, auch wenn Georg sich das nur schwer vorstellen kann, der Karpfen auf Tour, *heißer Milchner sucht Rogner im seichten Gewässer zum Laichspiel*, aber Caroline sagt, sie lieben sich, «und du bist niemand für jeden Tag, Georg». Alles andere wäre auch eine Beleidigung, sieht er sich Carolines Mann an. Vor zwölf Jahren hat Caroline Georg für ihre Galerie unter Vertrag genommen, nach seiner ersten Ausstellung haben sie sich betrunken, weil alles ein schrecklicher Reinfall gewesen war, und sind im Bett gelandet; nach der zweiten haben sie sich betrunken, weil alles glänzend gelaufen war, und sind im Bett gelandet; irgendwann brauchte es dazu keine Ausstellung mehr.

Caroline fährt ihm durchs Haar, als sie erschöpft nebeneinanderliegen, er will nicht gehen, aber er muss, hält sie noch einmal in enger Umarmung, bevor er aufsteht und sich anzieht. Caroline sieht ihm zu, den Kopf auf die Hand gestützt, faul und schön zwischen den Laken. «Du und Volkshochschullehrer. Dass sie dich das machen lassen.»

«Ich habe das schon mal gemacht.»

«Ich weiß, du sagtest, es war die Hölle.»

«Ich muss hin, die letzte Rate vom Tierarzt für das Katzenvieh steht noch aus.»

«Tu nicht so. Du magst den Kater.»

«Gestern hat er mir eine tote Maus vors Bett gelegt.»

«Er mag dich auch.»

Georg hat ihm jetzt doch einen Namen gegeben. Pandora.

«Das Equipment für die Straßenaktion morgen muss ich auch noch bezahlen, hab zum Filmen ein paar Studenten von der Medienschule aufgetrieben, kaum Bartwuchs, aber schon saftiger Stundensatz, Ausrüstung, Spesen, Postproduktion, Kohle bar auf die Kralle, nix Naturalien. Und ein Bußgeld von der Stadt kassiere ich sicher auch.»

«Ach, Georg.» Caroline lacht, aber verdreht die Augen, sie will immer noch nicht wahrhaben, dass er sich von der Malerei auf Aktionskunst verlegt hat. Nichts für ihre Galerie, nichts zum Verkaufen, Caroline bleibt da Geschäftsfrau.

«*Ach, Georg* mich nicht, vielleicht verdienst du mal viel Geld mit einer Retrospektive. Oder ich mache doch wieder eine Ausstellung.»

«Mach mir keine falschen Hoffnungen.»

Caroline wirft ihm eine Kusshand zu, Georg greift in die Luft, fängt den Kuss auf, verstaut ihn in der Brusttasche seines Hemdes. «Für später. Werde ich brauchen.»

Als draußen im Flur die Wohnungstür ins Schloss fällt,

sieht Caroline ihn amüsiert an. «Da kommt dein anderer Untermieter. Wie lange willst du den noch behalten?»

«So lang, wie er braucht, um auf die Beine zu kommen.»

«Und dann raubt er dich aus.»

«Er wohnt schon über zwei Wochen hier. Es fehlt nichts, die Millionen unterm Kopfkissen, die Blaue Mauritius, die Fabergé-Eier, alles noch da.»

Caroline schüttelt milde den Kopf, streift sich ihre Kleidung über, schlüpft in ihre Schuhe. Als Georg sie zur Tür bringt, wirft Caroline Victor einen neugierigen Blick zu, er erwidert ihn mit einem fast verlegenen Nicken, bevor sie sich verabschiedet, dann räumt er weiter Einkäufe in den Kühlschrank. Georg kann sich nicht erinnern, wann sein Kühlschrank je so vollgestopft war, Victor hat heute auch wieder Futter für den Kater gekauft, der schleicht ihm mittlerweile ständig um die Beine, um zu sehen, ob was für ihn abfällt, manchmal nimmt Victor ihn hoch, legt ihn sich um die Schultern wie eine Stola, der Kater lässt es ohne Murren mit sich machen. Georg sieht Victor dabei zu, wie er das Dosenfutter akkurat mit dem Etikett nach vorn im Regal aufreiht, der Bursche leidet unter Ordnungswahn, faltet jeden Abend seine Kleidung Kante auf Kante, spült jeden benutzten Teller sofort ab, Georg kommt sich neben ihm noch unordentlicher vor, als er ohnehin ist. Aber etwas Gesellschaft schadet nicht, auch wenn Georg eigentlich kaum merkt, dass Victor da ist, er hat eine Gabe, mit dem Hintergrund zu verschmelzen, zuvorkommend, unaufdringlich, ganz Hotelboy, rasiert, gescheitelt, einladendes Gesicht, nicht, wie man sich landläufig einen Verbrecher vorstellt, doch er hat was Taktierendes im Blick, etwas, das dich warnt.

Die Kursteilnehmer verschanzen sich hinter ihren Staffeleien, als Georg seine kurze Einführung gibt, eine Vorfreude packt ihn trotz des Klassenraums mit zu kleinen Fenstern und Leuchtstofflicht, das Mischen frischer Farben, ihr Geruch, Glanz, das Rauschen des Pinsels über die Leinwand, das Wunder, wenn ein Bild entsteht. Die meisten Kursteilnehmer sind unbegabt, auf Berthold Drexlers Stillleben sahen die Walnüsse letztes Mal aus wie Hasenköttel, Ulrike Blochs Clownporträt war, vorsichtig gesagt, verstörend, aber sie sind mit Liebe bei der Sache, achtsam mit den Materialien, jeder ihrer Erfolge freut Georg, nur die Übermotivierten sind eine Herausforderung.

Dittmar Köppler unterbricht die Einführung mehrmals mit Fragen, Köppler wirkt heute aufgeregt, wollte gleich damals zu Kursbeginn wissen, wann Aktmalerei drankomme; war sehr enttäuscht, als Georg sagte, erst in der vierten Sitzung. Heute ist die vierte Sitzung. Köppler, Jurist im Ruhestand, male seit dreißig Jahren, aber man lerne ja nie aus, ein Mensch mit der Grandezza eines Mantelpavians, halblanges graues Haar, Panto-Brille, schwärmt für Bouchers Rokoko-Nymphchen, Klimts Nackedeis in Gold, Schieles Halbkinder in Gouache, entblößte Scham mit beinlosen, armlosen Mädchen dran, Frauen, die Hände vors Gesicht geschlagen, während ihnen die Unterhose in den Kniekehlen hängt, Kunst, was sonst?

Als das Aktmodell den Raum betritt, wendet Köppler sich zur Tür, Georg hat eine alte Freundin gefragt, Mi, früher Miguel. Mi arbeitet als Ladyboy, das Geld für den Job hier ist für sie nicht der Rede wert: «Aber okay. Für dich, Georg.» Vor fünfzehn Jahren haben sie sich kennengelernt, bei einer wenig schönen Gelegenheit nachts am Bahnhof,

Georg dachte erst, die vier Männer raubten die Frau aus, ihre Handtasche lag im Rinnstein, der Inhalt auf dem Gehsteig verstreut, einer der Männer riss sie an den Haaren, stieß sie zu Boden. Als Georg angerannt kam, Mis Schreie hörte, wurde ihm klar, was der wahre Grund war, er versuchte, dazwischenzugehen, die Gruppe schlug sie beide krankenhausreif. Ob Mi die Gruppe provoziert habe, fragte die Polizei später. Mi lachte trocken, so gut es ging mit dem geschwollenen Gesicht. «Die Art, wie ich mein Haar trage, hat ihnen nicht gefallen. Und die Art, wie ich laufe.»

Als Mi den Bademantel abstreift, zeichnet sich auf den Gesichtern der Kursschüler eine Mischung aus Ungläubigkeit und Neugier ab, Ulrike Bloch senkt unangenehm berührt den Blick, Köppler fixiert Georg geradezu hasserfüllt. Mi streicht sich das Haar zurück, nimmt auf dem Podest Platz, lächelt Georg an. Es ist ein schönes Lächeln.

«Glauben Sie ernsthaft, eine – einen Kerl mit Brustimplantaten zu malen, sei Kunst?»

In der Pause kommt Köppler zu Georg, er schäumt vor Wut, auch wenn er versucht, sich zu beherrschen, das sei plumpe Provokation, um nicht zu sagen, Perversion, zwingt er durch schmale Lippen, wie solle man so dem Betrachter *Eros* vermitteln?

«Sagen Sie *Porno*, wenn Sie Porno meinen.»

Eine ungesunde Röte steigt Köppler ins Gesicht, als er empört die Luft einzieht, kurz fürchtet Georg, der Mann ersticke. «Sie haben keine Ahnung von Aktmalerei», presst Köppler hervor. «Bei der Auseinandersetzung mit dem Sexus geht es nicht um eine obszöne Apotheose des Fleisches! Durch Ausbalancieren von Realismus und Andeutung bewegt sich der Künstler auf dem schmalen Grat, der Kunst von Pornografie trennt!»

Georg sieht Köppler bloß an. Manchmal überlegt er, wie es wäre, nie mehr zu sprechen. Sprechen ist oft eine Verschwendung von Atem, nur mit Lauten kontaminierter Atem, Georg hat immer das Gefühl, der schmutzige Atem der anderen versuche, in ihn einzudringen, wenn sie böse reden, als wären sie Dämonenspucker. Sprache ist überbewertet, ein fehlerhaftes, schmutziges Werkzeug, Wahrheit liegt letztlich im Körper, was willst du reden, wenn du dich an einem anderen Menschen wärmst? Was, wenn du einem den Schädel einschlägst? Das Sprachzentrum befindet sich überwiegend in der linken Gehirnhälfte, eine Schädigung des Broca-Areals und Worte verschwinden einfach, *Eros, Sexus, Apotheose, Kunst* werden zu verlegten Gegenständen in einem großen, dunklen, chaotischen Haus, in dem der Eigentümer meist für immer gefangen bleibt, ein Schädel-Hirn-Trauma, ein harter Schlag mit einem schweren stumpfen Gegenstand von links gegen den Kopf, und Köpplers eleganter Herrenhut würde zu Boden segeln, vielleicht zusammen mit ein paar Worten, die er niemals wiederfände.

«Was haben Sie denn vorzuweisen?», blafft Köppler, auf seiner Stirn tritt eine Ader hervor, er wird noch wütender, weil Georg nichts sagt. «Düsseldorfer Akademie, ja, bitte, ein paar Preise, Ausstellungen, aber das ist eine Weile her. Jetzt? Gar nichts mehr, Herr Bercking, ich habe recherchiert, wer mich hier über Kunst belehrt!» Köppler ist so laut geworden, dass Georg seinen feuchten Atem auf dem Gesicht spüren kann, unweigerlich die Luft anhält.

Ach, was Kunst ist, was nicht. Beuys' Fettecke aus fünf Kilo Butter, die versehentlich der Hausmeister weggeputzt hatte, vierzigtausend Mark Schadensersatz, Beuys' Badewanne voll Mullbinden, Heftpflaster, Fett und Draht, die nach einem Museumsfest ausgeleert und als Bottich zum Gläserspülen benutzt worden war, Schadensersatz knapp sechzigtausend Mark. Die Versuchung in der Akademie, in der Beuys selbst studiert und gelehrt hatte, bei einer Ausstellung in die Ecke zu machen, bloß um zu sehen, was passiert, war groß für Georg als Student gewesen, auch wenn ihm gefallen hatte, dass Beuys als Professor ein bürokratisches Chaos anrichtete, nachdem er Hunderte abgewiesene Bewerber in seine Klasse aufgenommen hatte, weil er glaubte, jeder sei Künstler. Ob nun jeder ein Künstler ist und das Gemälde eines Schimpansen bei Bonhams für vierzehntausend Pfund unter den Hammer kommt, Erfolg ist bisher nie Beweis für, noch Widerlegung von Kunst gewesen.

Georg erinnert sich, wie er für eine Studienkollegin Modell gestanden hatte, die eigene Nacktheit auszustellen, ist die Überwindung einer uralten Angst, pochend, heiß, grell aus der Amygdala durch all deine Nervenbahnen, wie die Furcht beim ersten Sprung vom Zehn-Meter-Brett. Die Höhe macht deine Handflächen feucht, deine plötzlich so empfindsamen Zehen ertasten den sonnenwarmen Beton, als du dich der Sprungkante näherst, du erstarrst vor der Tiefe, doch du springst, die Wasseroberfläche trifft dich wie ein Peitschenhieb, Chlor treibt dir in die Nase, dann bist du einen Moment schwerelos, atemlos, umhüllt, blind. Dein Kopf surrt, als du auftauchst, Luft streift dir kühl übers Gesicht, und du bist froh, dass du noch lebst.

Als Georg sich auszog, überkam ihn zuerst simple Scham, die Frage, ob er in Almas Augen akzeptabel oder abstoßend wirke, während sie konzentriert hinter der Leinwand hervorsah, ihn ermahnte stillzuhalten. Er begann zu frieren, die Muskeln spannten, er spürte die Verwundbarkeit seiner Haut, fühlte, wie bitterlich ihm ein Fell abging, er lieferte sich Alma aus, ließ sich schlachten, zerlegen, neu zusammensetzen. Almas Blick war geschult, sezierend, deine Schultern, Georg, ein leicht hängendes Rund, dein knochig hervortretendes Schüsselbein, dein Brusthaar, aschfarben, verwebt mit Kupfer, kleine bräunliche Brustwarzen, dein blasses Fleisch, das keine Sonne verträgt, auf den Armen die Spur eines Sonnenbrands. Deine Hüften, Leisten, schlank, schattig, dein Penis, Hodensack, die Haut ein paar Nuancen dunkler, eingebettet in mehr Asche und Kupferdraht, deine Beine, lang, etwas mager, auf dem Knie ein blauer Fleck, strahlend violett im Zentrum, gelb an den Rändern. Deine Augen, grün, glänzend, groß, einen Hauch ängstlich, deine Nase, schmal, scharf geschnitten, rosige Lippen, verkniffen zu einem abwehrenden Lächeln, deine Grübchen, all deine Fältchen, Narben, durchscheinenden Adern, der Abdruck von Muskeln, Fett, Knochen gegen deine empfindliche Hülle. Das ist, was ich sehe, Georg, du darfst dich anziehen, du hast ja eine Gänsehaut.

Es gibt Dinge, für die alltägliches Sprechen und Tun nicht ausreicht, deshalb wenden sich Menschen wohl der Kunst zu. Was Kunst denn nun sei. Manchmal ist es, als übergäbe sich dein Geist, weil er zu viel Welt gefressen hat, und du pickst, wieder hungrig, aus dem Erbrochenen die Bröckchen wie eine Taube am Bahnhof. Manchmal ist es, als fändest du nach zehrendem Marsch durch die Wüste, unzähligen irreführenden Luftspiegelungen in der Hitze, eine Oase, du streifst die staubigen Stiefel ab, stürmst hinein ins Wasser, dass es glitzernde Tropfen sprüht.

«Ich werde mich bei der Volkshochschule über Sie beschweren, Herr Bercking», zischt Köppler, hält Georg drohend seinen Zeigefinger vors Gesicht, so nah, dass Georg ihn auf die Spitze küssen könnte, aber dann würde Köppler ihm in die Fresse schlagen – Schwuchtel! Pussy! Mädchen! Bezwinge den Feind mit deinem prächtigen Gemächt, King, Capo, Alpha, *Cojones*, stehen Sie gerade, Mann!

Ein paar Kursteilnehmer haben sich zu ihnen umgedreht, blicken ungeniert herüber. «Unrecht hat Herr Köppler ja nicht», wirft Ulrike Bloch ein. «Die Auswahl des Aktmodells ist unangemessen.» Sie fühlt sich stark mit Köppler, die freundliche Mattheit, die ihre Iris bisher umnebelte, ist einer gierigen Schärfe gewichen, die Georg bereits in vielen Augen hat aufblitzen sehen, eine feige, verführerische, plötzlich aufflammende Lust. Er ist nicht mehr oft von Menschen erstaunt. Aber doch jedes Mal enttäuscht.

«Sag allen, ich gehe in Frührente. Oder sag, ich bin tot, besser für dich, die Leute fahren ab auf den Nachlass toter Künstler, da steigen noch mal die Preise.»

Caroline lachte ungläubig, als Georg, *so kurz vor dem gottverdammten großen internationalen Durchbruch*, wie sie bis heute nicht aufhören kann zu betonen, vor knapp fünf Jahren hinwarf, ihr sagte, er wolle bis auf Weiteres keine Ausstellungen mehr machen.

«Hör auf mit dieser Scheiße des frustrierten Künstlers, andere würden töten, um da zu sein, wo du jetzt bist. Du klingst wie ein pathetischer Idiot.»

«Vielleicht bin ich das, aber was die Leute *Kunst* nennen, ist nur ein Jahrmarkt, sie wollen Zuckerwatte, Taschenspieler, Hau den Lukas, zersägte Damen, das Versprechen auf Vergnügen, ich bin bloß ein Äffchen auf der Drehorgel in einem winzigen Zirkusjäckchen, Dankesreden, Händeschütteln, Lächeln fürs Foto, das ändert nichts. Kunst ist nicht da, um den Alltag zu dekorieren, Kunst muss ein Messer sein, das du reichst, mit der Klinge voran, die Leute greifen zu, weil es so magisch funkelt, obwohl es ihnen tief ins Fleisch schneidet. Diejenigen, die nicht loslassen und dich verfluchen, haben etwas verstanden.»

Georg weiß noch, was sich bei seinen Ausstellungen verkaufte, war das Zeug, das er für B-Ware hielt, Unverfängliches, zu Preisen, die ihn schockierten. Das andere, was er für wirklich gelungen hielt, blieb oft zurück wie Reste am Buffet. Lange Zeit lief es erschreckend gut, einflussreiche Sammler kauften, die Ware wurde gepriesen, prämiert, sie riefen *Shootingstar*, internationale Großausstellungen, Kunstmessen, Gastprofessur, der *Buzz* klingelte in den Ohren wie Tinnitus, ständig drückte ihm jemand ein Glas Schaumwein in die Hand, Georg tappte über hochglanzpolierte Steinböden, auf denen seine Sohlen bei jedem Schritt wegrutschten, wichtige Menschen hielten zähe Reden, und Georg gab die Künstlerfigur, die sie wollten, mal menschenscheu, weil er einfach neben sich stand, mal Enfant terrible, weil er jemanden ein beschränktes reaktionäres Arschloch nannte, und die anderen Beschränkten fanden das herrlich exzentrisch. Sie wollen Junges, Wildes, aber Harmloses, trauern der eigenen Jugend nach, der verpassten Wildheit, die Essenz jedes Hypes, das Leben durch andere, Porno, Voyeurismus, zieh los, fick die Welt für uns, aber bitte im Rahmen, dann können wir es aufhängen übers Second-Empire-Möbel. Deinen Verzehrern, die glauben, dich zu lieben, während sie nur verdaubare Stückchen von dir fressen, kommt nicht in den Sinn, dass du sie nicht lieben könntest, denn wären sie an deiner Stelle, würden sie jeden lieben, der sie liebt, für den Bewunderer scheint die Beziehung von Künstler zu Bewunderer glasklar, *ich liebe die, die mich lieben, und die mich suchen, finden mich,* sprach schon der Herr. Caroline war glücklich, aufs richtige Pferd gesetzt zu haben, aber das Pferd wollte nicht getätschelt werden von Connaisseuren wie Dittmar «Eros» Köppler, Mitläufern wie Ulrike Bloch, Kunstmagazinen, Zeitungen, Fernsehsendungen, die *Geheimtipps* beschworen, *the next big thing,* jeden Monat, jede Woche, jeden Tag.

«Hat es Ihnen die Sprache verschlagen, Herr Bercking?»

Köppler tritt einen Schritt auf ihn zu, der Mann ist immer noch rot wie ein Puter. Georg schenkt ihm ein unverbindliches Lächeln. «Kunst funktioniert wie Geld, Gott oder die Annahme, je älter der Rotwein, desto besser: Die Masse muss glauben, dann wird es wahr. Aber keine Angst, Sie sind hier nicht in einem Kunstkurs, sondern einem Malkurs.» Georg wendet sich dem Rest der Gruppe zu, klatscht in die Hände: «So, Leute. Pause ist um.»

5
In einer perfekten Welt

Sina öffnet die Wohnungstür, schon in Arbeitskleidung, hinter ihr hört Victor aufgeregte Schritte im Flur, «Papa!», Kim schlingt ihm die Arme um den Hals, als er sich zu ihr hinunterbeugt, drückt ihm einen Kuss auf die Wange. Was Kinder ihren Eltern alles verzeihen. Dreizehn Monate. Victor hofft, Kim wird ihm von jetzt an nicht mehr allzu viel verzeihen müssen, auch wenn er sie dauernd vertröstet, Papa habe großen Mist gebaut in Madagaskar, das müsse er erst in Ordnung bringen, dann komme er wieder heim, versprochen. Seit ein paar Wochen darf er sie jeden Morgen zum Kindergarten bringen. «Ich tue das für Kim», hat Sina gesagt, «krieg dein Leben auf die Reihe, dann sehen wir weiter.»

Er hatte bei Sina reinen Tisch gemacht, ihr alles erzählt vom ersten Kleinkramklau, dem ersten Einbruch in ein Kellerabteil bis zu den ganz großen Nummern. Sina hatte wortlos dagesessen, immer wieder den Kopf geschüttelt, schließlich nur gefragt: «Warum?» Er hatte lange überlegt, verschämt gelacht, sich den Nacken gerieben: «Keine Ahnung, es war … einfach … so *einfach*. Schlaraffenland. Abenteuer.»

Das erste Mal als Junge mit zehn oder elf ein paar Schokoriegel aus dem Supermarkt, richtig fing es mit zwölf an, Mutproben, das Überwinden der Angst, ein hungriges schwarzes Loch in der Brust, das alles in sich einsog. Aber er war vorsichtig, hatte Talent. Hoch konzentriert und gleichzeitig wie ein Schlafwandler streifte er zwischen den Regalen umher, ließ Dinge in seine Taschen und Ärmel gleiten, verließ das Geschäft mit ruhigem Schritt, während Triumph in ihm loderte wie ein Feuer. Er fand Erfahrenere, die das gleiche Feuer spürten, zog mit ihnen los, die Dinge wurden wertvoller, ließen sich verkaufen. Das war wohl, was man landläufig kriminelle Energie nennt, er hatte einfach jede Menge Energie, sein ganzer Körper surrte wie eine Hochspannungsleitung, es war ein Spiel, eine Wette, eine knifflige Aufgabe: *Da kommst du nicht dran! Ach wirklich?* Es war wie die Geschichte von dem Mann, dem Wolf, der Ziege und dem Kohl, wie bringt man alles mit dem Boot heil über den Fluss, wenn man je nur eine Sache hinüberrudern konnte, Denksport, das Überwinden von Hindernissen, Mechanik, Fahrradschlösser, Schließzylinder, seine ersten Einbruchswerkzeuge bastelte Victor aus Scheibenwischerdraht, Spanner, Haken, Schlange, Halbdiamant, saß zu Hause mit Schlössern aus dem Baumarkt, klack, klack, klack, machte Türfallenöffner aus Regenschirmdraht, aufgeschnittenen Plastikflaschen. Er liebte das Aufspüren von Schwachstellen; Dummheiten anderer wie Warnaufkleber, die das Alarmanlagenmodell preisgaben, Außensirenen in Reichweite an der Fassade, achtlos herumliegende Ersatzschlüssel. Einmal fand Victor in einer Flurkommode den Zweitschlüssel für die Eingangstür, drei Monate später war er damit kackdreist wieder ins Haus spaziert, weil die Bewohner zwar Terrasse und Fenster frisch gesichert, aber das Türschloss nicht ausgetauscht hatten. Er knackte ihren nagelneuen Safe, der kaum besser war als der alte, grausam, so knapp hintereinander, aber moralischer Anspruch hörte bei Victor auf, wo bodenlose Blödheit anfing. Wo zieht man die Grenze? Fred checkte gern Beerdigungen in der Zeitung, suchte die Adresse der Angehörigen raus, räumte in der

Zeit, in der die Familie bei der Trauerfeier war, am helllichten Tag ihr Haus aus. Victor kann nicht behaupten, dass er nicht mitgemacht hätte, war es ein gutes Haus, und wenn die Witwe von Dr. jur. Dr. h. c. eine riesige Todesanzeige in der Frankfurter Allgemeinen schaltete, war es meist ein gutes Haus. Jeder hat seinen eigenen Kodex, die einen beklauen keine Omas, die Nächsten steigen ein, wenn die Bewohner schlafen, schlagen sie besinnungslos, Victor hat alle Sorten Einbrecher kennengelernt. Er selbst nahm lieber Reichen was ab, nicht aus besonderem Mitgefühl für die Armen, sondern weil er keine Lust auf Kleinkram hatte, was anderes zu behaupten, wäre Heuchelei. Es war ein einziges *Was kostet die Welt?* gewesen, und war das Geld ausgegeben, holte man sich eben mehr.

Aber ein normales Leben. Normalität wie in der verdammten Werbung, Papa, Mama, Kind, Zott Sahnejoghurt, Einbauküche, vielleicht ein Golden Retriever, der im Regen stinkt, Dreck auf dem frisch gewischten Boden verteilt und dich vollsabbert, verrückt vor Freude, dich zu sehen. Normalität mit Sina, Kim, einem eigenen Lokal, viel Arbeit, aber normal, keine Lügen mehr, das klang jetzt wie Gold. Er hatte sich tausend Tonnen leichter gefühlt, als er Sina alles erzählt hatte, auch wenn sie ihn betrachtet hatte wie ein fremdartiges Gericht, von dem man nicht sicher ist, ob es vergiftet ist.

«Das bist also du. Besser gesagt, deine andere Seite. Ich bin verheiratet mit einem rücksichtslosen, notorischen Lügner und Kleptomanen, der im Knast war, weil er einem alten Mann wegen Geld fast den Schädel eingeschlagen hätte. Ich bin verheiratet mit einem Riesenarschloch.»

«Ich weiß, klingt alles nicht gerade wie der große Wurf.»

Sie hatte nur geschnaubt, sich eine von Victors Zigaretten angesteckt, obwohl sie damit eigentlich aufgehört hatte, nahm ein paar Züge, bevor sie husten musste und Victor die Kippe zum Aufrauchen gab. Dann fuhr sie mit dem Daumen über ihren Ehe- und den Verlobungsring, die sie beide immer noch trug, trotz allem. Als sich die Ringe unter der Berührung bewegten, konnte er blasse, zarte Haut darunter erkennen. Er hatte seinen Ring damals in der Gefängniskammer verwahren lassen müssen, drinnen hätte jemand versucht, ihm den Ring abzunehmen, Gold blieb Gold.

«Du hast sie nicht abgelegt.»

«Bild dir bloß nichts ein, ich wollte nicht, dass irgendwer dumme Fragen stellt, der nichts davon weiß», erwiderte Sina schroff, dann wurde ihr Ton wieder ruhiger. «Und ich wollte erst mit dir sprechen, ohne dass jemand vom Gefängnis mithört. Ich wollte alles hören. Sind die Ringe auch geklaut?»

«Nein, gekauft beim Juwelier.»

«Aber das Geld, mit dem du sie bezahlt hast.»

«Na ja, manches war teilweise querfinanziert ...»

Sina zog die Ringe ab, schob sie ihm zu. «Keine Scheiße mehr. Dann sehen wir weiter.»

«Sascha und ich schauen uns nachher ein neues Lokal an», sagt er jetzt, Sina sieht nur kurz auf, nickt, während sie Kim die Jacke anzieht. Victor betrachtet Sinas schmalen Nacken unter dem Dutt, den sie immer zur Arbeit trägt, er weiß noch, wie es gewesen war, als er Sina das erste Mal gesehen, er als Stationskellner bei ihr im Hotel angeheuert hatte. Er war vorsichtig mit dem Wort *Liebe* gewesen, das ihn an die Fetthaut heißer Milch erinnerte, die sich um die Zunge wickelt, am Gaumen hängen bleibt, ein Würgereflex, bevor du schluckst. Er hatte entschieden, dass er Sina Scheller ziemlich *gut* fand, auch wenn sich sein Magen krampfte, lächelte sie ihn an. Erklärte sie ihm wieder den Restaurantcomputer, weil er bei der Bestellungseingabe Mist gebaut hatte, konnte er seinen Blick kaum abwenden von den feinen Haarwirbeln in ihrem Nacken unter dem Dutt, den sie nach Schichtende immer sofort löste. Half natürlich nicht beim Verstehen des Restaurantcomputers. Er liebte es, wie sie redete, lächelte, jede Bewegung, selbst wenn Sina nur Geschirr abtrug, war beschwingt, elegant, fließend und schön, als würde sie tanzen, er wollte unbedingt mit ihr tanzen gehen. Machte sie Kaffeepause im Hof, stahl er sich zu ihr hinaus, rauchte mit ihr neben den Mülltonnen, auch wenn sie immer fragte, ob er nichts zu arbeiten habe. Schließlich nahm er allen Mut zusammen, als sie wieder draußen stand mit wässrigem Filterkaffee aus dem Personalzimmer, der einen nur wach hielt, wenn man fest dran glaubte. Sie solle mal austrinken, sagte er, dann lese er ihr die Zukunft aus dem Kaffeesatz. Sina runzelte die Stirn, aber schmunzelte. «Die Brühe auf ex?»

«Willst du deine Zukunft wissen oder nicht?»

Sie leerte die Tasse, verzog das Gesicht, reichte sie ihm. Er schwenkte sie einen Moment, ließ die Hand darüber kreisen: «Ich sehe … ah, ich sehe, dass dich heute der nette neue Kollege fragt, ob du nach Schichtende mit ihm was trinken gehen willst. Und vielleicht anschließend tanzen.»

Sina lachte, verschränkte die Arme. «Tatsächlich. Und was werde ich sagen?»

«Leider schwer zu erkennen.» Er hielt ihr die Tasse hin. «Was meinst du?» Sina begutachtete kritisch den Kaffeerest, doch schließlich lächelte sie.

«Ich glaube, ich werde Ja sagen.»

Sina streift Kim ihren Rucksack über, dann nimmt Victor Kim bei der Hand, läuft mit ihr durch die kühle Morgenluft zum Kindergarten. Als sie das Gebäude erreichen, zieht Kim ihren Malblock aus dem Rucksack, reißt das oberste Blatt heraus und hält es Victor hin, ein Tier mit schwarz umrandeten Augen blickt ihn an, den schwarz-weißen Ringelschwanz um den Körper gelegt. Sie habe ihm ein Bild gemalt, das sei ein Katta, erklärt Kim. Die gebe es nur auf Madagaskar. Er habe doch sicher welche gesehen? Victor stockt, dann schüttelt er den Kopf. Er sei kaum aus dem Hotel rausgekommen, habe viel arbeiten müssen. Kim verzieht den Mund. «Arbeiten ist doof», sagt sie mit so viel Inbrunst, dass er lachen muss.

«Ich weiß, Schatz. Aber nicht immer.»

Kim wirkt wenig überzeugt, doch was soll er sagen? Hey, Papa kann dir beibringen, wie man eine Tür aufbricht, einen 2er-Golf mit einem Buttermesser knackt, mit Klopapier, Alufolie und einer Batterie Feuer für eine Kippe macht, geht dir in der Zelle dein Feuerzeug alle, aber geregelte Arbeit ist nicht ganz Papas Spezialgebiet.

«Er findet keine Ausbildung», hatte seine Mutter geklagt, als Hartung gefragt hatte. Seine Mutter hatte in Hartungs Privathaus geputzt und sich um den Garten gekümmert, wenn Hartung in Urlaub fuhr, Victor hatte ihr beim Pflanzengießen geholfen, einen so schönen Garten noch nie gesehen, Magnolienbäume, Rosen, dichter, saftgrüner Rasen. Hartung war der Einzige gewesen, der Victor eine Chance gegeben hatte, trotz schlechter Noten. Im ersten Lehrjahr Zimmer putzen im Akkord, im zweiten Restaurantservice und Küche, Speisekarten auswendig lernen bis spät in die Nacht, Schnittarten für Gemüse, *Julienne*, *Brunoise* und hol's der Teufel, im dritten Jahr Rezeption und Buchhaltung, zehn bis zwölf Stunden am Tag, Wochenende, Feiertage, Victor hatte durchgehalten, manchmal selbst nicht gewusst, wie.

«Arbeite hart», hatte Fred einmal mit seiner rauen Stimme gesagt, die stets etwas spöttisch klang, «das trichtern sie dir ein, keine Schande, keine Kohle zu haben, arbeite hart, sei ehrlich, gut, das zählt, dann kannst du *alles* schaffen. Dreck ist das, damit du aufhörst zu denken. Denk doch mal nach.»

«Wenn du gut bist, kommt alles zurück», hatte Victors Mutter immer gesagt. Was hat sie bekommen? Einen Putzjob, als ihr Mann sie mit dem Kind sitzen ließ, und Bauchspeicheldrüsenkrebs mit zweiundvierzig.

«Verstehst du, Kleiner?»

Hätte ihm seine Mutter das Arbeiten erklärt wie später Fred, hätte Victor wohl nicht ansatzweise freiwillig damit angefangen. Arbeit wird bezahlt, weil keiner den Mist umsonst tun würde, dir wird eingebläut, ohne Arbeit wärst du nichts wert, weil die Fleißigen den Faulen ihre Faulheit nicht gönnen, Goldmarie, Pechmarie, Ameise, Grille.

Victors Vater verströmte die Tristesse von Recyclingpapier, wenn er abends aus dem Büro heimkam, roch nach Filzteppich, saurem Kaffeeatem, sprach nicht viel. Dann verlor er seinen Job, fand keinen neuen, saß zu Hause, roch nach Bier, sprach noch weniger, ein Personaler, der keine Stelle mehr fand, war zu viel für ihn. Irgendwann war der Platz auf der Couch leer, der Vater einfach verblasst und in einer verranzten Wohnung am anderen Ende der Stadt wieder aufgetaucht, zusammen mit einer Frau, die so viel trank wie er, Victor mit feindseligen Blicken strafte, war er beim Vater zu Besuch. Es ekelte Victor, seinem Vater zuzusehen, wie er immer träger, fetter, haarloser wurde, in der Überzeugung, die Welt habe ihm ein schreckliches Unrecht angetan. Vielleicht war er auch einfach beschissen in seinem Job gewesen, Victor hatte nicht gefragt, aber sich geschworen, niemals wie Recyclingpapier von der Arbeit zu kommen.

«Was machst du jetzt? Hotellehre? Alter. Man kann einfacher Kohle machen, als sich zehn Stunden am Tag so abzuplacken.» Victor lernte Fred über einen Kumpel aus der alten Klautruppe kennen, dem Ladendiebstahl lang entwachsen, der übliche Satz, er kenne da so 'nen Typen, der dies, der das, hat auf vielen Gebieten schon Staub gewischt, hängt immer im *Santiago* und im *Maharaja* am Bahnhof rum, ich nehm dich mal mit. So traf er Fred zum ersten Mal, über Pakoras, Chicken Tandoori und Lammcurry, das einem alle Geschmacksnerven rausbrannte, was Fred unglaublich witzig fand, während Victor schwitzend sein Bier hinunterstürzte.

«Bier bringt nix, Kleiner, da, trink 'nen Schluck Lassi, Fettiges hilft.» Es war ein abgedrehtes Vorstellungsgespräch, das über Monate ging, Fred checkte ihn ab, ließ ihn immer wieder antanzen, mal auf ein Bier, mal auf was zu essen mit ein paar Leuten von der Crew, ohne konkret zu werden, aber irgendwann fand Fred Gefallen an ihm, wurde wie der Onkel, der einem all die Sachen beibrachte, die bei den Eltern verboten waren. Aber nicht nur das. Victor war knapp achtzehn, im ersten Ausbildungsjahr, machte den ganzen Tag Betten, schrubbte Toiletten, war fast so weit, alles hinzuschmeißen, doch Fred hielt ihn davon ab. «Nee, was Richtiges können ist gut, hab Speditionskaufmann gelernt, sacklangweilig, aber ich weiß jetzt, wie das funktioniert, Zahlen, Waren, was kommt rein, was geht raus, wie machst du was schön fürs Offizielle, blütenweiß. Wenn du verstehst, wie etwas funktioniert, kannst du es knacken, ob Ding, Mensch oder System. Und oberste Regel: Hab immer nebenbei was laufen – Diversifikation.»

«Di-*was*?»

«Mehrere Eisen im Feuer. Und vor allem: Tarnung. Als Vollzeitaso brauchst du nicht rumrennen wie Graf Koks. Es ist eine Sache, Geld zu machen, aber die Kunst ist, es so auszugeben, dass keiner blöd schaut. Du bist ein unauffälliger braver Bürger, der seine Steuern zahlt, klar?»

Tatsächlich lernte Victor Fundamentales im Hotel, wesentlich für jede krumme Nummer, Schnelligkeit, Genauigkeit, Blick für Details, beim Eindecken des Tischs die perfekte Position von Tellern, Gläsern, Besteck, makellos gefaltete Servietten, einwandfreie Tischdecken, keine Fingerabdrücke, Wasserflecken, Krümel auf Stuhlpolstern, unter dem Tisch. Beim Housekeeping das Bettenbeziehen mit gebügelter, gestärkter Wäsche, Kontrolle auf Flecken, Löcher, das Betttuch Kante auf Kante eingeschlagen, Kontrolle auf Staub, Fenstersims, Türstöcke, Lampenschirme, Bilderrahmen, Lichtschalter, Spinnweben an der Decke, kaputte Glühbirnen, versteckte Ecken unter Bett, Schreibtisch, Nachtkästen, in Schubladen, Vergessenes, Kleingeld, Schlüssel, achtlos Entsorgtes, Bonbonpapiere, benutzte Kondome, Kalk auf Armaturen, Haare im Abfluss, Anzahl der Shampooflaschen, Seifen, Klopapierrollen, das Arsenal in der Minibar, und vor allem, hatte der Gast was mitgehen lassen; Handtücher, Bademantel, Kleiderbügel, bis hin zu Kissen, Decken, Fön, Bildern, Vasen, manchmal sogar dem Fernseher, der Kaffeemaschine oder Besteck, Salz- und Pfefferstreuern aus dem Restaurant. An der Rezeption lernte Victor Diskretion, Fassade, spontan in sich schlüssige Lügenkonstrukte zu bauen, kam doch mal ein aufgebrachter Ehepartner korrekterweise mit dem Verdacht, dass die oder der Liebste sich ein Tageszimmer genommen hatte mit einer neuen Liebschaft. Aber das vielleicht Beste: Durchs Servieren entdeckte er seine Leidenschaft für gutes Essen, lernte Zutaten und Gerichte kennen, von denen er noch nie gehört hatte und sich das meiste auch nicht leisten konnte, aber das änderte er bald dank Fred. Klassiker nach Escoffier, Saucen, Farcen, Suppen, Eierspeisen, Schalen-, Krusten-, Weichtiere, Fisch-, Fleisch-, Geflügelsorten, Braten, Ragouts, Pasteten, Terrinen, Hunderte Gemüsesorten, Gewürze, Teigwaren, Soufflés, Crèmes, Sorbets, Parfaits, die passenden Weine und Spirituosen. Bei den Besprechungen mit dem Küchenchef durften die Kellner die Gerichte probieren, damit sie den Gästen alles ordentlich anpreisen konnten, verkauf die Empfehlung des Tages, Jakobsmuscheln, Kaninchen, Hummer-Bisque, verkauf dazu den teuren Wein, Champagner-Aperitif, Dessert, verkauf Genuss, ein bisschen Spektakel und Exzess. Bei Victor bestellten die Gäste immer die richtig guten Sachen, weil er sich tatsächlich bald auskannte, *Joie de vivre*, fucking yeah, mal schmerzende Füße, ein steifer Rücken, aber niemals Recyclingpapier.

Victor faltet behutsam Kims Bild, steckt es in die Innentasche seiner Jacke, streicht ihr übers Haar. «Wenn du was findest, das du gut kannst, macht Arbeiten auch Spaß.»

Kim überlegt einen Augenblick. «Wie Malen?»

«Ja … aber du hast noch viel Zeit, das zu entscheiden.»

Sascha wartet schon vor dem Lokal, umarmt Victor ruppig zur Begrüßung. Seine schmale Statur lässt mehr an einen Leichtgewichtsboxer denken als an einen Koch, aber Sascha kocht wie ein Weltmeister, Victor kennt ihn schon ein halbes Leben. Im Pariser Hyatt haben sie sich kennengelernt, Victor war Aushilfskraft, Sascha Bratenkoch in der Küchenbrigade, aber irgendwie nicht für die weite Welt geschaffen. Als er hörte, Victor komme auch aus Frankfurt, hängte er sich an ihn dran, Sascha schob Heimweh, auch wenn er es nicht zugab, stattdessen immerzu auf Paris schimpfte: «Wovon alle reden, *Stadt der Liebe*, hab mich hier noch nicht einmal verliebt. Außerdem stinkt Paris.»

Victor lachte. «Frankfurt stinkt auch.»

«Paris stinkt nach Hundekacke, Frankfurt nach Pisse, das ist nicht das Gleiche», versetzte Sascha, bevor er sich wieder hinter seinem Bier verschanzte. Später verloren sie sich eine Weile aus den Augen, aber als Victor nach Frankfurt zurückkehrte, gingen sie wieder ab und zu auf ein Bier. Sascha arbeitete mittlerweile unter einem Sternekoch in Königsstein, rauer Ton wie überall, aber Saschas Chef war ein ausgesprochener Choleriker, der seine Brigade regelmäßig ungespitzt in den Boden rammte. Sascha hasste den Mann, trotzdem stieg er bis zum Souschef auf, rechte Hand, bis vor einem halben Jahr. Er habe nur eine Schüssel Béarnaise geworfen, dem Penner vor die Füße, er habe nicht aufs Gesicht gezielt, beteuerte Sascha, dem Chef war das gleich, fristlose Kündigung. Jetzt arbeitet Sascha übergangsweise in einem Hanauer Lokal als Chefkoch, macht den ganzen Tag Schnitzel, Würstchen, Kraut, trotzdem, alles sei besser als das Arschloch. Als Victor Sascha vor ein paar Wochen gefragt hatte, ob er das Restaurant noch wolle, hatte Sascha lange geschwiegen, bis er endlich genickt hatte.

«Ja. Jetzt oder nie, Mann.»

Der Makler führt sie in das Gebäude, einen weiß getünchten Altbau mit Außenbereich, eingefasst von einer niedrigen Mauer mit Gusseisenzaun, Terrakottakästen mit Grünpflanzen, Westseite, viel Abendsonne. Das Restaurant war ein teurer Franzose, aber ziemlich verstaubt, deshalb wohl eingegangen. Das Lokal liegt über Budget, doch Victor hat Sascha überredet, es wenigstens anzusehen. Victor ist knapp bei Kasse, für den Anwalt ist einiges draufgegangen, außerdem hat er das Geld, das er durch die Einbrüche gemacht hat, großteils immer gleich ausgegeben, so was trägt sich nicht gut auf die Bank, und er kann nicht behaupten, dass er sich, bevor er Sina kennengelernt hat, besonders um die Zukunft geschert hätte. Für Kim hat er ein Konto angelegt, aber das rührt er nicht an. Sascha könnte mehr Geld einbringen, aber die Abmachung ist fifty-fifty. Vier Restaurants haben sie schon angesehen, die alle nichts waren, eine Pizzeria mit schäbigen Toilettenräumen, eine abgeranzte Wirtschaft, ein Ecklokal mit winziger Küche und ein überteuertes in der Altstadt. Das hier ist das Erste, bei dem Victors Herz schneller schlägt. Sehr schnell. Er wüsste genau, wie er den Gastraum renovieren würde, runter mit den gestreiften Tapeten, raus mit den Vorlegeteppichen, einen warmen Sandton für die Wände, schlichte dunkle Essmöbel, Schnittblumen, und an die Bar müssen bequeme Stühle hin, ein Bereich für Drinks, kleine Speisen. Sascha will gehobene, aber entspannte Küche, erschwinglicher Mittagstisch für umliegende Büros, eine kleine, gute Abendkarte.

Als der Makler sie in die Küche führt, kann Victor sofort

sehen, wie begeistert Sascha ist, er kriegt keinen Ton raus, während der Makler die Ausstattung erläutert, aber fummelt fasziniert an den Geräten herum. Victor hatte gehofft, Sascha und er würden feststellen, das Restaurant sei gar nicht so toll, doch der Plan ist nicht aufgegangen, es ist noch besser als erwartet. Die einzige Möglichkeit wäre ein Brauereikredit, der sie auf Jahre verschuldet.

«Was meinst du?» Victor sieht Sascha fragend an, als sie nach dem Termin auf eine Zigarette vor dem Lokal stehen, aber Sascha schüttelt den Kopf. «Der Hammer, aber zu teuer.»

«Vielleicht doch mit einem Kredit –», wirft Victor ein, doch Sascha unterbricht sofort: «Vergiss es, das war ein netter Ausflug ins Land des Größenwahns, wir müssen uns nach was Günstigerem umsehen. Sei vernünftig.»

Victor seufzt, schnippt seine Kippe in den Rinnstein. Was Vernünftiges. Nicht, was sie sich ursprünglich vorgestellt haben, aber in einer perfekten Welt wäre Sascha auch nicht gefeuert worden und Victor nicht im Knast gelandet. *In einer perfekten Welt scheiße ich Regenbögen, und Engelchen wischen mir den Hintern ab, Kleiner.* Die Schulden bei Fred muss Victor auch noch begleichen.

Auf dem Heimweg kommt er an der Freßgass vorbei, er zögert, doch biegt schließlich ein, scheiß aufs Geld heute, er braucht jetzt etwas Aufmunterung. Als er die Metzgerei betritt, blickt Gerber auf, er sieht immer noch aus wie einer, der sein eigenes Produkt zu gerne hat, die Schürze wie ein Segel bei voller Fahrt, gefüllt mit Bauch. Gerber hebt vorwurfsvoll die Hände, Victor habe sich ja ewig nicht blicken lassen! Charolais-Rind, wie immer? Entrecôte? Filet? Victor nimmt Filet, keine halben Sachen. Beim Feinkost nebenan besorgt er eine Flasche Château Haut-Batailley, Krustenbrot, Bergkäse, Brie, Roquefort und eine große Schachtel mit verschiedenen Desserts, weil er sich nicht entscheiden kann, Eclairs, Madeleines, Petit Fours, Macarons, und auf dem Heimweg einen Bund grüner Bohnen vom Gemüsemann. Zu Hause köpft er den Wein, in Georgs Küchenschrank findet er nur ein einsames Rotweinglas mit einer Macke am Rand, aber egal. Er wirft das Fleisch in die Pfanne, der Duft von Gebratenem zieht durch die Wohnung, Victor blanchiert das Gemüse, schneidet Brot auf, richtet das Essen an, bringt alles in sein Zimmer. Georg hat die Leinwände rausgeräumt, neue Vorhänge besorgt, an der Dachschräge hat Victor sich schon den Kopf gestoßen, der Raum ist eng und noch karg, nur auf der Kommode stapeln sich seine Gastronomiebücher. Gestern hat er sich die neuen Ausgaben des Gault-Millau und Guide Michelin gekauft, gerade sind zwar keine großen Sprünge drin, aber das Jahr ist noch lang. Außerdem will Georg nur einen Spottpreis für das Zimmer, und Victor hat endlich einen eigenen Briefkasten, auch wenn sein Name bloß mit Tesafilm daran klebt. Das wird schon.

Victor setzt sich an den Klapptisch, er sollte nicht schlingen, so etwas Gutes schlingt man nicht, doch nach dem ersten Bissen isst er wie ein Ausgehungerter, spült mit Wein nach, ein Geschmack wie Brombeeren, fruchtig, würzig, voll. Zuletzt wischt er den Fleischsaft mit Brot auf, bis der Teller blank ist, dann macht er sich über das Süße her, probiert alles, wenn auch nur für einen Bissen, die strahlend bunten Macarons, Eclairs mit Schokoladenfüllung, Petit Fours mit Marzipan, Pistazien, Zitrone. Er muss Sascha sagen, dass sie auch ein paar davon anbieten sollten, Sascha hat ein Händchen für Desserts. Essen ist nicht bloß Nahrung, das Zelebrieren von Essen ist besser als jede Droge, kein Wunder, dass dafür Kriege geführt wurden, Muskat, Gewürznelken, Salz und Pfeffer, aufgewogen in Gold, kunstvolle Plastiken aus Zucker auf Adelstafeln, eine eigene Wissenschaft der Gastrosophie, Lehren zur Physiologie des Geschmacks, Zubereitung, Darbietung, Abermillionen Arbeitsstunden für neue Gerichte, manchmal jemandem gewidmet wie Kunstwerke, die Samtsuppe Crème Dubarry der Geliebten Ludwigs XV., Pizza Margherita der italienischen Königin, die einst weiße Karotte, die in der Farbe des niederländischen Königshauses gezüchtet worden war. Victor schneidet ein Stück Käse ab, lässt es im Mund zergehen. Er fühlt sich wie der Wolf mit den Steinen im Bauch, aber es war herrlich.

Als es an der Zimmertür klopft, wischt er sich rasch den Mund ab, Georg steckt den Kopf zur Tür herein, blickt auf das Schlachtfeld, das Victor angerichtet hat. «Lief der Besichtigungstermin gut? Gibt's was zu feiern?»

«Nein. Aber guter Wein macht alles besser.» Victor hält die Flasche hoch. «Hol dir ein Glas und bedien dich.»

«Danke, aber muss gleich weiter. Noch Pläne für heute?»

«Bloß meine Lieferschicht später. Warum?»

Georg verschwindet im Flur; als er wiederkommt, trägt er ein Jackett, über und über mit Goldpailletten besetzt, Victor versucht, sich das Lachen zu verkneifen, aber schafft es nicht, Georg sieht aus wie ein verzweifelter Showmaster auf der Suche nach einer Wette. Er mache gleich mit ein paar Leuten eine Vorstellung in der Einkaufsstraße, ob Victor mitkommen wolle, dauere nicht lange. Georg deutet auf zwei Sporttaschen im Flur. Victor könne tragen helfen.

«Macht ihr diese furchtbaren Pantomimesachen?»

Georg schüttelt den Kopf. «Nein. Schlimmer.»

Georg winkt einer Gruppe zu, die sich vor dem Kaufhaus versammelt hat, Victor zählt elf Leute, darunter auch ein Mädchen um die zwölf und ein Junge um die dreizehn. Das sei Amisha, sie studiere Schauspiel, ihre kleinen Geschwister Saif und Rani, stellt Georg vor, Darja, Janick, Linda, Marcel, auch von der Schauspielschule, Sergej und Christian würden heute filmen, dann deutet er auf einen jungen Schwarzen und eine junge Asiatin, John und Niki von der Kunsthochschule. Zuletzt legt er Victor eine Hand auf die Schulter: «Das ist Victor, interessierter Zuschauer. Sind wir bereit?» Alle nicken.

Georg nimmt Victor seine Tasche ab, holt ein Megafon heraus, eine große Schere, ein langes Seil, an das weitere Seile mit Schlingen geknotet sind. Aus seiner eigenen Tasche zieht er ein großes, zusammengeklapptes Schild, eine bunte Lichterkette mit Batteriekasten, die er sich um den Hals wirft, zuletzt Schilder mit Nummern zum Umhängen, die er an alle verteilt, dann reicht er Victor die leeren Taschen.

«Wenn die anderen weglaufen, gehst du auch. Nicht einmischen, du bist schließlich auf Bewährung.» Georg klopft ihm auf die Schulter, dann läuft er zurück zu den anderen, die sich in einer Reihe aufstellen. «Los! Nicht so träge!» Seine Stimme bekommt eine unangenehme Schärfe: «Präsentiert euch! Ihr steht vor Kunden! Hört ihr? *Kunden*!» Er wirft jedem von ihnen eine Schlinge um den Hals, fesselt ihnen die Hände, Passanten bleiben stehen, manche schaulustig, manche irritiert. «Mama, was macht der Mann da?», fragt ein Mädchen neben Victor, seine Mutter nimmt es bei der Hand. «Ich glaube, das ist nichts für uns, Schatz.»

«Sind die vom Zirkus?»

«Nein … komm jetzt.»

«Ich will aber zuschauen!»

Georg klappt das große Pappschild auf, drückt es John in die gefesselten Hände, ANGEBOT, schreit das Schild in grellroten Lettern, MENSCHEN, FRISCH, dann hebt Georg das Ende des Seils vom Boden auf, beginnt, einen großen Kreis abzulaufen, zerrt John und mit ihm alle anderen hinter sich her. Die Kinder am Ende der Reihe krallen ihre Finger um die Schlingen am Hals, ihre Schwester wirft ihnen einen besorgten Blick zu, aber die beiden erwidern ihn nur ernst, fallen in den Schritt der Karawane ein, die Georg mit unheimlichem Lächeln anführt. «Meine Damen und Herren, kommen Sie ran!» Seine Stimme hallt blechern durchs Megafon: «Für alle ist was dabei! Nur heute, Angebot! Gleich zum Mitnehmen!» Die Lichterkette um Georgs Hals hat zu blinken begonnen, er wirkt lächerlich in dem Paillettenjackett, das ihm zu groß ist an den Schultern, aber sein Lächeln macht einem irgendwie Angst. Victor hat keine Ahnung von Kunst, vielleicht ist das Kunst, Theater, totaler Müll, aber er kann nicht wegsehen, der Anblick verursacht ihm ein flaues Gefühl, die Schlingen um die Hälse der jungen Leute und Kinder, ihr stoischer Blick, während ringsum Passanten durch die Einkaufsstraße laufen. Mittlerweile hat sich eine lose Zuschauertraube gebildet, ein paar Jugendliche schießen Fotos. «Meine Damen und Herren, nicht schüchtern, schauen Sie!» Georg bringt die Karawane zu einem plötzlichen Halt. «Aufstellen!», bellt er, die anderen gehorchen, Georg schreitet an der Reihe entlang, examinierend und steifbeinig wie ein Feldwebel, dann fasst er das Mädchen an der Schulter, schiebt es nach vorn, so weit es ihre Schlinge zulässt: «Bitte! Noch ganz frisch, kaum zwölf! Weiche Haut, schöne Haare, gute Zähne! Zeig deine Zähne!»

Das Mädchen bleckt die Zähne wie ein Hund.

«Kleine, flinke Hände! Zeig deine Hände!»

Das Mädchen streckt die Hände von sich mit den Flächen nach vorn. Georg schickt sie zurück in die Reihe, fasst den Jungen am Rücken, schiebt ihn vor: «Hier! Erst dreizehn, aber kann schon ranschaffen! Zeig deine Arme! Spann die Muskeln an! Dreh dich! Bück dich! Zeig dich von allen Seiten!»

«Ekelhaft!», schimpft jemand aus der Menge. Man sollte die Polizei rufen, murmelt eine Frau neben Victor, so was könne doch nicht erlaubt sein.

«Ich nehme einen!», schreit auf einmal jemand, Victor erkennt einen der jungen Männer von vorhin, Marcel – «Ich auch!» Eine junge Frau hebt die Hand, Linda. «Nummer vier», Marcel deutet auf Darja, Victor weiß, es muss gespielt sein, aber Darjas plötzliches Weinen ist so markerschütternd, dass er kaum hinsehen kann, Georg zieht die Schere aus der Tasche, trennt die Schlinge vom großen Seil, drückt sie Marcel in die Hand. Für Linda schneidet er John los, kassiert je ein Bündel Scheine, das er sich in die Jacketttaschen stopft, während Linda und Marcel die beiden anderen fortzerren. Darjas Weinen wird zu einem ohrenbetäubenden Schreien, die Schaulustigen weichen zurück, Marcel holt aus, schlägt Darja ins Gesicht, nicht echt, versucht sich Victor zu erinnern, aber in ihm zieht sich trotzdem alles zusammen.

«Wer ist der Nächste?» Georg nimmt das Megafon wieder auf: «Wir haben noch immer zwei ganz junge Menschen im Angebot! Billig im Unterhalt! Brauchen wenig Platz! Essen noch nicht viel! Geimpft und alles! Risiko von Geschlechtskrankheiten auch gering!»

«So, Schluss jetzt –»

Plötzlich drängen sich zwei Polizisten durch die Menge, Georg breitet die Arme aus, dann hält er wieder das Megafon vor die Lippen: «Zwei neue Interessenten! Was darf es sein?»

«Kommen Sie, der Spaß ist vorbei, legen Sie das Megafon weg», versetzt einer der Beamten, fordert Georg auf, seinen Ausweis zu zeigen, aber Georg ignoriert ihn, packt Amisha am Kinn, dreht ihr Gesicht von einer Seite zur anderen: «Die hier näht Ihnen die schönsten Hemden, Hosen, Kleider! Kunden, die diesen Artikel gekauft haben, kauften auch –», Georg lässt Amishas Kinn los, packt Janick im Nacken, zwingt ihn auf die Knie: «Der hier schleppt Ihnen Betonsäcke auf der Baustelle, erntet Ihren Spargel, entbeint Ihr Fleisch –»

Die Beamten verlieren die Geduld, das Megafon gibt ein schrilles Pfeifen von sich, als sie Georg an den Armen packen: «Es reicht, Sie kommen jetzt mit auf die Dienststelle!»

Als Georg das Seil fallen lässt, werfen die anderen ihre Schlingen ab, stürmen in verschiedene Richtungen davon. «Angebot nicht mehr auf Lager!», ruft Georg über die Schulter hinweg, während er von den Polizisten abgeführt wird, «aber mehr ist unterwegs!» Kurz sieht er zu Victor, lacht, ein wildes Leuchten in den Augen, bei dem Blick stellen sich Victor die Nackenhaare auf, aber er kennt diesen Blick gut, Fred hatte den gleichen, wenn er sagte: «Es steigt wieder was.»

Als die Polizisten Georg in den Streifenwagen zwingen, schultert Victor die Taschen, macht, dass er wegkommt.

6
Die teuerste Bibliothek der Welt

Fünf Meilen bis Las Vegas zeigte das Schild am Straßenrand, Victor lehnte sich auf seinem Sitz zurück, Fred und er hatten einen leuchtend gelben Mustang gemietet, aus dem Radio dröhnte Jefferson Airplane, Fred klopfte im Takt der Musik aufs Lenkrad, das Hawaiihemd offen, den billigen Cowboyhut von der Tanke tief in der Stirn. «In den Fünfzigern haben sie hier in der Wüste Atombomben getestet», Fred deutete in die Ferne. «In Vegas sind die Leute mit Lunchboxen auf die Hügel geklettert, um das Spektakel anzusehen. Der Wind trug den meisten radioaktiven Staub rüber in den Nachbarstaat.» Fred zeigte sein Grinsen, bei dem immer zu viele Zähne blitzten, drehte die Musik lauter. Am Horizont hing glühend die untergehende Sonne, färbte den Himmel orange, rosa, indigo, Victor öffnete das Fenster, hielt seine Hand in den Fahrtwind, atmete den trockenen, süßen Duft der Wüstensträucher ein.

«Fahr mal rechts ran.»

«Wieso?»

«Mach einfach.»

Als Fred hielt, lief Victor mitten hinein in die sandige Ebene, zog die Schuhe aus. «Hier gibt's Schlangen und Skorpione, du Spinner!», rief Fred, aber Victor achtete nicht darauf, er wollte die Hitze des Bodens unter den nackten Sohlen spüren, die kühle Brise auf der Haut, die mit dem Abend aufkam, die Sonne sank hinter die Hügelkette, hinterließ ein feuriges Leuchten. Fred hupte, ließ den Motor aufheulen. «Willst du nach Vegas oder in der Wüste fasten, Messias?»

Schließlich erhob sich am Horizont die Stadt aus Licht, *Welcome to fabulous Las Vegas*, der Wagen glitt über den palmengesäumten Boulevard, vorbei an den Casinohotels, Luxor, MGM Grand, Bellagio, Flamingo, Caesars Palace, Mirage, Treasure Island, meterhohe tanzende Wasserfontänen, Pyramide, Sphinx, Eiffelturm, ein explodierender Vulkan, Cowboys, Cocktailgläser, Wunderlampen aus Stahl und blendendem Neon. Fünf Nächte, Boxkampf, Schießstand, Copperfield, aber hauptsächlich versuchten sie ihr Glück, Black Jack, Poker, Würfel, Roulette, die Nacht hindurch, bis die Sonne aufging. Später verkatert am Swimmingpool, am monströsen All-you-can-eat-Buffet, Frühstück zum Abendessen, Abendessen zum Frühstück, die Welt auf dem Teller, Porterhouse-Steak, Paella, Ceviche, Hummer Benedicte, Gumbo, Quesadilla, Barbecue Ribs, Dim Sum, Austern, Trüffelkartoffeln, Jakobsmuscheln, Bananensplit, besoffen ein neues Tattoo in einem Laden auf dem Strip, einen farbenprächtigen mexikanischen Totenkopf, Fred, stilsicher wie immer, eine Klapperschlange, die *Viva Las Vegas* rief. Unter dem Summen der Nadel erzählte er Victor die Geschichte von Fortunatus, der von der Glücksgöttin ein Geldsäckchen bekommt, dessen Inhalt niemals versiegt, Fred war erstaunlich belesen, auch wenn er aussah wie Nick Nolte auf Speed. Die Göttin stellt Fortunatus Reichtum, Weisheit, Gesundheit, langes Leben, Schönheit oder Stärke zur Wahl, Fred hob fragend die Brauen: «Was würdest du nehmen?»

Victor überlegte lange. «Vielleicht besser Weisheit. Wenn du schlau bist, kannst du auch jede Menge Asche machen.»

«Ach, der eine Tellerwäschermillionär auf zig Millionen Tellerwäscher.» Fred lachte trocken. «Nein – *denn wer da hat, dem wird gegeben, dass er die Fülle habe. Wer aber nicht hat, dem wird auch das genommen, was er hat*. Matthäus 25, 29. Nicht Weisheit, sondern Geld gebiert Geld, Kleiner.» Fred verzog das Gesicht, als der Tätowierer die Nadel ansetzte, Blut von Freds Schulterblatt wischte. «Vergiss Weisheit, Victor, manches willst du gar nicht wissen, Weisheit in der Gosse ist Qual vom Feinsten, bist du ein Niemand, bedeutet zu viel Wissen bloß Ärger. Lass dir nicht einreden, das Leben wäre so kompliziert, schlussendlich geht es immer um Macht, Macht ist nichts weiter als die Freiheit, in Sicherheit deinen Willen durchzusetzen, und die stärksten Mächte bleiben Reichtum, Körperkraft und die Macht der Liebe, ganz unsentimental. Tust du nicht, was ich will, dann a) ruiniere ich dich, b) verletze ich dich, oder c) liebe dich nicht. Bist du also schwach, haut dich wer tot. Hast du keinen, dem du Liebe entziehen kannst, damit er tut, was du willst, Pech. Der schwache, ungeliebte Reiche wiegt seinen Willen in Geld auf. Geld ist eine kolossale magische Konservendose, eingemachte Macht. Dein Körper wird alt, Liebe vergeht. Im Vergleich hält sich Reichtum lange und lässt sich einfach vermehren. Kapiert?»

Am letzten Abend hatte Victor eine Glückssträhne, verdoppelte innerhalb einer Stunde seinen Einsatz, während Fred nur verlor, bis er Victor am Roulettetisch grimmig einen Stapel Jetons zuschob. «Ich hab die Schnauze voll, du setzt jetzt für mich.» Also setzte Victor. Zwanzig Dollar auf Rot, aber verlor. «Ich glaube, das ist keine gute Idee.» Er wollte Fred die Chips zurückgeben, aber Fred schlug Victors Hand weg. «Nein. Mach weiter.»

Victor zögerte, dann setzte er wieder auf Rot, diesmal enttäuschte ihn die Kugel nicht. Er setzte vierzig auf die Ungeraden, lag wieder richtig, wurde mutiger, sechzig auf das erste Dutzend, Quote 2:1, die Kugel rollte, klackerte, landete schließlich auf der Zwölf. «Du bist mein Rain Man für Arme!» Fred grinste, klopfte Victor fest auf die Schulter, hielt ihm einen 100-Dollar-Chip hin: «Letzte Runde, lass regnen.»

Victor drehte den Jeton eine Zeit lang zwischen den Fingern, bis der Kunststoff ganz warm wurde, betrachtete konzentriert die Zahlenreihen, überlegte, aber das war zu viel gesagt, da war nur ein heißes Gefühl in der Magengrube, als er schließlich auf einen Split setzte, achtzehn und einundzwanzig, Quote 17:1. Der Croupier legte die Kugel ein, einen Augenblick war sie nicht mehr als ein fliehender Schemen über glänzendem Holz, Fred sog hörbar die Luft ein, als die Kugel langsamer wurde, zu springen begann, dann fluchte er, lachte auf, als sie auf die Einundzwanzig fiel und aus hundert Dollar achtzehnhundert wurden. Der Croupier zahlte aus, Fred schnippte Victor einen der 500-Dollar-Chips zu, glänzend gold und violett: «Ein Glücksbringer für meinen Glücksbringer. Setz für dich. Oder pack ihn in deinen Geldbeutel, damit dein Reichtum nie versiegt.»

Victor befühlt den Spielchip, als er nach Kleingeld für den Kippenautomaten sucht, aber findet nicht genug, muss sich zwei Euro vom Koch leihen. Mittlerweile ist der Jeton fast zehn Jahre alt, teils so abgewetzt, dass man kaum noch die Zahl lesen kann. Victor wartet rauchend im Hof, bis der Koch ihm die Wärmebox bringt, lädt sie in den Wagen für die hoffentlich letzte Tour heute Abend.

Als er die Lieferadresse erreicht, parkt er in zweiter Reihe, schleppt die Kiste zum Haus, zehn Pizzen, vier Mal Knoblauchbrot, fünf Mal Pasta, von drinnen wummert Partymusik, es sieht nach Teenagerfeier aus, sturmfreies Wochenende, überall Fahrräder im Vorgarten. Ein sehr gepflegter Vorgarten, zu Kegeln gestutzte Buchsbäume, viele Zierstauden, aber bei der Haustür wurde gespart, hübscher Schrott aus dem Baumarkt mit facettiertem Glas und Metallverzierungen. Drinnen grölen ein paar Jugendliche ein dissonantes *So sehen Sieger aus!*, Victor stellt die Wärmebox vor der Türschwelle ab, will klingeln, aber dann lässt er die Hand wieder sinken, läuft an der Doppelgarage vorbei den Weg entlang hinters Haus, hält sich im Schatten der Büsche. Großes Grundstück, Garten mit Zierteich und Terrasse; durch die Fensterfront des Wohnzimmers erkennt er Dutzende Jugendliche, einige tanzen, manche lungern auf der Sofalandschaft, großer Flachbildfernseher, Entertainment-System, offene Küche mit Kochinsel. Victor geht zurück an die Seite des Hauses, begutachtet im Schutz der Hecke eines der Kellerfenster, hebt mit einem Ast testweise das Schutzgitter an. Keine Zusatzsicherung. Victor steht wieder auf, wirft einen Blick nach oben, ausladender Balkon, Metallgitter, erster Stock. Vermutlich eines der Schlafzimmer. Mit der Papiertonne als Steighilfe wäre er in zehn Sekunden oben. Hier könnte man sogar während der Party einsteigen, so besoffen, wie die sind. Victor spürt das vertraute Prickeln entlang der Wirbelsäule, seinen Herzschlag rasch und heiß in der Brust.

Hör auf damit, die Pizza wird kalt. Hör auf, du Idiot – hinten aus dem Garten dringt das Klacken der Terrassentür, Stimmen, Kichern, das Schnalzen von Feuerzeugen, Victor hält den Atem an, bewegt sich leise zurück vors Haus, zieht Lieferschein und Stift aus der Tasche, klingelt. Eine Gruppe Halbstarker öffnet die Tür, «der Pizzamann ist da!», plärrt einer euphorisch, die anderen skandieren ausgelassen: «*PIZ-ZA*! *PIZ-ZA*!», schaler Alkoholdunst schlägt Victor entgegen. Gut sein ist zum Kotzen.

Als Victor nach Hause kommt, liegt Georg auf der Couch, wenigstens ohne goldenes Sakko, trinkt Wodka direkt aus der Flasche. Er wirkt trübselig und schon ziemlich betrunken, hebt schlaff die Hand zur Begrüßung, bevor er wieder die Decke anstarrt.

«Hat dich die Polizei also laufen lassen.»

«Mir fehlte nur die *Sondernutzungserlaubnis für eine platzintensive künstlerische Veranstaltung*, mein Ausweis hat genügt. Aber die Stadt hätte das ohnehin nicht genehmigt, samstags, Haupteinkaufszeit. Hier, du siehst aus, als könntest du auch was brauchen.» Georg hält Victor die Flasche hin. Einen Moment zögert er, doch dann setzt er sich, nimmt einen Schluck.

«Georg, bevor du fragst, wie ich es fand – ich habe keine Ahnung von Kunst. In Paris war ich nur im Louvre, weil mein Kumpel, der Koch, meinte, Mona Lisa sei Pflicht. Mich hat, ehrlich gesagt, am meisten die Sicherung interessiert, Alarm, Kameras, Panzerglas.»

«Keine Sorge, ich hätte nicht gefragt. Ich hasse reden.»

Georg streckt die Hand nach der Flasche aus, Victor gibt sie ihm zurück. Georg hat echt was von diesen armen Spinnern in der Fußgängerzone, rette die ganze Welt mit deiner Unterschrift, Soylent Green ist Menschenfleisch, aber Victor hält die Klappe, er braucht das Zimmer hier. Einen

Augenblick taxiert Georg ihn über die Flasche hinweg, auch wenn das mit seinem Alkoholpegel nicht mehr gut klappt; als er sich aufstützen will, rutscht er mit dem Ellenbogen halb von der Couch – «Hoppla», murmelt er, während Victor ihn wie einen gestrandeten Wal zurück aufs Sofa hievt. «Mann, Alter, du hast es dir richtig gegeben, was?»

Georg nickt nur, dann fasst er Victor an der Schulter.

«Sag, was ist deine größte Begabung?»

«Was meinst du genau?»

«Da: reden. Einfache Frage, keine Antwort. Du warst gut im Einbrechen – aber *warum*? Und was könntest du sonst damit machen?»

«So gut war ich nicht, sonst wäre ich nicht eingefahren.»

Georg schüttelt den Kopf. «Schon wieder keine Antwort. Stell dir vor, für jeden unnötigen Satz schneidet dir einer ein Stück Zunge ab.»

Victor nimmt Georg die Flasche aus der Hand, trinkt noch einen Schluck, auch wenn das Zeug schmeckt wie Spiritus. «Und stell du dir vor, für jeden blöden Spruch haut dich wer zu Mus, du Vogel.»

Georg schnaubt, und endlich schleicht sich ein Lächeln in sein Gesicht, bevor er sich die Flasche zurückholt.

«Wäre bald eine schöne stille Welt.»

Als es an der Tür klingelt, stöhnt Georg auf, aber rührt sich nicht.

«Willst du nicht aufmachen?»

«Geh du. Bestimmt meine Nachbarin, die ist tausend Jahre alt und sperrt sich beim Müllrunterbringen dauernd aus. Hab ihren Ersatzschlüssel, liegt in der Kommode.»

Victor erhebt sich träge aus dem Sessel, geht in den Flur, aber hält inne, als es von außen plötzlich hart gegen die Tür hämmert. Klingt nicht gerade nach einer Tausendjährigen. Er sieht zu Georg im Wohnraum, aber der liegt wie gelähmt auf der Couch, starrt wieder die Decke an.

Als Victor einen Blick durch den Türspion wirft, fährt ihm eine heiße Woge Panik durch den Körper, Fred steht im Treppenhaus, Lederjacke, knallrotes Hawaiihemd, ein grimmiger Ausdruck auf dem zerfurchten Gesicht. Victor hat ihm nicht gesagt, dass er schon draußen ist, aber irgendwie hat Fred es offensichtlich rausgekriegt und ihn gefunden. Fred klingelt wieder, hämmert noch mal mit der Faust gegen die Tür. Victor überlegt, nicht zu öffnen, aber Georg verrät ihn, als er durch die ganze Bude ruft: «Victor! Warum machst du nicht auf?»

Durch den Spion erkennt Victor, wie Fred anfängt zu grinsen. «Kleiner, nicht so schüchtern! Ich bin's nur! Fred!»

Victor flucht lautlos, öffnet, Fred breitet die kräftigen Arme aus, etwas widerwillig lässt sich Victor umarmen. «Na, schau mal an, wen wir da haben!»

«Fred, was machst du denn hier?»

Fred betrachtet ihn spöttisch. «Der Knast hat dir wohl die Manieren versaut, begrüßt man so einen alten Freund? Hättest mir ruhig sagen können, dass du schon raus bist, möchte fast meinen, du wolltest es mir nicht verraten.»

«Nein … bin bloß noch nicht dazu gekommen …»

«Verstehe. Koffer auspacken dauert.»

Fred sieht zu Georg, der in den Türrahmen des Wohnraums getreten ist. Er starrt Fred an, finster und reglos wie ein Gargoyle am Kirchturm, immer noch die Flasche in der Hand, die er jetzt am Hals hält, fast wie einen Prügel. Fred öffnet den Mund, will etwas sagen, doch er scheint es sich anders zu überlegen, wendet sich wieder Victor zu.

«Was mir gerade einfällt, ich hatte dir doch ein Buch geliehen, diese hübsche Geschichte über einen armen Müllerssohn, dem eine gute Fee den Arsch rettet mit einem Topf Gold. Schon durch damit? Sehe ich das bald wieder?»

Victor hatte gehofft, das Begleichen der Schulden für die Garagenmiete noch hinauszögern zu können, aber daraus wird wohl nichts. «Sicher. Gib mir nur noch ein paar Tage. Ich komme bei dir vorbei, Ende des Monats. Versprochen.»

Fred sieht Victor prüfend an, wirft einen letzten misstrauischen Blick zu Georg, der immer noch dasteht und ihn grimmig beäugt, dann streckt Fred Victor die Hand entgegen. «Ende des Monats, weil du es bist, und es dein erster Ritt durchs Tal der Tränen war. Aber enttäusch mich nicht.»

Victor harrt mit pochendem Herzen im Türrahmen aus, während Freds Schritte durchs Treppenhaus hallen, schließlich unten die Eingangstür ins Schloss fällt.

«Du schuldest dem Kerl also ein Buch.» Georg verzieht halb belustigt, halb besorgt das Gesicht.

«Ja, er ist die teuerste Bibliothek der Welt. Tut mir leid, dass er hier aufgekreuzt ist.» Victor nimmt seine Jacke vom Haken. «Ich muss mal eine Runde an die Luft.»

Kalter Nachtwind schlägt ihm entgegen, als er die Straße Richtung Fluss einschlägt.

Das scheiß Geld immer.

Nein. Das scheiß Fehlen von scheiß Geld.

Beim letzten Maklertermin für das Lokal bemerkte er auch Unzufriedenheit in Saschas Ton, schlecht verborgen unter Höflichkeit. Sascha will was Größeres, aber das funktioniert einfach nicht mit Victors lausigem Ersparten. Vielleicht nimmt Victor allein einen Kredit auf. Oder er geht ins

Casino. Er war gut im Poker. Oder Lotto. Klar, Lotto-King Victor. Seine Glücksfee stand gerade schon vor der Tür und war ziemlich angepisst.

7
Kannibalen

«Georg. Ich bin's, Joachim. Ruf mich zurück.»

«Georg. Geh ran.»

«Georg, Herrgott.»

Georg verharrt unschlüssig vor dem Telefon, doch dann löscht er die Nachrichten vom Anrufbeantworter. Sein Bruder ruft ihn fast nie an, außer, er ist wütend auf ihn. Heißt, dass er mittlerweile öfter anruft, nach fast jeder Aktion. Heute morgen drei Anrufe in nicht mal einer Stunde, Joachim ist hartnäckig, will er etwas, und sei es nur, Georg zu sagen, was für eine wandelnde Schande er mittlerweile für die Familie sei.

Georg atmet aus, setzt sich zurück an die Staffelei, die Ölfarbe und das Terpentin verursachen ihm ein warmes Pochen in den Schläfen, es ist die zwölfte Fassung des Bildes, aber etwas stimmt immer noch nicht. Die verworfenen Versuche stehen verborgen unter Tüchern in einer Ecke, Caroline hatte sie trotzdem entdeckt, wollte sie unbedingt haben. «Das ist ja eine ganze Serie», ihre Augen leuchteten, doch die Bilder sind nur für ihn, er konnte nicht anders, als sie zu malen, aber er will nicht, dass sie irgendwer sieht.

Eine Weile betrachtet er die Figuren auf der Leinwand, eine Gruppe in allen Lebensaltern vom Kind bis zum Greis, im Zentrum des Bildes liegt ein Mann auf dem Rücken, sein Körper aufgebäumt, der Mund aufgerissen zum Schrei, ein anderer Mann drückt ihn zu Boden, eine Frau beugt sich über ihn, ihr Haar ein Vorhang aus Gold, während sie mit einem Messer den Körper des Liegenden öffnet, ein Schnitt von der Kehle bis zum Schambein. Ein dritter Mann greift tief in den offenen Bauchraum hinein, verbissen vor Anstrengung, gleichzeitig lustvoll zieht er Gedärm heraus, die Arme bis zum Ellbogen mit Blut beschmiert, ein feister kleiner Junge hat seine Zähne bereits hungrig in die Hand des Liegenden vergraben, die er Hilfe suchend und zugleich bedrohlich in Richtung Betrachter streckt. Weitere Figuren umringen den Liegenden, andere versuchen zu flüchten, hinein in die Tiefe einer leeren weißen Ebene. Diesmal hat der Entwurf fast etwas Verspieltes, die Bewegung der Figuren eine Dynamik wie tollende Hunde, Tiere im Spiel, alle Körper wie im Tanz, ausgelassen, freudig, ein Fest. Die nackte Haut rosig, frisch, prall oder von lebendigen Fältchen des Alters durchzogen, die heraustretenden Muskeln und Sehnen, die Augenpaare, Lippen, Zähne, alles leuchtet kraftvoll in seiner Schauerlichkeit. Georg setzt die Farben feucht und verschwenderisch, die Haut in strahlendem Alabaster, Elfenbein, zartem Rosé, warmem Sand, in Umbra arbeitet er die Schatten heraus, die Wunden in Scharlachrot, Karmin, Zinnober, Purpur, setzt weiße Glanzlichter auf den violetten Schimmer der Innereien.

Als er wieder den Pinsel ansetzt, lässt ihn das Klingeln des Telefons zusammenzucken, und die Wangenlinie einer Figur endet in Gekrakel. Georg harrt angestrengt aus, bis das Klingeln vom Anrufbeantworter abgewürgt wird, doch diesmal hinterlässt sein Bruder keine Nachricht, nur ein paar Sekunden anklagendes Schweigen, bevor er die Verbindung abbricht. Georg wischt mit dem Tuch über die zerstörte Linie, erhebt sich, tritt einen Schritt zurück, um das Bild von Weitem zu betrachten. Etwas stimmt einfach nicht, etwas fehlt wie all seinen Vorgängern.

Georgs Blick fällt wieder auf den kauernden Mann, der in die Eingeweide des Liegenden greift, die knochigen Knie vor der schmalen Brust, die Scham entblößt, beiläufig, ungezwungen, das verschwitzte Gesicht konzentriert und voll Vorfreude, und auf einmal stellt er sich seine eigenen Gesichtszüge in denen des Ausweidenden vor, sieht seinen Bruder Joachim in dem Mann, der ungerührt am linken Bildrand sitzt, ein Stück aus der Schulter des Liegenden geschnitten hat, es zum Mund führt, die Lippen in Erwartung geöffnet, fast wie zum Kuss. Er sieht die Züge seiner Schwester Anna in der Frau, die dem Liegenden eine Hand auf den Mund hält, um dessen Schrei zu ersticken, mit der anderen ein Mädchen bei den Haaren packt, das versucht, auf allen vieren davonzukriechen, sieht seine Eltern in dem Greisenpaar im Hintergrund, die Zähne versenkt in den Hals eines Dritten, der leblos im Weiß der Bildebene liegt.

Einen Augenblick zögert Georg noch, dann beginnt er, die Gesichter der Figuren zu übermalen und auszuarbeiten, Joachims harte, aber harmonische Züge, das lange, gerade Nasenbein, den energischen Blick unter ebenmäßigen Brauen, Annas herzförmiges Gesicht, ihre wachen Augen, von dichten Wimpern umkränzt. Die Züge des Vaters, etwas grob und störrisch, aber stets mit einer warmen Milde, die feinen Lachfältchen seiner Mutter, geschwungene Brauen über strahlend wassergrünen Augen, sein eigenes verbrauchtes Gesicht, mitgenommen wie ein ausgetretener Schuh, zugleich der Widerhall der Verwandtschaft, als hätte die Natur überall etwas herausgepflückt, achtlos neu zusammengesetzt.

Schließlich legt Georg den Pinsel beiseite, massiert seine schmerzende Hand, dann steht er wieder auf, betrachtet das Bild. Die hungrigen Nackten mit den vertrauten Gesichtern, er hat das Bedürfnis, den Blick abzuwenden, aber das ist es wohl, was gefehlt –

Das Schrillen der Türklingel lässt ihn zusammenfahren, ein hartes Klopfen folgt, dann erkennt er die Stimme seines Bruders. Kurz blickt Georg wie erstarrt auf die Leinwand, überlegt, nicht zu öffnen, doch Joachims Stimme dringt mit so scharfem Befehlston durch die Tür, dass Georg die Staffelei schließlich, so gut es geht, aus dem Sichtfeld dreht. Als er öffnet, lehnt Joachim im Türrahmen, die Arme vor der Brust verschränkt, dunkler Anzug, Hemd, Krawatte; während andere darin elegant oder bieder wirken, wirkt Joachim bedrohlich, er trägt Anzüge wie Rüstungen, überragt Georg fast um einen halben Kopf, Georg weicht zurück, als sein Bruder auf ihn zutritt, wischt sich seine farbverschmierten Finger an der Hose ab.

«Du bist also doch zu Hause.» Joachim taxiert ihn mit seinen hellblauen Augen, die Georg mittlerweile immer mustern wie ein Tier im Zoo, das bedauerlicherweise zugleich sein kleiner Bruder ist und leider keine beliebte Attraktion, kein Löwe, Seehund, Eisbärjunges, sondern etwas Gepanzertes mit zitternden Fühlern, das manchmal sticht, manchmal auf dem Rücken liegt und nur schwer wieder auf die Beine kommt.

«Wir haben deinen neuen Unfug in der Fußgängerzone mitbekommen. Das Video, das du online gestellt hast.»

«Du bist den ganzen Weg von Eschersbach gekommen, um mir das zu sagen?»

«Nein, ich war ohnehin in der Stadt und wollte mit dir sprechen.»

Als Joachim den Wohnraum betritt, steuert er die Couch

an, auf der sich ein paar Leinwände und alte Zeitungen stapeln, doch dann überlegt er es sich anders, bleibt mitten im Zimmer stehen. «Mein Gott, warum nimmst du dir nicht wenigstens eine Putzhilfe.» Schweigend befreit Georg zwei Essstühle von ein paar Kleidungsstücken, doch Joachim will nicht mehr sitzen, greift stattdessen in die Innentasche seines Jacketts, zieht einen Briefumschlag heraus.

«Anna und ich haben uns besprochen. Wir haben diesmal ein Angebot für dich, das wirklich mehr als fair ist.»

Georg blickt auf den Umschlag, den Joachim ihm hinhält, dickes, blütenweißes Papier, der Firmenschriftzug der Bercking Holding in feinen marineblauen Lettern. Sie wollen ihn loswerden. Schon wieder. Das letzte Mal hatten Joachim und Anna ihn für eine Familienstiftung eingesetzt: «Kunstförderung, das liegt dir doch mehr, Georg», Ablenkungsmanöver und Bestechungsversuch zugleich, um ihn aus den Konferenzen fernzuhalten. Er willigte schließlich ein, aber war kaum mehr als der Grußaugust, es hatte weniger als ein Jahr gedauert, bis er sich mit Fachjury und Aufsichtsrat zerstritten und alles wieder hingeworfen hatte.

Ihr Vater ist ein liebender, großzügiger Vater, Georg weiß nicht, ob er auch ein gerechter war, als er jedem seiner Kinder zum Einundzwanzigsten je fünfundzwanzig Prozent der Firma schenkte, zunächst unter Aufsicht eines Vermögensverwalters bis zur Vollendung des dreißigsten Lebensjahrs. Joachim und Anna gaben nie Grund zu Zweifel, die Firma weiterführen zu wollen, vielleicht hoffte ihr Vater, so auch Georg wieder zu mehr Engagement bewegen zu können, als er nach der Lehre im Betrieb fast über Nacht getürmt war, weil die Akademie ihn endlich angenommen hatte. Joachim und Anna überstimmen Georg jedes Mal, geht es um Entscheidungen der Anteilseigner. Der Vater enthält sich zwar manchmal der Stimme, statt sich auf ihre Seite zu schlagen, aber Georg verliert immer. Es ist ein vergebliches Unterfangen, trotzdem stimmt er gegen Dinge, meist als Einziger, umringt von der Führungsriege im blanken, kühlen Konferenzraum, er weiß, die Leute im Konzern nennen ihn hinter seinem Rücken den *irren Bruder*, aber sie lächeln ihm ins Gesicht.

Seine Geschwister haben den Betrieb groß gemacht, obwohl *groß* untertrieben ist. War der Vater ein Fleischbaron, haben Joachim und Anna die Baronie zum Königreich erhoben, leuchtend weiße Kästen gegen den Himmel, Schlachthalle, Kühlhaus, Bürokomplex, der Name *Bercking* in nüchternen Lettern über blitzenden Fenstern, ein eigenes, streng abgeschirmtes Dorf aus Beton und Stahl, eine gute Stunde von Frankfurt entfernt. Umsatz letztes Jahr knapp vier Milliarden Euro, Exportanteil fast fünfzig Prozent, hochautomatisierte Schlachtung und Zerlegung von neun Millionen Schweinen jährlich, einer halben Million Rindern, Gelatine für Süßwaren, Fruchtjoghurt, Saft, Schweinefüße für China, Fett, Hämoglobin- und Plasmapulver für Tierfutter, Blutgerinnungshemmer aus Schweinedarmschleim für die Pharmaindustrie. Joachims Hände sind nicht die eines Schlachters, obwohl auch er das vor dem Studium gelernt hat, Jo ist ein schlanker, aschblonder Mann mit der Spröde eines Bilanzbuchhalters und den feingliedrigen Händen eines Chirurgen. Anna wirkt zart, aber kontrolliert eisern das Image jeder Marke, eingängige Sprüche, glückliche Kühe, Schweine, Gutshofidyllen auf den Verpackungen, Anna hat den nach den Eltern benannten Karl-und-Elisabeth-Bercking-Preis ins Leben gerufen, Auszeichnung für Journalisten im Bereich Natur und Wissenschaft, Anna hat eine vegetarische Linie eingeführt, Wurstimitatwaren, groß im Kommen.

Joachim kontrolliert die Struktur des Konzerns, Schlachthöfe und Verarbeitungsbetriebe in ganz Deutschland und Dänemark, Beschaffung von Arbeitskräften aus Rumänien, Bulgarien, Polen, die im Akkord die Tiere ausbluten, entweiden, zerlegen. Joachim steuert aus dem Hintergrund die Arbeiterunterkünfte, verwaltet von einer Immobilienfirma, die wiederum Konzerntochter ist, ausländische Subunternehmer als Vermittler und Arbeitgeber der Werkvertragsarbeiter, Umgehung des deutschen Arbeitsrechts. Eine Firma, aufgebaut auf einem eingeschüchterten Arbeiterheer, der Unterschlagung von Sozialabgaben, überfüllten Kasernen, schnell zurechtgemacht, wenn auf Ankündigung die Behörde kommt. Betrugsprozess wegen Falschetikettierung von gepanschtem Hackfleisch, Verfahren eingestellt gegen knapp eine Million Euro Geldauflage, Verdacht auf Bestechung und Steuerhinterziehung, Verfahren ebenfalls eingestellt. Das Einzige, was die Staatsanwaltschaft je zustande gebracht hat, war ein Bußgeld wegen unzulässiger Kameraüberwachung in den Duschen und Umkleiden der Mitarbeiter. Georg kann manchmal nicht anders, als beeindruckt zu sein.

Er hatte einen Blick über den Metallzaun der Arbeiterunterkünfte geworfen, der Wachmann wollte ihn nicht aufs Gelände lassen. «Privatgrund, kein Zutritt.»

«Ich bin Anteilseigner.»

«Kein Grundstück der Bercking Holding, sondern der Consus GmbH.»

Georg lief einfach am Wachmann vorbei, bis zu einer der

Unterkünfte, riss die Tür auf zu einem kargen Flur. Eine der Zimmertüren stand offen, Georg erkannte Stockbetten, eng gestellt, erschrockene Augenpaare sahen ihn an, keiner wollte mit ihm sprechen, die meisten verstanden ihn überhaupt nicht, und die, die ihn verstanden, winkten ängstlich ab, als Georg sie nach Lohn fragte, Arbeitszeiten, Miete für die Unterkunft.

«No talking. Makes problems.»

«What problems?»

«No, please, no talking.»

Als Georg schließlich das ganze Ausmaß begriff, zum ersten Mal zu Joachim sagte, was die Firma tue, sei unrecht, schnaubte sein Bruder nur. «Das ist Branchenstandard, alle tun das. Die Leute wollen bezahlbares Fleisch, sie interessieren sich nicht für Arbeitsbedingungen, sie interessieren sich für den neuen *Weber Grill*, das ist Demokratie, Georg. Du profitierst selbst, also pass auf, was du sagst.»

Als Georg mit dreißig zum ersten Mal Zugriff auf die Konten hatte, war er ungefähr ein Jahr lang durchgehend betrunken und drauf gewesen, hatte ein riesiges Atelier gekauft, Material für Tausende Euro, Bilder gemalt, so groß, dass sie kaum mehr an Carolines Galeriewände gepasst hatten. Eine Weile hatte er seinen Anteil hemmungslos ausgegeben, selbst als er bereits wusste, wie die Dinge in der Firma laufen, hatte er geschwiegen. Er hatte doch nichts verbrochen, er hatte nichts getan, verdammt, schließlich ist kein Geld sauber, Geld ist wie Wasser, reißt alles mit sich in seinem Fluss, du kannst es vielleicht mischen mit klareren Quellen, Treibgut herausfischen, aber du musst trinken, dich waschen, willst manchmal ein verschwenderisches Bad. Er wollte keinen Streit mit der Familie, nicht schlecht von Menschen denken, die er liebte. Sein Vater, dieser baumhohe, stille Mann, der eine Gelassenheit ausstrahlte, dass man jedes Mal beruhigt die Augen schließen wollte; seine Mutter, deren Tatendrang ansteckend war, selbst wenn sie ihre Kinder nur anhielt, bei der Gartenarbeit zu helfen, mit stinkender Brennnesseljauche das Gemüsebeet zu düngen. Anna, die der Vater seinen Luchs genannt hatte, brillant, wach, redegewandt, und die zahllose Nachmittage geopfert hatte, um ihren Stotterbruder durch Mathe, Latein, Chemie und weiß der Teufel was zu boxen. Joachim, den der Vater seinen Großen nannte, dem nichts zu schwierig, zu beschwerlich war; der Georg zeigte, wie man einen Damm baute unten am Bach, wie man Feuer mit einem Brennglas entzündete, Raupen fing, fütterte und hielt, bis sie sich verpuppten; ihn auf dem Schulhof beschützte. Als Kinder hatten sie in den Feldern rund um die Schlachterei gespielt, sich hineingelegt, versteckt, nach Figuren in den Wolken gesucht, lachende, traurige, wütende Gesichter, alle Arten von Tieren, Dingen, auch wenn Georg und Anna für Joachim mit dem Finger nachzeichnen mussten, was sie sahen. Jo war nicht gut in diesem Spiel, aber wenn sie in den Wald hineinliefen, fand Jo die schönsten Plätze am Bach, Vogelnester, Kaninchenbaue, fand immer den Weg zurück. Joachim und Anna haben Herz. Ein Herzloser ist ein Krüppel, einer mit Herz weiß, was er tut. Mittlerweile ekelt es Georg oft vor seiner Familie, aber man kann sich nicht aussuchen, wen man liebt, er hängt an seiner Familie, manchmal wie an einem Strick.

Und natürlich hatte er geschwiegen, weil er sich nicht mit sich selbst befassen wollte, er wollte bloß seine Ruhe, aber die Sache hatte ihm keine Ruhe gelassen. Bis auf die

Spenden fürs Gewissen hat er sein Geld aus der Firma seit Jahren nicht mehr angerührt, aber er ist kein geborener Bettelmönch, kein Diogenes in der Tonne, weder bescheiden, noch verantwortungsvoll. Er wollte nie Arzt werden, Feuerwehrmann, kein Samariter, kein Superheld, keine Leben retten, keine Kranken heilen, er wollte bloß in Frieden seine Kopfgeburten auf die Leinwand pinseln, in der Sonne liegen, lieben, schlafen, sich die Kante geben und sonst nichts mit der Welt zu tun haben. Als der Geldregen kam, war das ein willkommenes Kissen nach Jahren des Hangelns von Monat zu Monat, bevor die Bilder doch etwas abwarfen. Ein Aushilfsjob nach dem anderen, weil er es nirgends lange aushielt, es ihn in den Fingern juckte wie eine Sucht. Seine kurze Karriere bei McDonald's, als er den McGeorg verkaufte, *Alles geht, nichts muss, bau dir deinen eigenen Burger!*, ein Kassenschlager, bis der Filialleiter ihm draufkam, weil die abgezählten Zutaten hinten und vorne nicht mehr zusammenpassten. Sein Job im Möbelhauslager, als er nach durchzechter Nacht in eines der Lagerregale gekrochen und eingeschlafen war. Seine Stelle als Garderobier im Theater, bis Dutzende Handtaschen und Mäntel abhandenkamen, weil er, statt aufzupassen, mit der adretten Kartenabreißerin auf den Toiletten verschwand. Seine Zeit als Museumsaufsicht mit seiner Studienkollegin Alma von der Akademie, nachdem er sein Zeugnis vom Theater gefälscht hatte (er bekam rasch ein Auge für Unterschriften), bis er und Alma auf Speed Verpackungsfolie aus dem Lager klauten, sie sich überwarfen und johlend durchs Museum rannten, zwei hysterisch lachende Plastikgespenster, die den verschreckten Besuchern zuriefen, sie seien Christos neues Meisterwerk. Verantwortung lag ihm nicht, und mit dem

Geld aus der Firma kam die endgültige Kernschmelze, bis er eines Morgens auf dem Betonboden seines Ateliers in der eigenen Kotze aufwachte, nichts trug als einen schmuddeligen Morgenmantel, feststellte, dass sich nichts geändert hatte, außer, dass er jetzt ein paar Hundert Quadratmeter mehr Welt zum Vollkotzen besaß. Es gibt immer nur eine bestimmte Menge, die du kotzen kannst, egal, wie viel Welt du hast, deshalb sollte man seine Ressourcen schonen. Was in der Firma passierte, hat ihm einfach keine Ruhe gelassen, er konnte nicht weitermachen, als wäre nichts, auch wenn er, bei Gott, oft genug wünschte, er könnte.

Georg blickt auf den Umschlag, den Joachim ihm hinhält, schüttelt den Kopf. «Ich werde meine Anteile nicht abtreten. Zumindest weiß ich so noch, was ihr tut.»

Joachim fixiert ihn kühl, legt den Umschlag auf den Tisch. «Schau dir in Ruhe das Angebot an. Es ist mehr als großzügig. Du wirst zufrieden sein.»

«Du weißt, dass es nicht darum geht.»

Joachim atmet angestrengt aus. «Glaub mir, zwischen Menschen ist Geld letztlich immer der kleinste gemeinsame Nenner, auch wenn sie sich auf sonst nichts einigen können, deshalb funktioniert Geld so gut. Sieh es als Friedensangebot.»

Als Georg schweigt, nimmt Joachim doch am Tisch Platz, betrachtet eine Weile die angebrochenen Schnapsflaschen, blickt schließlich zur Staffelei hinüber, dann auf Georgs farbverschmierte Hände.

«Du malst wieder?»

«Nein … ja, nur für mich.»

«Du solltest dich wieder aufs Malen konzentrieren, eine Ausstellung machen, statt diesen anderen Unsinn. Lass mich mal sehen.» Joachim erhebt sich, doch Georg stellt sich ihm hektisch in den Weg, als er auf die Staffelei zugeht. «Nein, ich will nicht, dass du es ansiehst –»

«Nun komm, so schlecht wird es schon nicht –»

«Joachim!» Georg fasst ihn an der Schulter, will ihn zurückziehen, aber es ist bereits zu spät, Joachims Augen weiten sich, ein paar Sekunden starrt er sprachlos auf das Bild, ein Ausdruck von Ungläubigkeit und Entsetzen auf dem Gesicht, dann fährt er herum, schlägt Georgs Hand von seiner Schulter – «Was zum Teufel ist das? Hast du überhaupt keinen Respekt mehr?»

«Ich habe gesagt, du sollst es n-n –», doch Joachim lässt ihn nicht aussprechen – «Ich habe wirklich genug von dir!», schreit er so laut, dass Georg erschrocken zurückweicht. «Du widerst mich an, weißt du das? Kritisierst mich, aber was hast du je zustande gebracht? Du hast alles hingeschmissen, deine Chancen in der Firma, deine Karriere, hast mal von großer Kunst geschwafelt, stattdessen lebst du in den Tag wie ein Penner, trinkst dich halb tot und spielst dich auf mit deinen erbärmlichen Alltagsrevolten! Du wirst uns nicht auch noch bloßstellen mit diesem Geschmier!»

Bevor Georg ihn davon abhalten kann, packt Joachim den Rand der Leinwand, reißt das Bild aus der Halterung, die Staffelei stürzt gegen das Glas mit Terpentin und benutzten Pinseln, das mit lautem Schlag auf den Dielen zerbricht, dann schleudert Joachim das Bild zu Boden, ein kratzendes und zugleich schmatzendes Geräusch, als es über das Holz schlittert. Eine Lache Terpentin breitet sich aus, darin Pinsel, Glasscherben, erfasst auch die Leinwand, an ihrem unteren Rand erkennt Georg eine Schleifspur aus ineinander verlaufenen Farbschlieren, die sich quer über den Boden zieht. Einen Moment lang stehen Georg und Joachim reglos da, während Joachim nach Atem ringt, Georgs Kehle ist wie zugeschnürt, er braucht eine Ewigkeit, bis er ein Wort herausbringt.

«Niemand hätte es zu Gesicht bekommen, es war nur für mich, glaub mir. Du hättest es nicht ansehen sollen.»

Joachim weicht seinem Blick aus, greift fahrig in die Jacketttasche nach seinen Zigaretten, steckt sich eine an. Als er Georg wieder ansieht, ist der Zorn in seinen Augen einer gezwungenen Sachlichkeit gewichen. «Denk über das Angebot nach», sagt er tonlos, bevor er sich abwendet, ohne ein weiteres Wort die Wohnung verlässt.

Georg hebt die Leinwand vom Boden auf, betrachtet die verschmierten Konturen, die allem einen entstellten Ausdruck verleihen, die Münder verzerrt, die Pupillen verwischt. Er greift nach dem Teppichmesser, schneidet die Leinwand vom Keilrahmen, wirft sie in den Müll, dann lässt er sich auf einen Stuhl sinken, blickt auf den Briefumschlag, nimmt ihn schließlich, dreht ihn eine Weile unschlüssig zwischen den Fingern. Als er ihn öffnet, den Vertrag überfliegt und die Zahl sieht, stockt ihm der Atem, dann zieht sich etwas schmerzhaft in seiner Brust zusammen. Sie wollen ihn sich diesmal endgültig vom Hals schaffen, die Summe, die sie bieten, damit er geht, ist obszön.

Herrgott, dann nimm halt das Geld. Nimm es und renn, setz dich ab, Karibik, Südsee, irgendwas, einen Platz an der Sonne. Sollen Joachim und Anna seine Anteile haben, er ist ohnehin machtlos, sein Stimmrecht bewirkt einen Dreck, sollen sie ungestört tun, was sie wollen, während er in Bermudas und Schlappen Piña Colada aus einer ausgehöhlten

Ananas trinkt, mit der Staffelei am Strand hockt, statt in Konferenzen zu sitzen wie ein Narr. Mit der flachen Hand auf die Kacke hauen, Privatier Bercking, weiße Anzüge, Lederslipper, keine Socken, keine Scham, Poolpartys jeden Abend im Casa de Bercking, Buffet mit Eisschwan, ach was, Eis*elefant*, Zuckerwattemaschine, Wodkabrunnen, Plastikflamingos, Minigolfbahn oder noch viel besser, einfach mit Evelyn abhauen. Er könnte sie anrufen, jetzt sofort, Evelyn, lass uns durchbrennen, nimm die Hälfte vom Geld, es ist mehr als genug, wir können zusammen fett und alt werden im Paradies, und keiner schmeißt uns raus, verdammt, wir könnten eine Insel *kaufen*, wenn wir wollten, den ganzen Tag nackt herumlaufen, miteinander schlafen und uns betrinken bis zur völligen Erschöpfung, wir könnten daliegen, bis die Sonne Himmel und Meer in Brand steckt, das Lodern dem Funkeln der Sterne weicht, wir friedlich die Augen schließen für einen tiefen, satten Schlaf, und der Rest der Welt könnte uns so dermaßen am Arsch lecken.

Georg steckt den Vertrag langsam zurück in den Umschlag, wirft ihn zu der kaputten Leinwand in den Müll. Verdammt, es wäre so einfach, er müsste nur zugreifen, manchmal wünschte er wirklich, er könnte abhauen, hätte das in sich, *je ne regrette rien*, ist halt Pech, verdammtes Pech, dass ihr bis zum Hals in der Scheiße hockt, aber es kann nicht jeder gewinnen, sorry, muss los, Aloha, ich schreib 'ne Karte!

Joachim hält sich für stark, er ist stark, aber nicht so stark, wie er glaubt. Was zu oft mit Stärke verwechselt wird, ist der bloße Vorteil durch die Schwäche anderer. Trotzdem sieht ein Teil in Georg Joachim immer noch durch die Augen des kleinen Bruders, beneidet ihn um seine Unerbittlichkeit wie die eines Tiers, das nicht mehr weiß, als dass es fressen will, selbst seine Artgenossen, eins mit sich selbst, unbeugsam, unbetrübt. Kannibalenblut. Georg weiß, es fließt auch in ihm, er wird es selbst nicht los, manchmal pulsiert es durch seine Adern wie ein Fieber.

Im Flur schlägt die Eingangstür ins Schloss, dann kommt Victor ins Zimmer, bepackt mit Einkäufen, blickt stirnrunzelnd auf die umgestürzte Staffelei, die Farbe und das Terpentin auf dem Boden.

«Mann, was ist denn hier passiert? Da geht man kurz Bier holen, und du nimmst die Bude auseinander.»

«Ich war nur ungeschickt.»

«Brauchst du Hilfe?»

«Danke, schon gut.» Trotzdem beginnt Victor, ein paar Pinsel aufzuklauben, während Georg das Terpentin und die Farbe aufwischt. «Wirklich alles okay?»

Georg nickt nur, wäscht sich die Hände, dann packt er seine Sachen für den Malkurs zusammen. «Ich muss los. Bin schon wieder zu spät.»

8
Patient Zero

Georg strich mit den Fingern über die kühle Oberfläche seiner Schlachterschürze, betrachtete seinen Vater, der voranging, die breiten Schultern, das rotbraune, akkurat geschnittene Haar über dem Kragen seines Kittels. Durchs Fenster der Halle brach das erste Licht des Tages, Georg folgte dem Vater mit ruhigem Schritt, spürte noch die Müdigkeit in den Knochen, aber sein Herz schlug schnell und hart. Seine erste eigene Schlachtung von Anfang bis Ende, nicht zusehen, alles selbst tun, ohne Hilfe. Das erste Mal töten, an Totem geübt, der Stich in die Kehle, rasch, fest, gerade. Georg bildete sich ein, die Ahnung der Tiere riechen zu können, ein saurer, kalter Geruch, der sich ölig auf seine Zunge legte, spürte die Hitze seines Bluts in den Wangen.

Sein Vater sah ihn mit freundlichen blauen Augen an, als sie vor dem Gitter standen. Georg sollte selbst aussuchen. Er nahm das Tier, das seinen Blick traf, als es den Kopf hob, die Augen verdrehte, Weiß darin aufschien, der Ausdruck fast menschlich. Georg griff nach dem Stock, trieb es vor sich her, aber das Schwein war störrisch, sein grelles Quieken hallte von den Kacheln, als Georg es von den anderen trennte, in die Box im Schlachtraum führte, dann wurde es wieder still. Georg wässerte das Tier mit dem Schlauch ein, nahm die Elektrozange vom Haken, näherte sich behutsam. Als er es mit der Zange packte, der Stromschlag dem Tier durch den Körper fuhr, zuckte es, wurde steif und stürzte zur Seite, ohne einen Laut von sich zu geben, Georg hielt die Zange gegen den Ruck, hielt verbissen, zählte leise bis zehn, dann ließ er los, legte dem betäubten Schwein die Kette am Hinterlauf an, ließ es am Stahlträger nach oben. Sein Vater nickte. Kein Fehler. Georg spürte die Muskeln in den Händen, ein angenehmes Kribbeln, als wäre etwas Strom auch durch ihn geflossen.

Er nahm das Messer, stellte den Eimer unter, tastete mit den Fingern über den Griff für richtigen Halt, bevor er den Stich in die Kehle setzte. Der Widerstand war weich wie Gallert und doch zäh wie Lehm, als das Fleisch nachgab, die Klinge durch Haut, Fett, Muskeln fuhr, die Schlagader traf. Behutsam zog Georg das Messer heraus, und ein dunkler, dickflüssiger Strahl schoss aus der Wunde, Georg hielt das Tier an den Vorderläufen, während sich das Blut in den Eimer ergoss. Unter seinen Händen begann der Körper zu zucken, als das Herz wild versuchte zu pumpen, wo nichts mehr zu pumpen war, dann ließ Georg los, wartete, bis der Blutstrahl versiegte, zu einem leuchtenden Latz auf der Kehle wurde. Ein paar letzte Tropfen fielen herab, Georg betrachtete den schlaffen Leib, die glasigen Augen, geweitete Pupillen in einer grünbraunen Iris unter bleichen, dichten Wimpern. Vielleicht hatte es doch etwas gemerkt, leise, dunkel, Georg spürte ein Beben von den Fingern bis in die Knie, befeuchtete sich die Lippen, er fühlte sich gut, als wäre eine Kraft in ihn übergegangen.

Er schaffte den Körper in den Brühkessel, anschließend flammte er die letzten Borsten von der Haut, entfernte Augen, Ohren, hängte das Tier zum Entweiden auf. Ein feucht glänzendes Gewirr stürzte aus der noch warmen Körperhöhle wie ein Sack Steine, weiß und gräulich schimmerndes Gedärm, prall von Halbverdautem, dampfend in der Kälte der Halle, als Georg mit gezielten, behutsamen Schnitten den Körper öffnete, alles entnahm. Die Brustorgane wanderten an den Haken, der geriffelt knorpelige Schlund samt Zunge, rau und blass, die schlaffe Lunge in mattem Rosé, das Herz in durchwachsenem Burgunder, die Leber in tiefem Braunviolett. Schließlich spaltete er den Leib in zwei Hälften, die Säge fraß sich durch Knochen, Fleisch, nur Zähne schaffte die Maschine nicht, Georg setzte mit dem Beil zwei feste Schläge, ein trockenes Klacken, als das Gebiss unter der Klinge zerbrach. Einen Augenblick betrachtete Georg das Innere des Brustkorbs, die Wirbelsäule, das Gehirn in sauberem Querschnitt, eine wundersame Wandlung von Leben zu Ding, sobald Augen, Schreie, Blut fort waren, die Alchemie der Sprache, *Fleisch*, nicht *Tier*, die Transmutation von Leid zum Glück anderer.

Kein unnötiges Wort. Das Gefühl war besser gewesen als bei den einstigen kindlichen Angriffen mit Stöcken auf Ameisenhügel, die Panik der Tiere, als wäre der Weltuntergang nahe, die Georg fasziniert beobachtet hatte, besser als die Neugier beim Zerteilen von Nacktschnecken mit dem Taschenmesser, wenn die Stücke ihrer Leiber sich zu schmierigen Klumpen zusammenzogen, doch das Gefühl brach an den gleichen Stellen seines Körpers aus, Herz, Bauch, Fingerspitzen. Er gewann keine Kraft, er gab Leid weiter, begriff, weshalb es so vielen gefiel. Nur ertragen die meisten Augen, Schreie, Blut nicht, wollen es sauber. Georg interessiert, wie viele es ertrügen und wie viele heimkehrten wie verstörte Soldaten aus einem Krieg, von dem sie einst überzeugt gewesen waren. Was fängst du damit an? Machst dich zum Gespött in der Fußgängerzone? He, du Gutmenschenclown, leg dich sterben! Dabei träumt Georg nicht von Blumen in Maschinengewehrläufen, Weltfrieden, Standardantworten für Schönheitswettbewerbe, er träumt bloß manchmal aus tiefer, reiner, egoistischer Lust von herausgerissenen Zungen, abgehackten Händen, spiegelnden Strafen, nicht ablösbar durch Geldbußen. Er hält sich nicht für einen sogenannten guten Menschen. «Du wirkst nicht mal, als kannst du Menschen leiden», sagt Evelyn immer, und das kann er meist auch nicht, aber sie interessieren ihn. Manchmal begutachtet er sie wie sinnlose, aber kunstvolle Artefakte, manchmal wie einen lebhaften Albtraum, den man nach dem Erwachen im Geiste dreht und wendet, während man zwischen schweißfeuchten Laken liegt. Aber meist beobachtet er sie wie unbekannte Keimkulturen in der Petrischale, die über Nacht im Brutschrank gewesen sind, um zu sehen, was passiert. Ein Untersuchen mit Mundschutz, weil er doch Angst hat, sie einzuatmen, wer weiß, was dann passiert, Patient Zero, Pandemie, Doktor, wir haben kein Gegenmittel, Sergeant, wir haben Sichtung, mein Gott, sie fressen Menschen! Zielen Sie auf den Kopf! Over! Schreie, Schüsse, Fiepen, Rauschen.

Vielleicht wäre der Mensch doch besser dran mit weniger Gehirn, am besten zurück zu unserem Urahnen, Saccorhytus coronarius, bloß ein mit Zähnen gekröntes großes Maul zum Fressen und Ausscheiden auf einem sackartigen Leib, mit dem wir am Meeresboden herumgekrochen sind vor rund fünfhundertvierzig Millionen Jahren. Kein Schnickschnack wie Sprache, Zivilisation, Kultur, keine marternden Fragen zur eigenen mickrigen Existenz, wer braucht das, wenn er ohne extra Arschloch auskommt?

Als Georg den Klassenraum betritt, sitzen Dittmar Köppler und Ulrike Bloch trotzig hinter ihren Staffeleien, sie haben für den Kurs bezahlt, also kommen sie, auch wenn sie gar nicht mehr wollen, diesen Triumph werden sie Georg nicht gönnen, sagen ihre Blicke. Es ist die letzte Kursstunde, *Anatomie: Inneres und Hülle*. Es wird bestimmt wunderbar.

Bei seiner Einleitung kommt Georg kaum über ein paar Sätze hinaus, bis Köppler verächtlich schnaubt, Bloch etwas zuflüstert und sie zu kichern beginnt. Georg konzentriert sich auf Berthold Drexler, dessen Stilllebenwalnüsse zwar aussahen wie Hasenköttel, aber Drexler lauscht aufmerksam, als Georg Anatomiestudien von da Vinci und Stubbs zeigt, Rembrandts geschlachteten Ochsen, Schads *Flügelmensch* mit deformiertem Brustkorb, Michelangelos überladene Torsostudien, Géricaults *Floß der Medusa*. Was liegt unter der Oberfläche, wie formt es die Hülle, in Leben, Gesundheit, Krankheit, Tod. Die Hülle als Schein und Schutz, Laokoon in seinem idealisierten Todeskampf, die Häutung des Marsyas durch Apollon als Triumph über den Gegner, Bacons geöffnete, sich zersetzende Körper, das Innere nach Außen gekehrt, die rohe Kraft von Ekel, Schrecken, Furor des Aufbrechens.

«Für den ersten Teil der Sitzung möchte ich eine Skizzenübung mit Ihnen machen.» Georg stellt den Beamer aus, tritt ans Podest in der Mitte des Raums, um das reihum die Staffeleien aufgestellt sind, öffnet den Deckel der Kühlbox, die er mitgebracht hat, streift sich Einweghandschuhe über. Ein Raunen geht durch die Klasse, als er zwei in Wachspapier eingeschlagene Herzen herausholt, auf dem Podest drapiert, die Lampe ausrichtet auf die feste, glatte Organoberfläche, durchzogen von feinen Verästelungen der

Herzkranzgefäße, die Gefäßstümpfe der kräftigen Venen und Arterien. Eines der Herzen hat er aufgeschnitten, um Vorhof, Muskelgewebe, Sehnenfäden, Klappen, die wulstig aufgeworfene Innenwand der Herzkammer zu zeigen. Friederike Scholz, eine junge Frau mit funkelnd grünen Augen hinter dicken Brillengläsern, stößt einen angewiderten Laut aus, aber steht doch auf, um die Organe näher zu betrachten. «Ein Rinderherz und ein Schweineherz», erklärt Georg. «Vom Aufbau beide dem menschlichen sehr ähnlich. Die Größe Ihres eigenen Herzens entspricht ungefähr der Ihrer Faust. Ich möchte, dass jeder von Ihnen eine Ölskizze anfertigt, suchen Sie sich ein Detail, arbeiten Sie die Struktur heraus.»

Er blickt in blasse Gesichter, nur Scholz scheint motiviert. «Das riecht», stellt sie fest, kräuselt die Nase, aber geht in die Hocke, um die Organe von allen Seiten zu betrachten. Berthold Drexler formt nachdenklich seine Hand zur Faust, auf, zu, auf, zu, Köppler sieht Georg finster an, dann flüstert er Bloch wieder etwas zu, «*krank*», zischt es durch die Klasse, Bloch lacht hinter vorgehaltener Hand, und ihre Wangen bekommen Farbe.

Manchmal wünscht sich Georg die gewaltsame Harmonie eines Bob Ross, sanfte Stimme, Minipli-Afro, die Fähigkeit, auszublenden, was du nicht sehen willst, *denkt daran, es gibt keine Fehler, nur glückliche kleine Unfälle* in friedlichen, menschenleeren Acryllandschaften, Wolken, Berge, Bäche, Büsche, Bäume, ab und zu eine einsame Hütte, Idyllen in beeindruckender Schnellmaltechnik eines gutherzigen Zimmermannssohns aus Florida, der vor der TV-Malerei zwanzig Jahre in der Air Force war und sich anschließend schwor, nie mehr zu schreien. Aber Georg glaubt, in Wahrheit liebe der Mensch es zu hassen, es liegt etwas Angenehmes in einem kräftigen Hass, ein Gefühl der Lebendigkeit, Hass regt den Blutkreislauf an, benebelt zugleich, eine Droge, die Langeweile vertreibt, weshalb sonst gäben sich ihm so viele so freiwillig hin? «Wenn du Menschen bewegen willst, lass sie nicht lieben, sondern hassen.» Manchmal fürchtet Georg, Evelyn hat recht. Er hasst es, wenn sie bei so etwas recht hat. Spürt, wie Hass gegen Köppler und Bloch auch in ihm hochschlägt, aber spricht weiter über das Tuscheln der beiden hinweg, konzentriert sich darauf, nicht zu stottern, auch wenn es das Letzte ist, woran er denken sollte, als wäre er ein verzweifelter Skifahrer, der dem Baum ausweichen will, aber zielsicher darauf zusteuert, weil er nicht aufhören kann, ihn anzustarren. Kein Baum, denk *Himmel, Schnee*, aber natürlich denkt er *BAUM, GENICKBRUCH*, bleibt am Wort *Muskulatur* hängen, einen schmerzhaft langen Moment steckt das Wort fest, peinlich und bemitleidenswert wie der dickste Mensch der Welt in einem Türrahmen. *M-m-m-mus-mus-musku* – alle starren Georg an, erst verdutzt, dann amüsiert, und Scham prickelt ihm unter der Haut wie heiße Nadeln. Er bricht den Satz ab, setzt ihn von Neuem, diesmal gelingt ihm schlitternd die Kurve, aber der Schaden ist angerichtet, ein paar lachen leise, versteckt hinter ihrer Leinwand. Müde fordert Georg sie auf, mit dem Malen zu beginnen, dann verlässt er für einen Moment den Raum. Seine Schuhsohlen quietschen über das Linoleum, als er im Flur auf und ab läuft, die Lippen bewegt, ohne zu sprechen, *Kaiser Konstantin kannte kaum karge Kost*, er schließt die Augen, *Grazile Gazellen galoppieren*, öffnet sie wieder, *Tims Traktor tuckert, Tims Schrotthaufen von* – verfluchte Krüppelzunge.

Georg wischt sich über den Mund, geht zurück in die Klasse.

Alle arbeiten konzentriert an ihren Skizzen, nur Köppler und Bloch haben sich entschieden, dass ein hingeschmiertes, stereotypes Herz ausreichend ist, prusten los, als Georg im Vorbeigehen einen Blick darauf wirft. Wäre die Klasse auf sich allein gestellt in einer postapokalyptischen Welt, würden Köppler und Bloch die Gruppe als Erste ins Verderben stürzen. Wo sind die Vorräte hin? Wasser? Waffen? Funkgerät? Keine Ahnung, Köppler und Bloch hatten Aufsicht.

Als die Zeit um ist, begutachtet Georg die fertigen Ölskizzen, Friederike Scholz hat ein Blutbad auf der Leinwand angerichtet, obwohl die Anschauungsobjekte fast blutleer sind, Drexlers Bildausschnitt ist so gewählt, dass das Ganze mehr aussieht wie die verunglückte Darstellung einer Vagina, aber Georg ist zufrieden, lässt die Jalousien herunter, stellt den Beamer an.

«Ich möchte, dass Sie bei der nächsten Übung frei gestalten. Vorab zeige ich Anatomien und Hüllen, verletzte Oberflächen. Wer empfindlich ist, geht bitte vor die Tür.» Georg wartet, aber keiner bewegt sich. Er schaltet zum ersten Bild: «Das Kaninchen meiner Nichte.» Verzücktes Raunen geht durch die Klasse, als das Foto auf der Leinwand erscheint, ein sandbraunes Tier mit glänzenden Augen, die Schnauze so nah an der Kameralinse, dass das Bild leicht unscharf wird. «Meine Nichte hat vergessen, das Tier am Abend in den Stall zu sperren.» Leises Gemurmel, als das nächste Bild erscheint, das Kaninchen im Gras, getrocknetes Blut im Fell, die Kehle aufgerissen, Ulrike Bloch legt mitleidig die Hand über den Mund, Köppler sitzt ungerührt da, schüttelt den Kopf. Georg schaltet zum nächsten Bild, eine silberne, glatte, leicht nach oben gewölbte Scheibe, «Plutonium», Georg schaltet, «Strahlenkrankheit», ein Bein, übersät mit Rötungen und Blasen, «betrachten Sie diese Oberfläche als Anatomie der ersten, ebenso die», Georg schaltet, «Missbildungen.» Das Murmeln wird lauter, ein paar der Kursteilnehmer wenden den Blick ab – «Was wollen Sie mit diesem Müll bezwecken?», blafft Köppler, Georg ignoriert ihn, schaltet, «Bluse, feine Stoffstruktur, elegante Knopfleiste», schaltet, «Textilfabrik», ein eingestürztes Gebäude, Betontrümmer, Schutt, Staub, Georg schaltet, «Arbeiterin», ein Mädchen mit amputierten Beinen, Georg schaltet, «aus den Trümmern geborgene –»

Plötzlich springt Köppler so heftig von seinem Platz auf, dass sein Stuhl mit lautem Quietschen übers Linoleum rutscht. «Ich habe die Schnauze voll von Ihrem Schund! Die Leute sind hergekommen, um etwas über Malerei zu lernen, nicht für diese Abartigkeiten! Mental gestört ist das! Dass Sie hierfür bezahlt werden, ist eine Unverschämtheit!»

Georg sieht Köppler nur an, während er schreit, der Rest der Klasse mit offenen Mündern dasitzt.

«Setzen Sie sich wieder hin und beruhigen Sie sich, Herr Köppler. Ansonsten verlassen Sie die Klasse.»

«Sie wagen es, mir mit Rausschmiss zu drohen?» Köppler wird so laut, dass ihm die Stimme bricht – «Ich werde dafür sorgen, dass Sie nie wieder für diese Volkshochschule arbeiten!» Köppler hebt den Zeigefinger. Da ist er wieder, der allmächtige Finger. «Das ist Betrug, was Sie hier machen!»

«Ich habe es mir anders überlegt, Herr Köppler, keine zweite Chance, ich werfe Sie jetzt raus. Gehen Sie heim, holen Sie sich auf Bouchers *Leda und Schwan* einen runter und trinken Sie einen Cognac für die Nerven. Und da ich gerade offen mit Ihnen bin: Sie können nicht malen. Ihr stereotypes Herz war das Aufrichtigste, was Sie bisher zustande gebracht haben, Ihre Arbeiten sind linkisch und so kitschig wie die eines Airbrush-Malers, der meint, Wölfe und halb nackte Damen unter aufgeblähten Vollmonden hätten etwas Mystisches. Sie sind nichts weiter als ein welker Mann, der im letzten Aufbäumen seiner Großmannssucht seine kleine Seele zeigt, und stören damit den Unterricht, also packen Sie jetzt bitte Ihre Sachen zusammen und machen, dass Sie rauskommen.»

Scholz bricht in ungehaltenes Gelächter aus, auch Drexler fängt an zu lachen, selbst Bloch, gerade noch auf Köpplers Seite, beginnt zu kichern, bis das Lachen die ganze Klasse erfasst. Einen Moment ist Köppler wie erstarrt, schnappt nach Luft, seine vollen Lippen öffnen und schließen sich verzweifelt wie die eines Fisches an Land, dann greift er plötzlich nach etwas auf der Ablage seiner Staffelei, schleudert es mit Wucht in Georgs Richtung. Georg versucht auszuweichen, aber schafft es nicht, kurz ist da nur Schmerz, dann Taubheit, mit der Hand befühlt er die Haut über dem Wangenknochen, die sich jetzt feucht und glitschig anfühlt, Georg blickt an sich herab, feine Blutspritzer auf dem Hemd, eine große Aluminiumtube, die zerknautscht auf dem Boden liegt, spürt warme Feuchte am Hals hinabrinnen, ein Blutstropfen fällt neben die Tube aufs Linoleum, leuchtend rot, sauerstoffreich, Blut klebt am Rand der Tubenfalz, Titanweiß, Harzbasis, Köppler kauft Qualität –

«Sie brauchen einen Arzt!» Drexler ist aufgesprungen, Scholz reicht Georg Taschentücher, die er sich ans Gesicht hält, aber seine Bewegungen kommen ihm sehr langsam vor.

Ob er ihn ins Krankenhaus fahren solle, fragt Drexler, aber als Georg nicht antwortet, wendet sich Drexler wütend zu Köppler um: «Sind Sie bescheuert? Der Mann hätte dadurch blind werden können!» Köppler ist kreidebleich, scheint selbst über sich entsetzt, aber da ist immer noch Hass in seinem Blick, das Entsetzen gilt wohl mehr einer möglichen Klage. Köppler wird noch blasser, als Georg zu lachen beginnt, sich hilflos die Faust auf den Mund presst – «Setzen Sie sich besser», Drexler fasst Georg am Arm, aber Georg schüttelt ihn sanft ab. «Nein, alles in Ordnung. Ich gehe jetzt. Sie kommen hier auch alleine klar.»

Das Lachen packt seinen ganzen Körper, als er benommen den Raum verlässt, jeder Schritt wie auf Schaumstoff, die Treppe hinunter, zum Haupteingang des tristen Betonbaus hinaus bis zur Tramhaltestelle. Als eine Bahn kommt, steigt Georg ein, setzt sich, die anderen Fahrgäste sehen ihn erschrocken an, rücken von ihm ab.

«Wovor habt ihr Angst?» Georg wischt sich mit dem zerknüllten Taschentuch übers Gesicht, ein paar Leute senken rasch den Blick, ein Mann wechselt das Sitzabteil. Georg spürt, wie das Lachen zurückkommt, ein lautloses Beben seinen Körper schüttelt, obwohl ihm mehr zum Heulen zumute ist. Wo ein Körper ist, kann kein anderer sein. Das sollte mal wer auf einen Glückskekszettel schreiben.

9
Die Scheibe

Evelyn öffnet im Jogginganzug die Tür, die Haare zu einem wilden Knäuel hochgebunden. «Es ist spät», seufzt sie. Ob er störe, fragt Georg, folgt ihr in die Wohnung. «Nein, ich wollte meine Steuerunterlagen ordnen, aber habe stattdessen meinen Highscore in *Hitman* gebrochen. Macht mich trotzdem nicht zur 24-Stunden-Tankstelle oder in deinem Fall wohl eher zur Notaufnahme. Was hast du mit deinem Gesicht angestellt?»

«Zwischenfall.»

Er ist doch noch im Krankenhaus gewesen, weil die Wunde nicht aufhören wollte zu bluten; der Arzt hat die Haut einfach wieder zusammengeklebt wie ein kaputtes Spielzeug, über dem Wangenknochen strahlt sie rot und violett. Als Kinder haben Evelyn und Georg sich stolz ihre Blessuren und Narben gezeigt, aber aus dem Alter sind sie raus. Evelyn holt Wodka aus dem Schrank, öffnet das Gefrierfach, hält Georg eine Packung gefrorener Erdbeeren hin: «Kühlen?», aber er winkt ab. «Also. Wer hat angefangen?»

«Ansichtssache. Es war ein langer Tag.»

Während sie sich ins Wohnzimmer setzen, erzählt Georg von Joachims Besuch, dann vom Malkurs, Evelyn nimmt seine Hand, neigt den Kopf, und eine lose Strähne legt sich über ihre Wange, glänzend wie frisch aufgetragenes Van-Dyck-Braun.

«Du verschwendest deine Zeit, Georg. Die Welt wird nicht bewegt von ein paar Mutigen, sondern der Masse an

Feiglingen. Die Leute wollen keine echte Gerechtigkeit, jeder ist in einer Hinsicht im Vorteil gegenüber einem anderen, das bedeutet Sicherheit vor dem anderen. Wären alle gleich, würde keiner den anderen fürchten, und alle hätten alle zu fürchten. Freiheit, Gleichheit, Friede den Hütten, Krieg den Palästen, vergiss es, die Leute zünden lieber die Hütten ihrer Nachbarn an, weil die besser brennen.»

Georg lacht müde, auch wenn seine Wange schmerzt. «Dein Vertrauen in die menschliche Entwicklungsfähigkeit rührt mich jedes Mal.»

«Ich muss mir nur dein Gesicht ansehen. Ein paar Nummern in der Fußgängerzone, Schreckensbildchen im Malkurs, das ist für die Leute nicht mehr als eine kurze Störung, dann gehen sie heim, machen die Tür hinter sich zu, und alles ist wie immer.»

«Wenn man davon ausgeht, der Mensch sei nicht empathischer als ein Haufen Steine, kann man sich natürlich entspannt zurücklehnen.»

Evelyn funkelt ihn über den Rand ihres Glases an, aber es ist kein zorniger Blick, nur der abgeklärte eines Arztes, der dir mitteilen muss, dass du eine unheilbare Krankheit hast.

«Das Einzige, was du erreichst, ist, dass dein Bruder dir die Staffelei umreißt und Leute Farbtuben nach dir werfen.»

«Nicht alle haben geworfen, das ist doch schon was.»

«Was, wenn sie bloß zu feige zum Werfen waren?»

«Was, wenn nicht?»

Evelyn schenkt ihm etwas, das fast ein Lächeln ist, und das Umbra ihrer Iris bekommt einen herausfordernden Glanz. «Werden wir wohl nie erfahren.»

Ihre Art reizt Georg ab und zu bis aufs Blut, manchmal umkreisen sie sich wie zwei Tiere, unsicher, ob sie Fressfeinde sind oder von derselben Art, was nichts daran ändert, dass sie sich zueinander hingezogen fühlen, immer noch. Eine Beziehung auf Raten, unterbrochen durch eine Reihe anderer, inklusive Evelyns Ehe mit dem Lackaffen aus der Kanzlei, aber hier spricht mehr Georgs Eifersucht. Eigentlich war ihr Mann ein anständiger Kerl, zu anständig vielleicht, und Georg war, nun, er harrte aus, ließ es Evelyn wissen. Als sie sich scheiden ließ, nicht nur wegen ihm, sondern wegen tausend kleiner Dinge, die in einer Ehe passieren können, bis man sich entliebt, konnte Georg nicht anders, als glücklich zu sein, obwohl sie beide sich anschließend trotzdem nicht auf Dauer aushielten, doch ohne einander halten sie es eben auch nicht aus. Wenn man Kindheit und Jugend miteinander verbracht hat, ist das eine seltsame Form von Inzucht.

Er erinnert sich an das Mädchen, das angerannt kam, in einem strahlend blauen Sommerkleid, Augen wie zwei glühende Kohlen, als Georgs Klassenkameraden es unterhaltsam fanden, Stotter-Bercking, den Zungenkrüppel, auf dem Heimweg abzufangen und in die Brennnesseln zu werfen. Die Hitze an diesem Tag war drückend gewesen, Georg hatte dem Sirren der Insekten in den Feldern gelauscht, das Stechen der Sonne auf dem Scheitel gespürt, während er träge den sandigen Feldweg entlanglief, mit jedem Schritt fühlte sich das Buch unter seinem Arm schwerer an, ein dicker Band über Tiere der Tiefsee für Joachim und ihn aus der Bibliothek. Das meiste, was Georg gefiel, tat Jo mittlerweile als Kinderkram ab, aber Tiefseetiere gefielen ihm noch immer.

«Hey! Sch-sch-sch-schlachterjunge!»

Georg blieb ruckartig stehen, Hannos Stimme, die erkannte er blind, gehässiges Lachen aus vielen Mündern folgte. Als Georg sich umwandte, sah er Hanno und fünf andere auf ihn zukommen, Hannos Entourage, die er hinter sich herschleifte wie ein monströses Geschwür. Georg rannte los, doch die anderen waren schneller, schnitten ihm den Weg ab, dann kam Hanno so nah, dass Georg zu ihm aufsehen musste, doch er wich nicht zurück, keine Angst zeigen, nicht sprechen, sie wollten ihn stottern hören, er musste den Mund halten, egal was, ihnen würde langweilig werden, ein paar dumme Sprüche, dann würden sie gehen.

«Was liest du denn da, Stotterer?»

Georg umklammerte das Buch, spürte, wie der Schweiß seiner Hände ins Umschlagpapier drang, gab keine Antwort.

«Ist dir die Zunge abgefault?» Mit unheimlicher Schnelligkeit entriss ihm Hanno das Buch, schlug es so ruppig auf, dass der Buchrücken knackte. «*Riesenkalmar, Knochenfresser*, holst du dir nachts da drauf einen runter?» Die anderen lachten wieder, aber Georg atmete nur tief ein, als tauche er unter Wasser. Nicht. Sprechen.

«Willst du es zurück?» Hanno wedelte mit dem Buch, dass die Seiten flatterten, der starre Blick des Tiefseeteufels auf dem Umschlag, sein aufgerissenes Maul voll nadelartiger Zähne kamen Georg nicht mehr böse, sondern ängstlich vor. Hanno wird es kaputt machen und Georg Ärger mit der Bibliothekarin kriegen, so ein dicker Band kostete sicher ein Vermögen. Er wollte Hanno das Buch entreißen, aber der zog es blitzschnell zurück – «Du musst nur was *sagen*, los, sag: *Gib mir bitte das Buch.* Wenn du nicht stotterst, kriegst du es.»

Blut schoss Georg vor Wut in die Wangen, aber er musste das Buch wiederhaben, er musste, atmete – «gib», atmete, «mir», atmete, «b-b-bitte –»

«Oje! Gestottert!» Mit falschem Mitleid schüttelte Hanno den Kopf, dann holte er aus wie ein Diskuswerfer, schleuderte das Buch weit ins Feld, einen Moment lang drehte es sich um die eigene Achse vor dem grellblauen Himmel, dann klappte es auf, verlor seinen Umschlag, stürzte zwischen die goldenen Ähren. Da riss etwas in Georg, Hanno war fast einen Kopf größer als er, viel zu breit für seine Dreizehn, aber Georg stürmte mit einem Schrei auf ihn zu, so hasserfüllt, dass es fast tierisch klang. Mit geballten Fäusten schlug er auf ihn ein, traf ihn am Ohr, ins Gesicht, dann zogen die anderen Georg zurück. Fassungslos betastete Hanno seine Wange, sein Mund öffnete sich zu einem Fletschen, gab den Blick auf große Zähne frei. «Jetzt bist du dran –»

Sie formten einen Kreis um Georg, stießen ihn von einer Seite zur anderen, mit jedem Stoß schrien sie Beschimpfungen, versuchten, sich gegenseitig zu übertreffen, «Schwachkopf!», «Missgeburt!», «Schweineprinz!», schließlich packte Hanno ihn: «In die Brennnesseln!», versetzte ihm einen Schlag in den Nacken, dass ihm kurz schwarz vor Augen wurde, ein anderer kickte ihm die Beine weg, ein Dritter lachte, zerrte ihm die Hose herunter. Georg begann, wild um sich zu treten, als sie ihn zum Waldrand schleiften, aber Hanno fasste ihn so fest um den Kopf, dass er ihn mühelos mit sich riss wie eine Strohpuppe. Als sie ihm johlend den Unterleib in die Nesseln drückten, fing Georg an zu schreien, hörte das Lachen der anderen, das hektische Schaben seiner Füße über die Erde, sein eigenes Wimmern, armseliges Flehen, während ihm salziger Schleim über die Lippen rann. Dann lockerte sich plötzlich Hannos Griff, als eine Stimme zu ihnen herüberdrang – «*Lasst ihn in Ruhe!*» Georg wandte den Kopf, erkannte Evelyn auf dem Weg, einen Stein in der Hand, einen Haufen mehr vor die Brust gepresst, ohne Vorwarnung holte sie aus, schleuderte mit aller Kraft, Hanno stieß einen verblüfften Schrei aus, als ihn ein Stein an der Schulter traf, sprang auf die Beine. Ein zweiter traf ihn am Kopf, dass er aufjaulte, plötzlich war seine Stirn voller Blut, da ließen auch die anderen von Georg ab, wichen zurück.

«*HAUT AB! Ich bring euch um, wenn ihr nicht abhaut! Habt ihr gehört?*» Evelyn ließ einen Trommelhagel auf sie regnen, traf einen am Arm, den Nächsten in den Bauch, den Dritten mitten ins Gesicht, während Hanno seine Freunde anbrüllte, dass sie sich Evelyn greifen sollten, doch als der Erste aus Hannos Truppe die Flucht ergriff, folgte einer nach dem anderen, bis Hanno schließlich allein dastand. «Das bereut ihr!», rief er, aber sein Blick flackerte, unschlüssig, fast hilflos fuhr er sich über die blutige Stirn, dann floh auch er.

Als Evelyn zu Georg lief, zog er sich hektisch die Hose hoch, auch wenn der Stoff ihm neuen Schmerz über die mit glühenden Pusteln übersäte Haut schickte. Evelyn kniete sich neben ihn, holte Wasser und Taschentücher aus ihrem Rucksack, ihre Hände zitterten, aber ihre Augen glänzten lebendig und warm, als sie ihm ein feuchtes Taschentuch reichte. «Versuch, es zu kühlen. Ich schau auch nicht hin.»

Georg liebt Evelyn, liebt es, dass sie niemals seine Sätze

beendet, wenn er mal ins Stottern gerät, liebt es, wie sich ihre Lippen fast anzüglich verziehen, wenn sie jemanden nicht leiden kann, wie sie mit Georg spricht, ohne zu sprechen. Er liebt Evelyn schon lange, aber er denkt, ihre gemeinsamen Kinder würden Ungeheuer werden, weil so vieles an ihm und ihr nicht zusammenpasst. Über die Jahre haben sie sich gegenseitig wieder und wieder ein Stück Herz herausgeschnitten und ins eigene eingesetzt, Herzen, zusammengeflickt wie Frankensteins Monster, manchmal schlagen sie im Takt, mal nicht.

«Zeit für Ungeheuer, Georg.» Evelyn geht zum Regal, zieht eine DVD heraus, wirft sie Georg in den Schoß. «Nullachtfünfzehn Dämonenkind, schlechte Kritiken, aber du siehst nicht aus, als wolltest du heim.»

Als sie sich zu ihm setzt, spürt er die Wärme ihres Körpers, nimmt ihren vertrauten Duft wahr, frisch und kühl wie ein Kiefernhain, schließlich legt er vorsichtig einen Arm um sie, und sie streicht ihm über die geschwollene Wange.

«Ich sehe schlimm aus, was?»

«Ziemlich. Ein kleiner Elefantenmensch.» Sie gibt ihm einen Kuss auf den Mundwinkel, dann bettet sie den Kopf auf seine Schulter, stellt den Film an. Alle paar Monate machen sie das, ihre Vorliebe aus Jugendzeiten für Horrorstreifen, Hochkaräter bis Trash, jemand oder etwas ist hinter dir her, Geister, Monster, Mörder, Menschenfresser, hinter dir ist nichts, aber du siehst es doch im Spiegel, es legt dir eine Hand auf die Schulter, berührt dich im Nacken. Manchmal denkt Georg, Evelyn und er seien gar nicht erwachsen geworden, verkleideten sich nur täglich als diese Gestalten im mittleren Alter zwischen all den anderen Mittelalten, wie Jugendliche, die sich mit dem Ausweis ihrer großen Geschwister in die Disco schmuggeln, nur, dass das mittlere Alter meist nicht gerade eine Disco ist, sondern eher wie der Morgen danach, an dem dir alles wehtut, du dich aber bloß vage daran erinnern kannst, warum.

Früher waren die Horrorfilme Mutproben für sie gewesen, wer zuerst schrie, zuerst die Hände vor die Augen schlug, nur noch durch vorsichtig gespreizte Finger lugte, verlor. Aber es war eine unbeschwerte Angst, verständliches Grauen, während man Popcorn aß, sich küsste, vor Schreck aneinanderklammerte, der Horror im Film war, wenn nicht bezwingbar, doch zumindest verortbar, *Die Vögel*, *Resident Evil*, *Der Exorzist*. Die Art Schrecken entspannt Georg noch immer, Kunstblut, Kostüme, die Mechanik des Grauens, *The Texas Chainsaw Massacre*, eine zu Kannibalen gewordene Schlachterfamilie, der hünenhafte Sohn trägt Masken aus Menschenhaut, liebt seine Kettensäge, einfältiger Schrecken im Vergleich zu Georgs Familie, im Vergleich zu Fällen, die Evelyn für die Zeitung im Gerichtssaal verfolgt, seit sie nicht mehr in der Kanzlei arbeitet. Als sie hingeworfen hatte, wollte sie wochenlang nicht darüber sprechen. «Du hast recht», sagte sie nur, «der Mensch bildet sich zu viel ein auf Sprache.»

«Warum erzählst du nicht endlich, was passiert ist?»

«Gut, ich sage dir, was passiert ist. Du quälst dich Jahre durchs Studium, jung und arrogant in deinem Idealismus, glaubst, du machst die Welt besser mit deinen magischen Worten und Paragrafen, dann landest du in irgendeiner Kanzlei, keiner schlechten, aber hey, da hilfst du keinen Erin Brockovichs, als Niemand suchst du Akten zusammen, hilfst Lord Voldemort und dem Pinguin, und nicht zu vergessen, dir selbst, dann schmeißt du irgendwann hin, wechselst die Kanzlei, du wolltest doch die Welt besser machen, fällt dir ein, und du fühlst dich besser, zumindest hilfst du keinen Voldemorts mehr, ist schon mal was, du beruhigst dein Gewissen, und irgendwann hast du diesen Fall, nur ein kleiner Fall, diese Frau sitzt vor dir, will eine einstweilige Verfügung gegen ihren Ex-Mann, die Scheidung ist seit zwei Jahren durch, aber er steht immer noch vor ihrem Haus, schreibt Briefe, ruft an, fängt sie auf der Arbeit ab. Er ist aktenkundig, hat sie früher durch die Wohnung geprügelt, also denkst du, das kriegen wir hin, die Frau hat alles protokolliert, Anrufe, Briefe, Arbeitskollegen bezeugen, dass der Mann ständig vor dem Büro herumlungert, du kriegst also die einstweilige Verfügung durch, aber dem Ex ist das egal, er macht weiter, du erwirkst Geldbuße um Geldbuße, und irgendwann, du sitzt gerade beim Frühstück, beißt in ein überteuertes Croissant vom Feinkost, und du weißt bis heute, wie dieses Croissant geschmeckt hat, buttrig, warm, dich würgt es jetzt noch beim Gedanken daran, aber damals hat es dir geschmeckt, und als das Telefon klingelt, ärgerst du dich über die Störung, die Schwester deiner Mandantin ist dran, und während du noch auf dem Croissant rumkaust, das sich in deinem Mund zu einer feuchten, schmierigen Masse auflöst, sagt sie dir, dass der Ex-Mann deine Mandantin in ihrer eigenen Wohnung erschlagen hat, mit einem Bügeleisen, er hat so lange auf ihren Kopf eingeprügelt, bis ihr Gesicht bloß noch ein blutiger Brei war. Vor Gericht machst du deine Zeugenaussage, siehst zu, wie die Verteidigung die Anklage auseinandernimmt, aus Mord Totschlag wird, und das war's. So viel zu magischen Worten und Paragrafen. Nenn mich schwach, aber ich bin müde.»

Manchmal reden Evelyn und er über den roten Knopf, die Superschurken in Comics, die nicht die Herrschaft über die Welt anstreben, sondern nur deren Zerstörung. Als Jugendliche hatten sie nicht verstanden, was daran so begehrenswert war, erst später begriffen sie, nie wieder Gangplatzsitzer in der S-Bahn, die keinen Millimeter weichen, während man umständlich auf den Fensterplatz klettert, nie wieder Tschernobyl, Ehrenwörter, Contergankinder, Babymilchpulver mit verseuchtem Trinkwasser, Blutkonserven mit HIV, abgeschnittene Ohren als Zählhilfe für Kriegsleichen, nie wieder Verhörmethoden mit ausgestochenen Augen, herausgerissenen Nägeln, an Genitalien angeschlossenen Autobatterien, Bajonetten, Frauen in die Scheide gerammt, abgehackten Hoden, dem Toten auf den Mund genäht, nie wieder Präventiverschießung von Kindern als möglichen Bombenträgern. Der rote Knopf hat schon was, andererseits wäre das zu einfach.

Evelyn legt den Film ein, sie schließen Wetten ab, welche der Figuren zuerst das Zeitliche segnet, aber Georg kann sich nicht darauf konzentrieren, der Film ist nicht schlecht genug, um gut zu sein. Evelyn liegt richtig mit ihrem Tipp, Georg zieht sie näher zu sich, schmiegt seine Wange an ihre, auch wenn es wieder schmerzt, während auf dem Bildschirm ein schlecht animiertes Dämonenkind den Familienhund attackiert, kleine Fußspuren aus Kunstblut auf dem Küchenboden hinterlässt.

Mit fünfzehn waren Evelyn und er am See gewesen, ein brütender Tag im August, aber der Abend kam bereits, Mücken tanzten über der Wasseroberfläche, ab und zu der Ruf eines Reihers durchs Schilf. Evelyn trug einen türkisfarbenen Badeanzug, ihre langen Glieder gestreckt, elegant und kraftvoll, als sie vom Steg ins Wasser sprang, ihr nasses Haar zwei Nuancen dunkler, glänzend wie Onyx, als sie prustend und lachend wieder auftauchte. Schließlich schwammen sie zurück ans Ufer, liefen über die Kiesel, da entdeckte Georg kleine rote Steine, leuchtend wie Rubine. «Schau dir das an», Georg betrachtete sie fasziniert, bis Evelyn erwiderte: «Das ist Blut.» Sie begutachtete ihre zerschnittenen Sohlen. «Glasscherben. Irgendein Arsch hat wieder Flaschen ins Wasser geworfen.» Georg sah auf die Schnitte an seinen eigenen Sohlen, dann hielt er einen der Steine ins Licht, «hat trotzdem was», Evelyn strich sich das nasse Haar zurück, «du hast einen seltsamen Blick», dann küsste sie ihn auf die Wange, und die Stelle schien plötzlich zu glühen. Als er Evelyn auf die Lippen küsste, wich sie nicht zurück.

Sie besuchte ihn bei der Abschlussausstellung an der Akademie, «das ist also Kunst?», machte sich lustig über fast alles, einen Müllhaufen aus Joghurtbechern, ein riesiges Ei aus Kupfer, monochrome Bilder in Weiß, Grau, Schwarz. Dann entdeckte sie das Aktporträt von Georg, das Alma gemacht hatte, überlebensgroß, hörte auf zu scherzen.

«Du siehst ängstlich aus.» Evelyn legte einen Arm um ihn. «Warum hast du das machen lassen?»

«Alma hat die Modelle gut bezahlt.»

Evelyn hob spöttisch die Brauen. «Komm.»

«Ich wollte wissen, wie es sich anfühlt, sich dem auszusetzen. Aber dieses Gefühl kam nur auf, als ich das Bild zum ersten Mal sah. Ausgestellt funktioniert es nicht mehr. Als wäre eine Scheibe davor.»

Kunst in der Galerie, einen Scheiß bringt das, Kunst auf der Straße bringt auch einen Scheiß, die Leute lachen, zerreißen sich das Maul, aber sie fühlen nicht genug, Evelyn hat recht, sie gehen nach Hause, machen die Tür hinter sich zu. Das Einzige, was sie wirklich fühlen, ist Sicherheit, da ist immer diese Scheibe davor, ein Schutz, Galerie, Straße, *nicht echt*. Aber was, wenn die Scheibe nicht mehr da wäre, wenn das Kind, das so unschuldig aussieht wie die Schätzchen in der Schokoladenwerbung, was, wenn dieses Wesen aus dem Fernseher steigt, dir ins Gesicht springt, vielleicht schlecht animiert, aber echt, hinter der Tür, die du so gut verriegelt hast. Die Leute schlafen zu gut. Er will, dass ihr Kopf auf ihr Kissen sinkt, aber sie kein Auge zutun.

«Ich muss gehen, ich glaube, ich habe eine Idee.»

Evelyn stöhnt auf, schaltet den Fernseher aus. «Der Arzt hat dir gerade das Gesicht geflickt, und du fängst schon wieder an. Begreif doch endlich, du veränderst nichts, du hättest bei deinen Bildern bleiben sollen, da hattest wenigstens du etwas davon. Wenn du Leuten das Grauen anderer unter die Nase hältst, passiert das Gleiche wie bei einem Verkehrsunfall, mit morbider Lust fahren wir langsamer, um hinzuschauen, später ergießen wir uns vielleicht in Betroffenheits-Small-Talk, aber zuerst fahren wir langsamer, und dann vergessen wir es.»

«Du bist echt ein zynisches Arschloch geworden.»

Evelyn lacht nur matt, schenkt sich Wodka nach. «Der Mensch glaubt, er könne die Natur überwinden, erfindet Pflanzengifte, das Unkraut wird resistent, Arznei, die Erreger werden resistent, erfindet die Moral immer wieder neu und bleibt resistent. Der Mensch ist Natur, und Natur ist hässlich. Im Pazifik leben Asseln, die sich an Fischzungen festhaken, die Arterie frei fressen, um Blut zu saugen, bis die Zunge abstirbt, anschließend nimmt der Parasit Platz und Funktion der Zunge ein, damit der Wirt nicht verhungert. Tigerhaiföten fressen ihre Geschwister im Mutterleib, Schimpansen töten Jungtiere ihrer Konkurrenten. Empathie ist die Fähigkeit, den Gegner einzuschätzen, zu fühlen, was er fühlt, zu denken, wie er denkt, zu täuschen, zu lügen, Krähen überlisten ihre Artgenossen, verstecken ihre Beute an einem Ort, während der andere zusieht, an einem zweiten, wenn der andere wegsieht. Kooperation ist Instinkt, tust du einem Gruppenmitglied mehr Gewalt an, als dir zusteht, fühlt sich die ganze Gruppe bedroht und bestraft dich. Der Schwache kooperiert aus Vorsicht oder Not, der Starke, wenn es ihn langfristig stärkt. Was der Mensch für selbstlos hält, dient der Selbsterhaltung, du bist kein guter oder schlechter Mensch, du bist nur ein Tier mit Gruppeninstinkt.»

«Erinnerst du dich an die Geschichte mit den Wölfen?»

«Jetzt komm mir nicht esoterisch.»

«Die Geschichte hast du mir zuerst erzählt.»

Sie schüttelt den Kopf, und ihr Blick wird plötzlich traurig. «Da waren wir Kinder, Ge, damals hielten wir auch Weitspucken für eine herrliche Freizeitbeschäftigung.»

Evelyn hatte die Geschichte aus irgendeinem Buch, eine alte Indianerlegende, ein Häuptling sitzt mit seinem Enkel am Lagerfeuer, erzählt, dass in jedem Menschen zwei Wölfe wohnen, die einander bekämpfen. Der eine Wolf sei Zorn, Neid, Gier, Eifersucht, Angst, der andere Mut, Hoffnung, Güte, Demut, Mitgefühl. Als der Junge fragt, welcher Wolf gewinnen würde, antwortet der Häuptling: «Der, den du am meisten fütterst.» Evelyn war früher immer die Mutigere von ihnen gewesen, hatte sein mageres Muttier gefüttert.

«Was lauert im Maisfeld?» Evelyn hatte ihn angelächelt, und die Glut ihrer Zigarette hatte im Dunkeln aufgeleuchtet.

«Nichts lauert im Mais, sei nicht albern.»

«Wenn da nichts lauert, können wir doch reingehen.»

«Wir verlaufen uns noch.»

«Das Licht der Schnellstraße ist hell genug.»

Evelyn war zwischen den hohen Maisstauden verschwunden, Georg war ihr nachgelaufen, dem Zittern der Pflanzen gefolgt. «Warte!» Er hörte es rascheln, blickte sich nach allen Seiten um, doch sah nur den dunklen, sich im Wind wiegenden Mais. «Wo bist du?» Dann schrie er auf, als Evelyn ihn an den Schultern packte. Er warf sich auf sie, dass sie beide lachend in den Mais stürzten, der unter ihnen knackte und brach, sie hatten mitten im Feld miteinander geschlafen, waren von Mücken zerstochen worden, aber das war ihnen egal gewesen.

Georg nimmt Evelyns Hand in seine, streicht mit dem Daumen über die weiche Fläche, fährt die zahlreichen Linien nach. Er wünschte, er könnte ihren Mut zurückholen, ihre Kraft, Zuversicht, von der sie so viel mehr besessen hatte als er. Einen Moment lang verharrt er noch, dann erhebt er sich. «Wart ab», sagt er, doch Evelyn schüttelt nur wieder den Kopf. «Du willst wetten? Ich sage das nicht gern, aber ich habe bisher fast immer gewonnen.»

«Wart ab», wiederholt er, wendet sich zur Tür.

Victor liegt ausgestreckt auf dem Bett vor dem Fernseher, eine Pizzaschachtel auf dem Bauch, ein Sechserpack Bier auf dem Boden, als Georg zu ihm ins Zimmer kommt. Kurz blickt er weiter auf den Bildschirm, hebt die Hand, «Snookerweltmeisterschaft, hab auf O'Sullivan gesetzt, aber das war ein Fehler –», ein Klacken ertönt, eine Stimme kommentiert sachlich: «Foul.» Victor flucht, dann sieht er zu Georg, hebt die Brauen.

«Wow. Mit wem hast du dich denn angelegt?»

«Mit einem unzufriedenen Kursteilnehmer. Frag nicht.»

«Blöder Spruch, und jemand haut dich zu Mus, hab ich's nicht gesagt?» Victor kann sich ein Grinsen nicht verkneifen, dann hält er Georg den Pizzakarton hin. «Willst du? Aus der Arbeit, Fehler der Küche, fettig, aber für lau. Ansonsten hab ich nur noch Bier, nicht mehr ganz kalt. Aber warmes Bier soll ja gegen Erkältung helfen, vielleicht hilft's auch gegen Veilchen.»

«Hast du einen Moment? Ich hätte eine Frage. Besser gesagt, bräuchte ich deine Hilfe.»

Victor deutet Richtung Stuhl am Bettende, macht Georg ein Bier auf. «Worum geht's?»

«Wie schwer ist es eigentlich, irgendwo einzubrechen?»

Victor mustert Georg skeptisch, stellt den Fernseher stumm. «Kommt drauf an. Fenster aufzuhebeln, lernt man schnell, es geht ums Einschätzen, Deckung, Nachbarn, Sicherungstechnik. Mit Lockpicks oder Ziehglocke ein Schloss aufzumachen, kostet mehr Zeit, das ist gefährlich. Terrassentüren und Fenster sind das Beste.»

«Und wenn man trotzdem wo reinwill?»

«Am besten, du bist sicher, dass die Leute in der Arbeit oder im Urlaub sind. Wenn du Zeit hast und die Umgebung kennst, geht viel.»

«Stand je was in der Zeitung über deine Einbrüche?»

«Ab und zu eine Randnotiz. Warum fragst du das alles?»

«Ich will, dass du mir beibringst, wie man einbricht.

Standardhäuser. Ich würde dich natürlich dafür bezahlen.»

Victor lacht trocken. «Du willst wo einbrechen? Keinen Bock mehr auf Nebenjobs, oder was?»

«Ich werde nichts stehlen. Es wäre für eine Art Installation. Vielleicht auch ein Happening, Environment.»

«Spar dir die Fachbegriffe. Was hast du vor? Schmierst du den Leuten die Wände an? Machst ihnen auf den Tisch?»

Georg schüttelt den Kopf. «Es geht um den Moment. Wie in der Einkaufsstraße. Du hast etwas gefühlt, oder?»

«Ja. War aber nicht angenehm.»

«Das soll es auch nicht sein.»

Victor winkt ab. «Lass mal, ich mache besser einen Bogen um solche Sachen, Bewährung, schon vergessen?»

«Wie viel schuldest du dem Typen, der letztens hier aufgekreuzt ist?»

«Fred? Zu wenig, um mich auf so was einzulassen.»

«Dann nenn mir deinen Preis.»

«Ich habe Nein gesagt», entgegnet Victor gereizt. «Ich glaube, der Schlag gegen den Kopf hat dir nicht gutgetan, kühl den mal besser und leg dich hin.»

Georg steht auf, geht zur Tür. «Gut, dann zieh ich das eben alleine durch. Wie schwer kann das schon sein?»

Victor schnaubt, macht sich ein neues Bier auf.

«Yeah, Kinderspiel für einen, der im Leben maximal ein Päckchen Kaugummi geklaut hat. Die kriegen deinen grünen Arsch schneller, als du *Verkackt, Halleluja!* sagen kannst.»

«Wir werden sehen.»

«Ehrlich jetzt, das ist echt 'ne scheiß Idee.»

Georg zuckt nur die Schultern, verlässt das Zimmer.

10
Eine gute Geschichte

Victor bahnt sich seinen Weg über das weitläufige Gelände zwischen den Gebrauchtwagen hindurch, im einstöckigen Bürogebäude kann er durchs Fenster Fred erkennen, entspannt im Stuhl zurückgelehnt, die Füße auf dem Schreibtisch. Beim Anblick des ranzigen, kleinen Raums, in dem er mit Fred schon so viele Touren geplant hat, packt Victor ein kurzer, fast sentimentaler Schmerz, aber er schüttelt das Gefühl rasch wieder ab. Du gehst da jetzt rein, begleichst deine Schulden und machst, dass du wegkommst, du lässt dich auf nichts ein, rein gar nichts, und wenn Fred dir den Coup des Jahrhunderts auftischt, klar? Victor atmet einmal tief durch, drückt die abgewetzte Metalltür auf.

«Na, wen haben wir denn da?» Fred breitet jovial die Arme aus, dann springt er von seinem Platz auf, erstaunlich behände für seine kräftige Statur, klopft Victor so grob auf den Rücken, dass es wehtut, aber irgendwie tut es auch gut. Vera, die gemütlich auf der Couch gelümmelt hat, erhebt sich ebenfalls, umarmt Victor fast genauso gewaltsam, drückt ihm einen Kuss auf die Wange, dann wischt sie ihm lachend den Lippenstift vom Gesicht. Vera ist wie eine Kalaschnikow, klein, kompakt, Dauerfeuer, wenn es sein muss, Hang zu Goldschmuck, Motorradjacken, wallende rote Mähne. Fred sagt Bessere Hälfte, obwohl sie nicht verheiratet sind, aber Victor kann sich an keine Zeit erinnern, in der Vera nicht da gewesen wäre, besonders, wenn Fred wieder eingefahren war, Vera hat nach dem Rechten gesehen, den Betrieb am Laufen gehalten, die Leute koordiniert. Die Truppe fürchtete sie, auch wenn keiner es zugab, aber wenn Vera sagte, dies oder das laufe nicht, dann lief das nicht.

Rico ist auch da, lehnt grimmig an der Wand, beobachtet alles aus sicherer Entfernung. Was hat Victor seine blasse Bullterrierfresse vermisst, kräftiges, langes Nasenbein mit nahtlosem Übergang in die Stirn, kleine, nicht besonders schlaue Augen, mit denen Rico ihn taxiert, die Daumen betont cool in die Taschen seiner Jeans gehakt, als wolle er gleich was aus *West Side Story* trällern, Finger schnippend auf Victor zukommen, aber schließlich lässt er sich zu einem festen Händedruck herab. Man könne Victor wohl beglückwünschen zur neuen Freiheit, was? Er scheint alles andere als begeistert, Victor zu sehen, hat sich wohl gemacht unter Fred im letzten Jahr, trägt eine ziemlich schicke, neue Uhr, aber er muss sich keine Sorgen machen, Victor ist nicht hier, um ihm Arbeit wegzunehmen.

Fred schickt Rico mit Vera nach nebenan, Rico wirft Victor einen letzten argwöhnischen Blick zu, bevor er die Tür hinter sich einen Tick zu laut ins Schloss fallen lässt. Als Victor mit Fred allein ist, zieht er ein ausgefleddertes Taschenbuch aus der Jacke, das Buch hat in Georgs Hausflur in einer Kiste mit der Aufschrift *Zu verschenken* gelegen, auf dem Cover ein muskulöser Kerl mit offenem Hemd, eine Schönheit in den Armen, *Gefährliche Leidenschaft*, Victor fand das passend.

«Hier, dein Buch. Danke fürs Leihen.»

Fred blickt irritiert darauf, dann lacht er, schlägt das Buch auf, blättert die Geldscheine durch. «Geht doch nichts über Bildung. Komm, setz dich.» Mit dem Fuß schubst er einen freien Bürostuhl in Victors Richtung. «Rico hat gerade von einem Ding erzählt, wäre was Größeres, und wir bräuchten noch –», aber Victor hebt die Hand. «Erzähl mir nichts, ich bin gerade mal zwei Monate draußen.»

«Ich weiß, das erste Mal Knast ist das schlimmste, aber –»

Victor schüttelt den Kopf. «Keine Touren mehr. Ich will das Restaurant aufmachen, ich zieh das jetzt durch.»

«Tatsache.» Fred hebt die Brauen. «Wie weit bist du?»

«Na ja … ich bin dran.»

«Und zum Warmwerden fährst du Pizza aus? Bei der Clownskarre, mit der du da rumgurkst, denkt man jedes Mal, es steigen gleich zwanzig Ronald McDonalds mit dir aus.»

«Ja, ich kack mich auch jede Schicht voll vor Freude, aber irgendwo muss ich anfangen. Und du scheinst mich wirklich vermisst zu haben, wenn du mir beim Arbeiten zuschaust.»

«Die Glücksfee hat ihre Augen und Ohren überall, wenn sie wem den Arsch rettet, weißt du doch. Aber es hat mir tatsächlich das Herz gebrochen, dich so zu sehen. Ich hasse verschwendetes Talent.»

«Du hast doch Ersatz. Einen echten Rohdiamanten.»

«Rico? Ja, so roh, fast noch Kohlenstoff.» Fred seufzt, steckt sich nachdenklich eine Zigarette an, dann hellt sich sein Blick wieder auf. «Weißt du noch, die große Tour in Bad Vilbel? Oder das Elektroniklager, als wir ein Loch ins Metalldach geschnitten haben? War gut, ha?» Stolz schleicht sich in seine Stimme, aber als Victor nur nickt, stößt Fred wieder einen Seufzer aus, gedehnt und vorwurfsvoll wie eine Mutter über ihr missratenes Kind, öffnet die Schreibtischschublade, wirft den Garagenschlüssel auf den Tisch. «Da, ich geb's auf.» Fred lehnt sich auf seinem Stuhl zurück, verschränkt die Arme hinter dem Kopf, während Victor den Schlüssel einsteckt. «Übrigens, der komische Typ, bei dem du abhängst», Fred reibt Daumen und Zeigefinger aneinander, «reicher Junge.»

Victor lacht. «Bullshit. Der lebt wie ein Penner.»

«Google ist dein Freund, du hast deine Hausaufgaben nicht gemacht.» Fred tippt etwas in den Computer, dreht Victor den Monitor zu. «Bercking Holding, vier Milliarden Euro Umsatz im Jahr – *Milliarden*, Kleiner. Und schau, wer zur Familie gehört», Fred deutet auf den Bildschirm, «Georg Bercking.»

«Das ist nur irgendwer mit dem gleichen –», doch bevor Victor weiter widersprechen kann, ruft Fred einen Artikel auf der Unternehmensseite auf. «Vor zwei Jahren war dein Kumpel auch im Vorstand einer Unternehmensstiftung, ganz redlich, Förderung junger Künstler und Musiker.» Victor rückt näher an den Monitor, das Foto zeigt ein paar Leute auf einem Podium, darunter auch Georg, kein Zweifel, aber geschniegelt in Anzug und Krawatte, während er einem Mädchen mit Geige eine Urkunde überreicht, daneben ein junger Mann mit einem Blumenstrauß im Arm, hinter dem Podium ein abstrakter Ölschinken. Victor blickt wieder zu Fred, der ihn erwartungsvoll ansieht. «Ey, denk nicht mal im Traum dran, irgendwas abzuziehen.»

Fred hebt unschuldig die Hände. «Ich sag es dir bloß, weil ich ein netter Mensch bin. Aber du bist ja jetzt ein ehrlicher Mensch. Doch falls du deine Meinung änderst, der Job, von dem Rico gesprochen hat, braucht noch Leute. Kannst mich jederzeit anrufen.»

Victor steht auf, seine Knie fühlen sich plötzlich an wie Gelee. Vier Milliarden Umsatz. Vermutlich haben die Georg enterbt oder so was, das muss es sein. Aber ganz sicher ist sich Victor da irgendwie nicht.

«Ich muss los, Besichtigungstermin für ein Restaurant.»

Fred legt zwei Finger an die Stirn, salutiert salopp. «Na dann hopp, hopp, braver Soldat.»

Im Gastraum hängt noch der Geruch von altem Fett, in der Küche hat man versucht, die Geräte auf Hochglanz zu bringen, aber das täuscht nicht über ihr Alter hinweg. Der Makler überschlägt sich, um ihnen den Schrott hier als Chance zu verkaufen, was bedeutet, dass man alles neu machen muss, der Termin dauert keine zwanzig Minuten. Nachdem der Makler sich verabschiedet hat, stehen Victor und Sascha schweigend vor dem Lokal, bis Sascha seufzt, sich etwas verlegen über den Nacken streicht.

«Hör mal, ich glaube, das war doch keine so gute Idee mit dem Restaurant, vielleicht ist es einfach nicht der richtige Zeitpunkt. Vielleicht lassen wir das noch eine Weile ruhen.»

«Was meinst du damit: eine Weile ruhen lassen? Bis wann?»

Sascha zuckt die Schultern, weicht Victors Blick aus. «Bis irgendwann. Weiß auch nicht … Tut mir leid, ich muss los, meine Schicht fängt bald an, lass uns noch mal ausführlich reden, okay?»

«Okay, aber –»

«Sorry, muss echt los, ich melde mich –»

Victor sieht Sascha nach. *Bis irgendwann*. Das klingt nach: nie. *Bis irgendwann*. Leck mich doch. Leck mich kreuzweise. Victor tritt gegen eine leere Dose im Rinnstein, sodass sie mit lautem Knall gegen ein parkendes Auto fliegt, ein Passant dreht sich erschrocken zu ihm um: «Sagen Sie mal, geht's noch?», dann macht Victor, dass er wegkommt.

Als er am Hauptbahnhof aussteigt, hat eine Gruppe junger Leute einen Infostand auf dem Vorplatz aufgebaut, *Klimawandel stoppen!*, fordert ihr Transparent, das träge im Wind flattert. Victor steckt sich eine Zigarette an. Diese Ökoprediger. Oder Georg mit seiner Samariternummer. Das sind Schwimmer gegen einen Strom aus Scheiße, an dessen Ende nur ein Wasserfall wartet, irgendwann haut es sie trotzdem über die Kante, besser, du bewegst deinen Arsch ans Ufer in Sicherheit. Die ganze Welt besteht aus Dreck, warum der Aufwand, die Leute scheißen auf künftige Generationen, Regenwald, Polkappen, Eisbären, keiner hat je einen Saurier gesehen, kratzt auch kein Schwein, die Menschheit scheißt auf die Menschheit. Für Kim würde Victor einiges tun, aber für seine Ururururenkel? Komm. Falls die Menschheit ausstirbt, übernehmen atomare Superkakerlaken die Welt, einen schlechteren Job würden die auch nicht machen.

Victor hat oft überlegt, was einen guten Menschen ausmacht, seine Bilanz ist beschissen, keine Frage, aber was ist ein guter Mensch, abseits der Moral für Fortgeschrittene, Aufopferung, *Kumbaya*, die andere Wange. Ein guter Mensch verletzt keinen anderen zum eigenen Vorteil, wohl das Grundlegendste. Und Schwerste. Man will leben. Gut leben. Fürs gute Leben hätte er aus Versehen fast jemanden totgeschlagen. Oft hat er wach gelegen, sich gefragt, ob er den Tod des Manns in Kauf genommen hätte, wäre er im Gegenzug davongekommen. Er weiß es bis heute nicht. Lange hat er sich gesagt, es wäre eher ein Unfall gewesen, Notwehr, das Wort klang unanständig, obwohl selbst sein

Anwalt es in den Mund genommen hatte, aber der unanständige Gebrauch von Wörtern gehört zu dessen Job. Der Alte hat angegriffen, die Hände um Victors Hals, keine Zeit nachzudenken, da war Angst, aber mehr noch Wut, als Victor zuschlug, Genugtuung, als der Alte zu Boden ging. *Der Alte,* Victor muss aufhören, ihn so zu nennen, der Mann hat einen Namen, Ulrich Wegner, aber das ändert nichts, es sollte, tut es aber nicht. Victors Reue besteht nicht aus Mitgefühl für Wegner, er bereut wegen Sina, Kim, sich, musste er feststellen, während er die Zellendecke anstarrte, nach mehr in sich suchte, aber nichts fand außer Wut über sich, Wut über den Alten, der ja unbedingt den Helden hatte spielen müssen gegen einen, der über dreißig Jahre jünger war als er, statt seinen klapprigen Arsch in Sicherheit zu bringen. Victor hätte nicht gedacht, dass er das alles in sich hat, aber das weißt du vorher nie. Mit was du leben kannst. Im Knast beim Hofgang lehnte er sich manchmal so weit zurück, bis er das Anstaltsgebäude, die Zäune, Mauern, anderen Insassen nicht mehr sah, nur noch Himmel, Sonne, Wolken, ab und zu ein Flugzeug.

Victor vergräbt die Hände in den Taschen, befühlt den Schlüssel zur Garage. Er muss ausmisten. Alles entsorgen.

Der altbekannte Geruch, ein Hauch von Benzin, kaltem Beton, Victor stellt das Licht an, betrachtet die deckenhohen Metallregale. Fred hat nichts angerührt, die Kisten mit Equipment, Sommerreifen, Erste-Hilfe-Kasten, eine Schachtel mit vertrockneten Zigaretten auf dem Regal, eine angeschimmelte Packung Cracker. Über dem Klappstuhl hängen noch Victors Kellnerjackett, Arbeitshemd, Bügelfaltenhose, die schwarzen Halbschuhe stehen ordentlich aufgereiht neben dem Standspiegel, wo Victor sie vor fast eineinhalb Jahren abgestellt hat in der Erwartung, in knapp zwei Stunden wieder hier zu sein. Eine Staubschicht hat sich auf dem Leder gebildet, Victor pustet den Staub weg, streicht mit der Hand darüber, packt die Schuhe in seinen Rucksack, die Arbeitskleidung in eine Tüte. Dann zieht er eine der Boxen aus dem Regal, gefüllt mit Standardausrüstung, drei neue Schraubenzieher, Kleidung, zwei Paar Ersatzturnschuhe. In einer anderen Schachtel findet er einen seiner alten Mäntel, in Schutzhülle verpackt, einen der wirklich teuren, dunkelbraunes Kaschmir, versteckte Knopfleiste, hoher Kragen. Sieh nie wie ein Einbrecher aus, pass dich der Umgebung an. Victor wirft sich den Mantel über, betrachtet sich im Spiegel, sitzt noch wie eine Eins, er dreht, wendet sich, dann zieht er den Mantel wieder aus, legt ihn zurück in die Schützhülle wie in einen Leichensack. Er muss auch den Mantel entsorgen. Eigentlich.

Ganz unten in der Box zwischen Dreckkrumen und Staub liegt eine winzige Spielfigur, der Hund aus Monopoly, aber vergoldet, ein kleines Souvenir vom Botanikbuchmann. Hätte Victor schon längst entsorgen müssen, Fred würde ihm den Arsch aufreißen, wenn er wüsste, dass Victor die Figur mitgenommen hat. Einer der Auftragseinbrüche, die er mit Fred gemacht hatte, auch wenn das nie Victors Ding gewesen ist, zu viel Schlepperei, Reifen, Felgen, Werkzeug, Medikamente aus Lagern, ein Arsenal von E-Gitarren aus einem Musikgeschäft und einmal dieses uralte Buch aus einer Villa am Bodensee, der Auftraggeber sei Sammler, hatte Fred erzählt, das Buch angeblich über zwanzigtausend Euro wert. Ein Wälzer mit Ledereinband, über Pflanzen und Pilze, Originalausgabe. Als ob eine andere schlechter zu lesen wäre, aber gelesen wird die vermutlich gar nicht, Leute stehen auf die komischsten Sachen. «Du musst das pragmatisch sehen», hatte Fred gesagt. «Einer, der sich auf ein altes Buch einen runterholt, tut keinem damit weh, der andere wird es verschmerzen.» Der Kerl, bei dem sie eingebrochen waren, hatte eine Unmenge alter Bücher gehabt. «Hey, Fred, das da sieht auch wertvoll aus.» «Lass die Finger davon, wir nehmen nur das eine. Und fass sonst nichts an.»

Victor dreht den kleinen goldenen Hund zwischen den Fingern, setzt sich auf eine der Kisten. Pragmatisch gesehen, ist Georg wohl so ähnlich wie der Botanikbuchmann. Einer, der sich auf seinen Samariterkomplex einen runterholt, Bekehrernummern durch Einbrüche, wem tut das schon wirklich weh. Vier Milliarden Euro Umsatz. Falls für Georg davon etwas abfallen sollte, würde das heißen, man könnte den Preis anpassen, kommt nur drauf an, wie viel ihm sein Kunstscheiß wert ist, aber er sieht aus, als sei der ihm einiges wert. Ihm das Handwerk beizubringen, wäre ja nicht direkt strafbar. Zumindest kaum nachweisbar. Natürlich gilt die älteste Regel: Lass dich nicht erwischen. Und wenn du lügen musst, achte auf die kunstvolle Harmonie zwischen Lügen und Wahrheit, genieß es.

Mit dreizehn war Victor schon ein nahezu vollendeter Lügner gewesen, als ihn ein Ladendetektiv packte, während der andere Junge aus der Truppe mit einem nagelneuen Discman unter der Jacke aus dem Laden rannte. Victor hatte nur beim Abschirmen geholfen und hielt dicht, egal, wie sehr ihm der Detektiv mit Polizei und Eltern drohte, ihn bearbeitete in dem muffigen, fensterlosen Kaufhausbüro. Victor war noch nicht strafmündig gewesen, also

Flucht nach vorn: «Dann rufen Sie eben die Polizei, ich habe nichts getan! Wenn Sie mich nicht gehen lassen, rufe ich meine Eltern an! Die zeigen *Sie* an, weil Sie mich grundlos festhalten! Ich kenne den anderen Jungen überhaupt nicht! Der stand bloß neben mir!» Das Ganze mit Pathos und unschuldigem, verzweifeltem Blick, auch wenn Victor die Verzweiflung daraus schöpfte, dass er sich vorstellte, wie seine Mutter reagieren würde, wenn sie den Mist hier wirklich mitbekäme. Schließlich wurde der Detektiv tatsächlich unsicher, ließ ihn gehen, ohne irgendjemanden anzurufen. Victor war der Arsch auf Grundeis gegangen, aber gleichzeitig hatte es Spaß gemacht. Schuldgefühl ist der Erzfeind jeder guten Lüge, jeder Straftat, Victor hatte nie ein besonderes Talent für Schuldgefühl gehabt. Er hatte regelmäßig aus der Haushaltsgelddose auf dem Küchenschrank geklaut, war er beim Vater und seiner neuen Freundin zu Besuch gewesen, nicht jedes Mal, nur jedes zweite oder dritte Mal war er in die Küche gegangen für ein Glas Limo und einen raschen Griff nach ein paar kleinen Scheinen, und es hatte sich gut angefühlt, richtig. Der Vater und seine Neue versaufen das Geld doch bloß, besser für den Vater, wenn er nicht so viel saufen und sich dabei bemitleiden kann, weil die Glückspillen, die er mittlerweile vom Arzt bekommt, auch nicht glücklicher machen. Victor hatte das Geld selbst meist für Alkohol und Kippen ausgegeben, aber das fand er okay. Jede gute Lüge, auch gegen sich selbst, muss immer so nah wie möglich an der Wahrheit sein, so nah, dass du sie fühlen, riechen, schmecken kannst.

Ein Investor für das Restaurant. Das wäre sauber, eine gute Halbwahrheit, die ideale Preisanpassung für einen Samariter mit jeder Menge Asche im Tausch gegen Victors

Expertise. Hatte er also doch recht mit Fortunatus gehabt, fucking Weisheit ist das Wahre, Fred, ein magisches Geldsäckchen reicht nicht, *Victor, der Weise*, Mann. Vergiss *eine Weile ruhen lassen*, ein Investor, vielleicht lässt sich Sascha darauf ein, notfalls muss Victor einen anderen Koch suchen, aber das mit Sascha kriegt er schon hin, eine gute Geschichte, er lässt sich eine gute Geschichte einfallen, kein Ding.

II
Vögelchen

Georg betrachtet den toten Sperling auf dem Boden; von der Fensterbank aus blickt der Kater ihn arglos an.

«Ich werde das nicht essen, kapier's endlich.»

Der Kater springt herunter, streicht Georg um die Beine, dann verzieht er sich wieder nach draußen. Georg holt einen alten Pappkarton, liest den Vogel vom Boden auf, hat plötzlich das kindische Bedürfnis, ihn zu begraben, statt ihn einfach in den Müll zu werfen.

«Freunde dich nicht zu sehr mit ihnen an. Aber als Junge vom Bercking weißt du ja Bescheid.» Ahrens, ihr damaliger Nachbar, hatte Georg schwer eine Hand auf die Schulter gelegt, Ahrens war Getreidebauer gewesen, aber hatte auch immer ein paar Hühner gehalten. Einen Sommer lang hatte Georg ein Lieblingshuhn gehabt, das Gefieder in warmem Rotbraun mit pechschwarzen Schwanzfedern, Georg hatte es Emmi getauft, er weiß bis heute nicht, warum er ausgerechnet dieses Huhn so gemocht hatte, vielleicht, weil es von Anfang an keine Angst vor ihm hatte. Während die anderen Vögel davonstoben, als er zum ersten Mal das Gehege betrat, kam Emmi im gemächlichen Zickzack auf ihn zu und pickte neugierig an seinem Schnürsenkel. Jeden Morgen kümmerte sich Georg in diesem Sommer um die Hühner, die Sonne eine aufsteigende, blasse Scheibe am Himmel, Nebel über den Feldern, Tau auf dem Gras, dann ließ er die Vögel ins Freie, warf Körner aus, und nur ihr leises Gackern war zu hören. Manchmal redete er mit Emmi, übte Sätze, Vokal- und Konsonantenreihen, die der Sprachtherapeut ihm aufgegeben hatte, erzählte ihr von berühmten Leuten, die auch Stotterer gewesen waren, Isaac Newton, Charles Darwin, Marilyn Monroe, und meist gelang ihm das Sprechen fast fehlerfrei. Doch eines Morgens, als er den Stall öffnete, blieb es still, kein Glucken, Flattern, Rascheln. Im Halbdunkel erkannte er Federn, verstreut auf dem Lehm, eingesickertes Blut, durchgebissene Kehlen, einen abgerissenen Kopf, Emmi leblos in einer Ecke, die Beine angezogen, die Krallen verkrümmt und blutig. Georg ließ den Futtereimer fallen, rannte zum Hof. Ahrens rieb sich missmutig das Kinn, als er mit Georg den Stall betrat, blickte stumm auf die toten Vögel, Georg wollte sie begraben, aber Ahrens schüttelte den Kopf. «Fass sie nicht an.» Er zog Arbeitshandschuhe über, holte eine Schubkarre und warf die Vögel hinein, wo sie mit dumpfem *Klong* aufschlugen, dann machte er ein Feuer im Innenhof.

Als Georg seinem Bruder zu Hause davon erzählte, spürte er, wie ihm lautlos die Tränen überliefen, aber Joachim zuckte die Schultern. «Stell dich nicht so an, bei den Schweinen machst du doch auch kein Theater.» Wortlos lief Georg in sein Zimmer, er weinte nicht um die Hühner, auch wenn das unlogisch war, er weinte um Emmi.

Georg schiebt den Karton unter den toten Sperling, trägt ihn zum Müll, aber als er den Eimer öffnet, auf einen Haufen gammeliger Kartoffelschalen blickt, hält er wieder inne.

Im Gegensatz zu Emmi waren die Schweine ihm egal gewesen, fett, nackt, hässlich, ohne jede Anmut, ihr grauenhaftes Quieken hatte ihn regelrecht wütend gemacht. Aber kurz vor dem Tod, nackt gezüchtet und fett gemästet, wirkt wohl niemand anmutig. Du magst klug sein, aber wir sperren dich ein, du siehst nie den Himmel, deine Mutter verbringt ihr halbes Leben im Kastenstand, nach deiner Geburt wird sie für Wochen eingezwängt im Gitter, um dich zu säugen und nicht totzuquetschen. Deinen Schwanz kupieren wir mit einem glühenden Draht, damit ihn dir niemand abfrisst, die Zähne schleifen wir dir ab, und hast du Hoden, schneiden wir sie raus, sonst stinkt dein Fleisch. Wir machen das alles ohne Betäubung. Du lebst kaum länger als ein halbes Jahr, trittst auf Beton in Urin und Kot herum, dann versetzen wir dir einen Stromschlag oder senken dich in eine Gasgrube, du kreischst, alle um dich kreischen, bis sie bewusstlos zusammenbrechen, dann rollt ihr schlaff aus der Maschine heraus. Wir stechen dir die Kehle auf, werfen dich in den Brühbottich, und wenn du Glück hast, bist du wirklich schon tot, zuletzt zerhacken wir dich, verpacken dich in Plastik oder stopfen dich in deinen eigenen Darm. Töten ist natürlich, aber das alles wirkt auf Georg nicht besonders natürlich. «Nicht fair», hatte Evelyn gesagt, da waren sie zwölf, aber Georg hatte bloß die Schultern gezuckt.

«Töten ist nie fair.»

«Wir müssen was tun.»

«Was willst du denn tun?»

«Sie befreien.»

«Du spinnst ja.»

«Ist es dir egal?» Ihr Blick war so zornig und zugleich forschend gewesen, dass Georg ihm kaum standhalten konnte. «Keine Ahnung, ja … ach, ich weiß nicht, sind doch nur Schweine …»

«Hilfst du mir, sie zu befreien oder nicht?»

Sie hatten es schließlich geplant, so gut es Zwölfjährige planen konnten. Alle zwei Stunden kam eine neue Fuhre

Schweine, und das Haupttor stand offen, dann wollten sie die anderen Tiere in der Viehhalle aus dem Gehege lassen. Um den Schlachthof herum lagen jede Menge Felder, Mais, Kartoffeln, Weizen, Schweine fraßen ja alles, einen Teich zum Trinken und Suhlen gab es auch und den Wald zum Verstecken.

«Hast du Schiss?» Evelyn musterte Georg kritisch, er schüttelte den Kopf, kaute auf seiner Unterlippe herum, bis er Blut schmeckte.

«So, du willst deiner kleinen Freundin also den Schlachthof zeigen?» Trenker beugte sich zu Georg herunter, dann sah er Evelyn an. «Ist aber nichts für schwache Nerven.»

«Schon klar. Mich interessieren vor allem die lebenden Schweine.»

«Ist aber kein Streichelzoo.»

«Ja, nur anschauen.»

Sie bekamen Hygieneanzüge und Hauben, Evelyns Augen lugten dunkel und konzentriert über dem Mundschutz hervor, als Trenker ihnen das Entbluten zeigte, routiniert versetzten die Arbeiter den Tieren den Stich in die Kehle, während die betäubten Schweine kopfüber an Haken vorüberglitten, er zeigte ihnen dic Zerlegehalle, endlose Fließbänder, an denen ein vermummtes Heer Fleischstücke zuschnitt. Schließlich betraten sie die Viehhalle, blickten auf das Gitterlabyrinth, Schweine dicht gedrängt im Gehege, der Geruch von Kot in der Luft. Als ein Arbeiter das Hallentor öffnete, Motorengeräusche vom Hof hereindrangen, nickte Georg Evelyn unmerklich zu, sie zog erschrocken die Luft ein, fasste Trenker am Arm: «Mein Ring! Ich habe meinen Ring verloren!» Ärgerlich wandte Trenker sich um, er habe doch ausdrücklich gesagt, keinen Schmuck! Evelyn tat, als suche sie den Boden ab, der Ring müsse hier irgendwo sein, sie habe ihn gerade noch gehabt! Als Trenker Evelyn bei der Suche half, begann Georg, das Gitter zu öffnen, aber das metallene Quietschen ließ Trenker innehalten, Evelyn versuchte noch, ihn abzulenken, deutete in die Ecke, ihr Ring, da sei der Ring! Trenker zögerte, doch dann wandte er sich zu Georg um, der erstarrte, die Hände am Gitter –

«Was zum Teufel treibst du da?»

«Mach weiter!» Evelyn rannte zu Georg, der wie vom Donner gerührt dastand unter Trenkers Blick, mit aller Kraft zog sie das zweite Gitter auf, das Quieken der Tiere wurde ohrenbetäubend, als sie aus dem Gehege drängten und in der Halle auseinanderstoben. Einige flohen in wildem Galopp in den Hof, Evelyn lachte begeistert auf, feuerte die Tiere an, während Trenker versuchte, das Gitter zu schließen, doch von der Masse der Tiere umgerissen wurde. Er stürzte der Länge nach auf den Beton, schrie auf, als ein paar Schweine panisch über ihn hinwegtrampelten, schützend hob er die Arme über den Kopf, versuchte, sich auf allen vieren in eine Ecke der Halle zu retten – «Heilige Scheiße», entfuhr es Georg atemlos, und er griff nach Evelyns Hand.

Zwei Stunden hatte es gedauert, bis alle Tiere eingefangen waren, die Arbeiter hatten das Haupttor rechtzeitig geschlossen, keines der Schweine schaffte es vom Gelände, einige verletzten sich bei ihrer Flucht, traten, rammten, quetschten sich, wurden zuletzt natürlich trotzdem geschlachtet, und Trenker hatte sich beim Sturz das Handgelenk verrenkt.

Georg nimmt eine alte Tupperdose aus dem Schrank, legt

den toten Sperling hinein, bedeckt ihn mit einem Stück Küchenpapier. Vielleicht begräbt er ihn später unten am Fluss, mitten in den Nizzaanlagen, vielleicht ruft wieder jemand die Polizei, da ist so ein abgefuckter Typ, vergräbt was auf öffentlichem Gelände, vielleicht ein Süchtiger, Dealer, Verrückter, Terrorist, guten Abend, Polizei, treten Sie von dem Loch weg, Schaufel auf den Boden, Ihren Personalausweis, tote Tiere vergraben verboten. Zeitverschwendung. Mehr Zeitverschwendung. Georg blickt in die Zimmerecke, in der sich der Krempel der letzten Aktionen türmt, Schilder, Transparente, Kostüme, Requisiten, Georg holt ein paar große Müllsäcke aus dem Schrank, beginnt, alles hineinzustopfen, Pappe, Lichterkette, Seile, Kleidung, den Kopf einer Schaufensterpuppe, scheiß auf Mülltrennung, wird sowieso alles verbrannt, gibt eine extra Portion Strom, Wärme und giftiges Rauchgas für die Stadt. Georg zertritt die Schilder, einen Hut, eine Spielzeugtrommel, deren Haut mit lautem Knall zerplatzt, er will das Zeug nicht mehr sehen –

Draußen im Flur schlägt die Wohnungstür, dann steht Victor im Türrahmen, hebt fragend die Brauen.

«Was machst du denn da?»

Georg kickt die Trommel beiseite. «Aufräumen.»

«Das ist was Neues.»

Georg ignoriert den Kommentar, stopft das goldene Paillettenjackett in den Müllsack, aber Victor nimmt ihm den Beutel ab, setzt sich an den Küchentisch.

«Leg 'ne Pause ein, ich will was mit dir besprechen. Ich habe noch mal über deine Frage nachgedacht. Meinen Preis. Falls du das Einbrechen noch lernen willst. Aber vorher muss ich wissen, ob du vorbestraft bist, sie irgendwas von dir haben, Fingerabdrücke, DNA, Spuren, die du vielleicht aus Versehen hinterlässt, durch die sie dich sofort drankriegen würden.»

«Nein, nur Verwarnungen, Ordnungswidrigkeiten.»

«Gut. Willst du noch?»

Vor ein paar Tagen hatte sich Georg mit einer Kreditkarte an seiner eigenen Haustür versucht, war abgerutscht und hatte sich die Finger wund gerissen. Mit einem Schraubenzieher probierte er es am Fenster einer Schrebergartenhütte, aber das Holz knirschte so laut, dass er nervös abbrach und feststellte, dass er tausend Jahre bräuchte, bis er den Dreh raushätte, falls ihn nicht schon vorher jemand beim Üben erwischte; weiter war er bisher nicht gekommen. Er mustert Victor einen Moment lang, irgendwas in seinem Blick gefällt ihm nicht, falsche Arglosigkeit, trotzdem setzt sich Georg zu ihm an den Tisch.

«Ich höre.»

«Okay. Hier der Deal: Ich bringe dir alles bei, was du wissen musst, aber die Einbrüche ziehst du allein durch, ich setze keinen Fuß in ein Haus, damit das klar ist. Ich zeige dir alles, berate dich, besorge dir die nötige Ausrüstung, falls du welche brauchst, im Gegenzug wirst du Investor für mein Lokal. Du hilfst uns durchs erste Jahr, das heißt Renovierung und ein Jahr Miet- und Nebenkosten, außerdem Personalkosten anteilig zu einem Drittel, Servicekräfte, Küchenkräfte, Sascha als Chefkoch, ich als Restaurantleiter. Jeder von uns ist ein Drittel am Gewinn beteiligt, aber ich und Sascha führen das Lokal, du musst nichts machen, außer mal lächeln und dich wie ein Mensch anziehen, wenn du dort aufkreuzt. Nach einem Jahr bist du raus, launischer Künstler hat keinen Bock mehr auf Gastro, und Sascha und ich übernehmen ganz. Saubere Nummer, du reihst dich damit nur ein in die Riege von Künstlern, Schauspielern, Musikern in der Lebenskrise, die irgendwann ein Lokal aufmachen, auch wenn sie keine Ahnung davon haben, keiner wird groß Fragen stellen. Du wolltest etwas Neues, eine Aufgabe, handfest, aber kreativ, du hast von unseren Restaurantplänen gehört, wolltest mit einsteigen, froh über Profis an deiner Seite: Sascha und mich.» Victor breitet die Hände aus, lächelt einnehmend. «Na? Was denkst du?»

Georg lehnt sich auf seinem Stuhl zurück, verschränkt die Arme vor der Brust. «Klingt nicht gerade schmeichelhaft. Und vor allem: teuer.»

«Als Anteilseigner einer Firma mit vier Milliarden Euro Umsatz dürfte das doch nicht das Problem sein, oder?»

Georg sieht Victor zu, wie er sich entspannt eine Zigarette ansteckt. Vielleicht hatte Caroline doch recht. Wenn der auf die Beine kommt, raubt er dich aus.

«Du hast also recherchiert.»

«War mehr das alte Vögelchen.»

Georg hebt das Papier von der Tupperdose. «Wie das?»

Victor zuckt zurück. «Fuck, was –»

Georg bedeckt den toten Vogel wieder mit dem Papier.

«Du hast also gehört, ich hätte jede Menge Geld, aber vielleicht ist deine Recherche ungenau. Vielleicht habe ich alles schon verprasst, und meine Konten sind gesperrt.»

Victor blickt noch einen Moment angeekelt auf die Tupperdose, doch dann zuckt er die Schultern. «Bin dabei, es herauszufinden.»

«Über was für eine Summe reden wir hier?»

«Miete für das Jahr, Renovierung, Ablöse und Ausstattung, anteilig Personalkosten für zwei Servicekräfte, Souschef, Küchenhilfe, Restaurantleiter, Küchenchef und anteilig Fixkosten für Lebensmittel und Getränke, heißt alles in allem circa zweihundertfünfzigtausend, abzüglich deiner – wir wollen's schwer hoffen – Gewinnbeteiligung. Sieh es als Start-up, ein Investment für einen guten Zweck. Du hilfst mir, ein braves Mitglied der Gesellschaft zu werden, Talentförderung, damit kennst du dich doch auch ganz gut aus als Ex-Stiftungsvorstand.» Victor lässt eine Reihe weißer Zähne blitzen. «Ich biete dir vorab ein Probetraining. Vielleicht stellst du dich auch an wie der letzte Idiot. Falls du kein Talent hast, hat sich das Ganze ohnehin erledigt.»

Georg schnaubt, während Victor seinem Blick mit ruhigen Augen standhält, als säße er in einer Pokerrunde, aber da ist ein hungriges Glitzern, ein Glanz auf der Pupille, der verrät, was er denkt, *Geld, Möglichkeiten*. Es ist nicht das erste Mal, dass Georg so angesehen wird, als wäre er essbar, bestehe aus Zuckerguss, doch der Spruch, Geld bedeute einem nichts, geht leicht über die Lippen, wenn man welches hat.

«Also?» Victor taxiert ihn, Zigarette im Mundwinkel, ein Auge zusammengekniffen gegen den Rauch, die Glut leuchtet auf, als er zieht, dann atmet er in dichten grauen Kräuseln aus.

Zweihundertfünfzigtausend. Die Reichstagsverhüllung hat dreizehn Millionen Dollar verschlungen. Ist Kunst nicht etwas Wunderbares? Schließlich nickt Georg Victor nur zu.

12
Die schwächste Stelle

Victor holt den Pizzakarton für Krüger aus der Wärmebox, schließt den Wagen ab, ein Hochhaus, vierzehn Stockwerke, Hunderte Namen an der Eingangstür. Er seufzt, geht die Klingelschilder durch, es muss der elfte Stock sein, steht auf der Rechnung, doch bevor er die richtige Klingel gefunden hat, kommt ihm schon ein Hausbewohner von drinnen entgegen, und Victor schlüpft durch die offene Tür, nicht ohne Genugtuung. Früher hat er das manchmal so gemacht, in einem anderen Outfit, Handwerker, Postbote, Vertreter, aber kein Unterschied. Außer natürlich, na ja.

Im Aufzug hängt der Geruch von Ammoniak in der Luft, die Neonröhre taucht die Kabine in ein kaltes Flackern, unter der milchigen Plastikverkleidung entdeckt Victor Schatten toter Insekten, Fliegen, eine große Motte. Er lehnt sich an die verspiegelte Rückwand, die Comic-Pizza auf dem Karton lacht ihn wieder an wie ein Grenzdebiler, und der Inhalt fettet schon durch den Schachtelboden, aber wenigstens ist das die letzte Fahrt für heute, dann duscht Victor sich diesen Gestank vom Körper, er hat das Gefühl, der Mief von Knoblauch und billigem Käse setze sich mittlerweile in jeder Pore ab.

Über die Liftknöpfe hat irgendwer *Dani + Marco* in ein Herz geschmiert, ein anderer hat einen abspritzenden Pimmel daneben gemalt. Romantisch. Aber mit Sina hat Victor manchmal verstohlene Küsse im Aufzug getauscht, damals im Hotel. Zehn oder fünfzehn Sekunden in kurzer, heftiger Umarmung, dann mit pochendem Herzen und heißem Kopf zurück an die Arbeit. Das war schön. Oder, als er mit Sina ins *Preymesser* gegangen war, weil Sascha den Souschef kannte, ihnen einen Tisch besorgen konnte. Sie hatten sich richtig aufgebrezelt, er in seinem besten Anzug, sie in einem kleinen Schwarzen, anschließend waren sie am Fluss entlangspaziert, die Nacht war warm gewesen, der Asphalt hatte noch heiß vom Tag gestrahlt, und da hatte er angetrunken und etwas hilflos zu ihr gesagt, dass es was Ernstes sei, also, nein, das sei falsch ausgedrückt, das klinge ja wie eine Krankheit, hatte er unterbrochen, gekichert wie ein Blöder und sich verschämt den Nacken gerieben, also, er meine, es sei ihm ernst, eigentlich wolle er sagen, ohne jetzt schmalzig zu klingen, er wolle sagen, dass er glaube, dass er Sina –

Ein heftiges Rucken der Kabine lässt Victor aufschauen, kurz gibt das Licht knisternd den Geist auf, und Victor steht im Dunkeln, dann springt es mit leisem *Pling* wieder an, und der Lift bleibt mit hässlichem Brummen stehen. Alle Ziffern auf der Anzeige über der Tür sind jetzt hell erleuchtet, als stünde der Lift auf jedem Stockwerk gleichzeitig wie irgendwas aus *Twilight Zone*. Keine Panik, es geht sicher gleich weiter, vermutlich nur was mit dem Strom oder –

«Wie 'ne Ratte im Käfig!» Walters kratzige Stimme dröhnt in seinem Kopf, Walter war einer der tausend Junkies im Knast, hatte nur noch die Hälfte seiner Zähne im Mund und nicht mehr alle Tassen im Schrank, grinste Victor mit seinen Stummeln an, deutete auf sich, dann auf Victor, hin und her, hin und her: «Ratte eins, Ratte zwei, Ratte eins …»

Was, wenn das ein schlechtes Omen ist – wenn die Sache mit Georg – okay, nicht ausflippen. Unter den Etagenknöpfen entdeckt Victor den Notruf, ein lauter Warnton erklingt, als er den Knopf drückt, dann beugt er sich zu dem Lautsprecher hinunter: «Hallo? Ist da jemand?» Victor drückt den Knopf ein paarmal hintereinander, ein schrilles *Meep, Meep, Meep* ertönt, schließlich ein Rauschen, eine Männerstimme, träge und genervt: «Notrufzentrale, Otis Techniksupport.»

Victor versucht, ruhig zu klingen: «Hallo, ich bin im Lift eingesperrt, kurz war der Strom weg, der ist wieder da, aber es geht trotzdem nichts mehr –»

«Nennen Sie mir bitte die Adresse.»

Victor blickt auf die Pizzarechnung, tut, was der Mann verlangt.

«In Ordnung, bleiben Sie ruhig und versuchen Sie nicht, sich selbst zu befreien. Wir schicken den Notdienst. Kann aber etwas dauern, circa eine halbe Stunde.»

«Was?»

«Bitte gedulden Sie sich, es kommt bald jemand. Danke.»

Bevor Victor noch etwas sagen kann, wird die Verbindung abgebrochen. Arschloch. Aber Victor hält die Klappe, nicht, dass der Kerl ihn doch hört und hier drin verschimmeln lässt. Er atmet durch, versucht, sich zusammenzureißen, aber er bekommt diesen Druck auf der Brust, den er manchmal auf Zelle hatte, *Ratte eins, Ratte zwei, Ratte, Ratte, Ratte* –

Wenn das doch schiefgeht, Georg irgendwie Mist baut … wieder Verhaftung, Knast, die Irren, die Schläger, der Gestank, der Gefängnisfraß. Und Sina. *Bring dein Leben auf die Reihe. Keine Scheiße mehr*. Ja. Aber nicht so einfach, wenn er nicht als Pizzafahrer sterben will. Immer noch besser, Georg ein paar Tricks beizubringen, als Freds Angebot anzunehmen, wieder einzusteigen. Das mit Georg ist quasi fast sauber. Nur Training. Wie Volkshochschule. Maximal Beihilfe zu Sachbeschädigung und Hausfriedensbruch, falls sie Victor drankriegen, nichts wird gestohlen, und drankriegen müssten sie ihn erst mal, da passt er schon auf. Das Ergebnis zählt schließlich: ein Restaurant, ehrliche Arbeit, ehrliches Geld. Der kleine Trainingskurs für Georg wäre nur Starthilfe, Selbsthilfe zur Starthilfe zum Anständigwerden.

Gestern war er mit Kim auf dem Spielplatz, später hat er sie zu seinen Schwiegereltern gebracht, Sinas Eltern konnten ihn noch nie leiden, aber jetzt hassen sie ihn. Klar. Sinas Vater ist mit ihm vor die Tür. «Meine Tochter ist zu gut für einen Verbrecher! Was auch immer du ihr für neue Lügen aufgetischt hast, ich schwör dir, ich mach dich fertig, wenn du meine Tochter noch mehr in den Dreck ziehst –»

Victors Blick fällt auf sein Spiegelbild, das Basecap, die gelbe Lieferdienstjacke. Einen einfachen Kellner hat Sina damals schließlich auch genommen, dann bleibt er eben Pizzabote. Stirbt als Pizzabote. In einem Lift. Sterben, Schwachsinn, warum denkt er überhaupt so was. Er befühlt den Boden des Pizzakartons. Nur noch lauwarm. Das Essen wird kalt. Er drückt wieder den Notruf, aber keiner meldet sich, der Penner am anderen Ende blättert wohl gerade seine Wichsvorlage durch, bei der ihn Victor vorhin unterbrochen hat. Er sieht auf die Uhr, hat das Gefühl, schon ewig eingesperrt zu sein, dabei sind es erst knapp fünfzehn –

Plötzlich geht ein erneuter Ruck durch die Kabine, ein Raunen durch die Maschinerie, der Lift setzt sich in Bewegung, fährt weiter nach oben, die Etagenziffern leuchten wieder normal, Acht, Neun, Zehn, auf der Elf bleibt die Kabine stehen, und die Innentür gleitet auf. Eine Sekunde sieht Victor reglos durchs Glasfenster der Außentür, das den Blick auf einen kargen Flur freigibt. Er könnte raus, aber wenn der Lift genau jetzt abstürzt oder sich sonst wie bewegt, zerquetscht er dich, zerhackt dich in zwei Teile, *Filet de Victor* – er muss an die grausige Geschichte im AfE-Turm denken, achtunddreißig Stockwerke hoch, stand in allen Zeitungen, eine Frau blieb mit dem Lift zwischen zwei Etagen stecken, war in Panik aus der Öffnung zwischen Stockwerksdecke und Aufzugsboden gekrochen und in den offenen Schacht unterhalb der Kabine gestürzt. Vielleicht sollte Victor auf den Techniker warten. Vielleicht, aber – ach, scheiß drauf – er drückt die Lifttür auf, in Erwartung, die Kabine mache gleich einen Satz und trenne ihm die Finger ab, dann springt er raus auf den Flur, rennt ein paar Schritte, bleibt schließlich stehen und dreht sich um, beobachtet die Tür, wie sie mit leisem Knarzen wieder zugeht. Durchs Glasfenster fällt kühles Licht aus der Kabine, sonst passiert nichts.

Victor klappt den Pizzakarton auf und begutachtet den mittlerweile eiskalten Belag, hart gewordene Käsefäden, verschrumpelte, gräuliche Champignons. Zur Hölle damit, das Teil braucht er jetzt auch nicht mehr auszuliefern. Im Laufschritt nimmt er die Treppe elf Stockwerke zurück nach unten, reißt sich die Kappe vom Kopf, als ihm im Glas der Eingangstür wieder sein Spiegelbild entgegenspringt. Ratte eins, Ratte zwei, das hier ist auch ein scheiß Käfig, lauf, Ratte, lauf, dann gibt's Käse, Regeln, scheiß auf Regeln – kein Pizzabote für Sina, kein einfacher Kellner, Victor will das Restaurant, ihr endlich etwas bieten, worauf sie stolz sein kann, ihr und Kim. Sina mag es gleich sein, was er tut, solange es ehrliche Arbeit ist, aber er will nicht, dass seine Tochter irgendwann sagen muss, ihr Vater habe es zu nichts weiter gebracht als zum gescheiterten Kriminellen und Lieferidioten.

Als er ins Freie tritt, schleudert er die Pizza im hohen Bogen auf den Parkplatz, im Flug öffnet sich die Schachtel, ihr Inhalt stürzt heraus, klatscht mit lautem Schmatzen mitten auf ein Autodach, Victor lacht, da habt ihr euren Käse, die Ratte hat das Gebäude verlassen, die Ratte ist so was von raus!

Victor holt eine dunkle Jacke aus der Kleiderbox, schlüpft in ein neues Paar schwarzer Turnschuhe; als es klopft und er Georgs Stimme erkennt, öffnet er das Garagentor. Einen Moment sieht Georg sich misstrauisch um, als erwarte er eine Falle, Victor packt ihn am Handgelenk, zieht ihn in die Garage, spürt, wie Georg sich sträubt, aber Angst ist gut, Respekt, so hat Victor ihn besser unter Kontrolle. Er streift sich Handschuhe über, greift wieder in die Box, wirft Georg eine eingeschweißte Packung zu. «Hier, Sturmmaske, für später. Hast du besorgt, was ich gesagt habe?»

«Stirnleuchte, Einweghandschuhe, Prepaid-Karte vom Discounter, dunkle Schuhe mit weicher Sohle, alles separat gekauft, Barzahlung, große Geschäfte, verschiedene Stadtteile», zählt Georg auf wie ein Musterschüler, aber seine Stimme klingt nervös.

«Gut. Hab noch was für dich.» Victor hat den Elektropick rausgekramt, er hat ihn selbst nie benutzt, ging ihm gegen den Stolz, aber für Georg ist das was. In Trockenübung hat er ihm schon das Schlösseröffnen gezeigt, weil

Georg das unbedingt als Erstes lernen wollte, zu viele Filme gesehen. Beim ersten Anlauf hat er gleich den Haken abgebrochen, und die Spitze ist im Zylinder stecken geblieben. Bei den nächsten Versuchen lief es besser, aber Georg ist zu ungeduldig und brachial. Aus Rambo machst du keine Ballerina, hat Fred immer gesagt, aber Victor hätte erwartet, dass so ein Feingeist mehr Fingerspitzengefühl besitzt.

«Falls du nicht über die Terrasse oder ein Fenster reinkommst, kannst du die Garage probieren, wenn sie ans Haus anschließt und schlecht einsehbar ist. Die innere Übergangstür ist selten gut gesichert, wenn überhaupt. Hab ein einfaches Schloss zum Üben in mein Tor eingebaut. Komm.» Victor geht mit Georg nach draußen, schließt das Tor, dann hält er den Elektropick hoch. «Solange du den Knopf gedrückt hältst, setzt der Pick schnelle Schläge, bringt alle Zylinderstifte gleichzeitig in Bewegung.» Victor stellt den Pick an, und der Metallhaken beginnt zu vibrieren. «Mit dem Spanner übst du das Drehmoment auf den Zylinderkern aus. Wenn du spürst, dass sich alle Stifte setzen und der Kern sich drehen lässt, öffnest du das Schloss mit dem Schraubenzieher.»

Georg folgt Victors Anweisung, das Klackern des Elektro-Picks hallt durch die verlassene Garagenbucht, ein paarmal setzt Georg frustriert ab, massiert sich die Hand. Es dauert eine Ewigkeit, doch schließlich stößt er einen erleichterten Seufzer aus, als das Schloss endlich aufspringt. Victor nimmt ihm das Gerät ab. «Okay, mit etwas Übung wird das was. Aber oberste Regel: immer die größte Schwachstelle finden, die einfachste, leiseste Lösung, kein Hollywoodshit, bloß sanfte Gewalt. Wir üben jetzt Fenster.»

Victor hat ein ideales Trainingsgelände gefunden, ein

leer stehender Bürokomplex, nicht weit von hier, der kurz vor dem Abriss steht, die Baustelle mit verhängtem Zaun, der hintere Teil nicht einsehbar. Einige Fensterscheiben sind eingeschlagen oder mit Graffiti beschmiert, aber die Rahmen sind intakt.

Als sie das Gelände erreichen, streifen sich Victor und Georg Sturmmasken über, bei einem der Fenster, gut abgeschirmt durch Gebüsch, bleibt Victor stehen, schaltet die Stirnlampe an, zieht einen großen Schraubenzieher aus der Jackentasche.

«Standardfenster mit Rundbolzen», flüstert er, «die Schließelemente sitzen rundrum am Rahmen: eins unten in der Mitte, eins auf der Griffseite in der unteren Ecke, eins ungefähr zwei Handbreit oberhalb des Griffs und noch eins oben mittig. Fang immer in der unteren Ecke an, arbeite dich hoch.» Victor schiebt den Schraubenzieher in den Spalt zwischen Rahmen und Flügel, klopft ihn mit der Hand ein und hebelt, bis sich der Flügel aus dem Rahmen löst. «Jetzt seitlich über dem Griff.» Victor hebelt, bis ein Knacken ertönt, der zweite Bolzen aus der Führung rutscht. «Als Letztes oben, mit Kraft.» Victor hebelt ein letztes Mal, stößt das Fenster auf. «Das war's schon. Manchmal musst du nachjustieren, zwischen den Schließelementen springen, aber das Ganze sollte unter zwanzig, maximal dreißig Sekunden dauern. Wenn Fenster oder Terrassentür alt und der Beschlag ausgeleiert sind, reicht die untere Ecke und du schaffst es in ein paar Sekunden, aber am wichtigsten ist: leise.» Georg nickt, betrachtet fasziniert das aufgebrochene Fenster, dann folgt er Victor zum nächsten, und Victor reicht ihm das Werkzeug. «Jetzt du. Ecke, Mitte, oben.» Georg setzt an, legt sein ganzes Gewicht auf den Schraubenzieher und hebelt fast gewalttätig, der Plastikrahmen verzieht sich, aber löst sich nicht, Victor muss dazwischengehen. «Der Schraubenzieher muss tiefer ansetzen, Hebelwirkung, nutz die Wunder der Physik, Mann.» Georg stößt das Werkzeug mit der Faust fester in den Spalt, hebelt, bis schließlich das leise Knacken von Metall ertönt. «Weiter.» Victor tippt an den Rahmen oberhalb des Fenstergriffs, diesmal stellt sich Georg gut an, die letzte Stelle findet er allein, und das Fenster springt auf. Victor nimmt ihm den Schraubenzieher ab. «Wenn du merkst, dass der Bolzen nicht aus dem Beschlag will, hast du Pilzkopfzapfen, die lassen sich nicht hebeln, dann musst du bohren.» Victor geht mit Georg zum nächsten Fenster. «Das Bohrloch muss unter dem Fenstergriff sitzen, damit du ihn anschließend mit einem Draht umlegen kannst.» Victor holt den Akkubohrer aus seinem Rucksack, drückt ihn Georg in die Hand. Als er sich an die Arbeit macht, beobachtet Victor das stille, dunkle Gelände, genießt die frische Nachtluft, das Prickeln in seiner Wirbelsäule vom Nacken bis ins Kreuz, verdammt, was hat er das Gefühl vermisst, auch wenn das hier nur eine Übung ist. Er weiß noch, als kleiner Junge hatte er furchtbare Angst im Dunkeln gehabt, vor Geistern, Monstern, im Schrank, im Keller, unter dem Bett. Bei den Einbrüchen war er der im Dunkeln gewesen, der Geist. Er hat wohl nie weniger Angst im Leben gehabt als bei den Einbrüchen.

«Durch», flüstert Georg. Victor reicht ihm ein fingerdickes, gebogenes Drahtstück. Diesmal stellt sich Georg geschickt an, Victor zählt fünfzehn Sekunden, bis er den Griff umgelegt hat. «Gut. Noch was: Puste nie in das Bohrloch, um Späne zu entfernen. Hinterlässt Spucke.» Victor sieht auf die Uhr. «Letzte Übung. Dafür gehen wir rein.»

Victor steigt durchs Fenster, läuft durch die leeren Räume bis zu einer Nebentür, dann befestigt er die Stahlschraube auf dem Bohrer, holt die Ziehglocke aus dem Rucksack. «Du bohrst die Schraube in den Schließzylinder, dann brichst du mit der Glocke den gesamten Zylinder aus der Tür.»

Diesmal scheint Georg in seinem Element, mit sicheren, schnellen Handgriffen treibt er die Stahlschraube ins Metall, dann zeigt Victor ihm, wie man die Glocke aufsetzt, Georg schafft auch das in einer guten Zeit, handwerklich begabt, wenigstens etwas. Victor packt die Ausrüstung zurück in den Rucksack. «Genug für heute. Wir sollten los.»

Als sie nach draußen treten, hält Victor plötzlich so abrupt inne, dass Georg erschrocken die Luft einzieht, beinahe in ihn hineinläuft – «Shit, hörst du das?»

«Nein – was?»

«Mir nach, nicht umdrehen!» Victor läuft geduckt zum Bauzaun zurück, dann durch eine schmale Gasse runter zum Fluss, beginnt zu rennen. Hinter sich hört er Georgs rasche Schritte auf dem Weg, spürt ein leichtes Brennen in den Lungen, als er beschleunigt, dann schlägt er einen scharfen Haken hinein in einen Park. Georg ist immer noch hinter ihm, aber seine Schritte werden schwerer, er fällt zurück, schließlich bleibt Victor stehen, wartet, bis Georg aufgeholt hat, zieht ihn in den Schatten einer Mauer. Georg ist völlig außer Atem, blickt sich ängstlich um, Victor spürt, wie Georgs Muskeln zittern, spürt seinen eigenen jagenden Puls, ein Gefühl, als stünde der ganze Körper unter Starkstrom. Adrenalin. Gutes Zeug.

«Warum bist du gerannt? Hat uns jemand gesehen?»

«Nein. Wollte wissen, wie schnell du bist unter Stress.»

«Was? Verdammt, ich muss gleich kotzen –» Georg sieht

ihn wütend an, dann beugt er sich vornüber, stützt erschöpft die Hände auf die Knie. Victor klopft ihm auf die Schulter.

«Fang mit Sport an, du solltest wegrennen können, ohne einen Herzanfall zu kriegen, und ein paar Kletterfähigkeiten solltest du auch entwickeln. Morgen geht's raus zum Trimm-dich-Pfad. Also: Willst du mehr lernen? Deal?» Victor streckt Georg die Hand hin, Georg nickt, immer noch atemlos, reicht ihm etwas zittrig die seine, aber der Griff ist fest.

II

1
I am a machine

Durch die Rollladenschlitze bricht fahles Morgenlicht, doch der Schein der Taschenlampe tanzt hell und bleich über die Zimmerdecke, lässt die Schatten springen. Mit der Hand formt Max einen Vogel, dann das Krallentier, lässt es den Leuchtpunkt der Taschenlampe fressen, macht ein tiefes, kehliges Geräusch, *chrrap*, *CHRRRAAAP*. Das Krallentier lebt in den Schatten, frisst alles Licht, es frisst auch Kinder, aber nicht Max, das Krallentier beschützt ihn, frisst nur gemeine Kinder, stellt er sich vor. Einmal hat er das zu Julia gesagt, die in Sachkunde neben ihm sitzt, ihn dauernd zwickt, das Krallentier wird nachts zu dir kommen und deine Augen fressen, dann bleibt es für immer dunkel, ich schick das Krallentier zu dir, wenn du nicht aufhörst. Da hat die dumme Kuh aber geschaut. Max greift nach der Tüte mit sauren Krachern, schüttet sich eine neue Ladung in den Mund, kaut sie zu einer zähen Masse, bis ihm die Säure die Innenseiten seiner Wangen zusammenzieht. Mama darf das nicht wissen, saure Kracher noch vor dem Frühstück, aber heute ist der letzte Ferientag, und der Gedanke an Schule verursacht ihm ein flaues Gefühl im Bauch.

Max vergrabt die Tüte in der großen Spielzeugkiste, doch als er darin wühlt, spürt er plötzlich etwas Klebriges, zieht rasch die Hand zurück. Mit der Taschenlampe leuchtet er auf seine Fingerkuppen, sie sind braun verschmiert, angeekelt wischt er sie an der Hose ab, er muss irgendwas in der Kiste vergessen haben, einen Rest Schokohase oder Karamelleier. Er hält erschrocken inne, als er die dunklen

Schlieren auf der Pyjamahose entdeckt; wenn Mama das sieht, gibt es riesigen Ärger. Schnell zieht er sich um, stopft die Schlafanzughose unters Bett, als Lea nach ihm schreit –

«Max! Komm her! *MAXIMILIAN*!» Sie reißt die Tür auf, eine Sekunde lang ist sie nur ein schmaler Schemen gegen das Licht, der sich auf ihn stürzt. Mit einem Schrei lässt Max die Taschenlampe fallen, als Lea ihn über den Flur in ihr Zimmer zerrt, sie hält eine ihrer Puppen hoch, große aufgemalte Augen starren ihn an, ein gefrorenes Lächeln auf den Lippen. Max hasst Leas Puppen, aufgereiht auf dem Regal, Dutzende Glubschaugen, die auf dich herabglotzen, am schlimmsten sind die Babys, haarlos und rosig wie Schinken, manche brabbeln, kichern, weinen, können krabbeln und drehen dabei den Kopf, das macht ihm am meisten Angst –

«Du warst an meinen Sachen!» Lea krallt Max die Nägel ins Fleisch, hält wieder die Puppe hoch, im Haar kleben rotbraune Klumpen. «Ihre Haare und Kleider sind total dreckig!»

«Aua! Ich hab überhaupt nichts gemacht!» Max versucht, sich loszureißen, aber Leas Griff ist so fest, dass er sie mit sich schleift, bevor sie ihm einen Schlag mit der Puppe versetzt. «Ich habe dir gesagt, du sollst meine Sachen nicht anfassen!»

I am a machine. Hat Schwarzenegger das nicht mal gesagt? Peter betrachtet sich im Badspiegel, immer noch Augenringe, die Wangen eingefallen, er fährt sich über Brust und Bauch, die bleiche Schlaffheit eines Endvierzigers, die letzten zwei Wochen im Urlaub hat er das zu oft an anderen Familienvätern gesehen, um es nicht mit sich selbst in Verbindung zu bringen. Dieser schleichende Verfall, auf Bürostühlen, in Konferenzen, in Aufzügen, nehmen Sie die Treppe, tun Sie was für Ihr Herz, aber er nimmt nie die Treppe, und seit er nicht mehr raucht, steht er noch weniger vom Schreibtisch auf. Er zwingt sich mittlerweile ins Fitnessstudio, aber er schläft nicht genug, nicht mal im Urlaub, sein Schlaf fühlt sich an wie aus Glas, und das leiseste Geräusch bringt es zum Splittern. Zwei Wochen Robinson Club, damit die Kinder beschäftigt sind, ab acht Uhr morgens konnte er schon die bezahlte gute Laune der Animateure hören, verstärkt durch Mikrofone. I am a machine. Robinson Club, was für ein bescheuerter Name für ein Familienresort. Obwohl, auf Robinsons Insel lauerten Kannibalen, so einsam und friedlich war es dort auch nicht, aber Robinson Crusoes eigener Club bestand nur aus Ziegen und schließlich aus Freitag, achtundzwanzig Jahre lang. Als er von der Insel runterkam, muss Robinson ein alter Mann gewesen sein. In der kindgerechten Version, die Peter Lea und Max vorgelesen hatte, klang das alles irgendwie besser, nach Abenteuer, Freibeuterei, Zuckerrohrplantagen, Brasilien, Karibik, und am Ende war Crusoe ein reicher Mann. Aber achtundzwanzig Jahre mit Ziegen und Kannibalen.

Peter verteilt Rasierschaum mit dem Pinsel, ein mürrischer Weihnachtsmann blickt ihm jetzt entgegen. Er spannt die linke Wange, mit leisem Schaben fährt die Klinge über die Haut, entfernt Stoppeln, in die sich mehr als nur ein wenig Grau mischt, bis ihn ein gequälter Schrei zusammenzucken lässt. Blut breitet sich im Rasierschaum aus, Max' Jaulen hallt über den Flur, Leas Stimme, wütend und hoch. Peter knallt den Rasierer aufs Waschbecken, verlässt das Bad.

«He! Was ist hier los? Lea! Hör auf!»

Lea hat Max in den Schwitzkasten genommen, dicke Rotzfäden laufen ihm von der Nase bis übers Kinn, während er kreischend versucht, sich zu befreien, die Hände zu Fäusten geballt, schlägt und tritt er um sich wie ein Tier in der Falle, doch Lea hält ihn eisern fest wie ein Show-Wrestler, ihr Gesicht verzerrt und rot vor Zorn: «Gib's endlich zu! Du warst an meinen Sachen!»

«Nein! Ich hab nichts gemacht!»

Peter betrachtet seine Kinder mehr mit Resignation als Wut, nur die Hälfte seines Gesichts ist rasiert, die andere noch voller Rasierschaum. Er fragt sich, was er und Katharina falsch gemacht haben. Oder ob das normal ist. Er glaubt, sie hätten die Kinder verzogen. Aber er wollte, dass sie alles haben. Mehr, als er hatte. Das wollen doch alle Eltern. Die Zimmer sehen aus wie ein verdammter Spielwarenladen, die Kinder machen Sport, Musik, was immer sie wollen, bei ihm zu Hause war nie Geld für so etwas da. Seine Kinder nehmen es als selbstverständlich hin, aber er will nicht zu diesen Eltern gehören, die ihre Kinder mit *Früher gab es das nicht* maßregeln, das hat er an seinen Eltern gehasst. Max hat Gewichtsprobleme, Katharina hat den Jungen schon auf Diät gesetzt, aber Max isst heimlich, besorgt sich Süßkram und Limo am Schulkiosk, und wenn der Junge bei der Oma ist, ist ohnehin alles verloren. Peters Mutter stopft die Kinder mit Süßem voll, als wolle sie sie mästen wie die Hexe aus Hänsel und Gretel.

«Max hat meine Puppen schmutzig gemacht!»

«Habe ich nicht!»

«Ich will nichts mehr hören, es ist noch nicht mal acht Uhr früh, und ihr schlagt euch schon die Köpfe ein. Runter zum Frühstück. Sofort.»

Wenn Katharina und er mit anderen Eltern über die Kinder sprechen, glaubt er, dass alles normal sei. Aber sobald er allein ist … na ja. Er hat sich das anders vorgestellt, Familie. Er hat zu seinem Vater aufgeblickt, aber nicht das Gefühl, dass seine eigenen Kinder zu ihm aufblicken. In seiner Abteilung gibt es Jungspunde, die ihm mehr Respekt entgegenbringen als seine Kinder. Oder seine Frau. Er kann sich nicht erinnern, dass seine Mutter je seinen Vater wegen vergessener Milch vom Supermarkt oder der falschen Sorte Margarine angeschrien hätte. Natürlich ging es nicht um Becel Classic oder Becel Gold. Es ging darum, dass Peter nie zu Hause ist, keine Zeit für die Familie hat. Er hätte gerne mehr Zeit, aber das geht einfach nicht. Kürzertreten, während hinter dir der Gruber nur darauf wartet, dass du nachlässt. Lothringer aus dem Controlling wollte tatsächlich Elternzeit beantragen, aber war naiv genug gewesen, das vor Beginn des Sonderkündigungsschutzes herumzuerzählen. Peter hat gesehen, was dann passiert ist.

«Wenn sie mich feuern und der Gruber meinen Platz einnimmt, habe ich jede Menge Zeit für die Familie!», hatte Peter geschrien und die Becel auf den Boden geworfen, sodass die Plastikpackung zerbrochen und gelbe Schmiere auf den Küchenboden gelaufen war. Später war Peter zerknirscht noch mal zum Supermarkt gefahren, um die richtige Sorte Margarine zu besorgen.

Er geht zurück ins Bad, rasiert sich fertig, dann ins Schlafzimmer, um sich anzuziehen. Als er ein Hemd aus dem Schrank zieht, entdeckt er eine braune Schliere am Ärmel, ärgerlich kratzt er mit dem Nagel darüber, etwas Dreck bröselt vom Stoff auf den Schlafzimmerteppich. Die Reinigung hat geschlampt, wäre nicht das erste Mal, aber so was ist bisher noch nie vorgekommen, er wird sich nächstes Mal beschweren, das ist ja ekelhaft. Peter stopft das Hemd in den Wäschekorb, zieht ein anderes aus dem Schrank, streift es über.

Als er in die Küche kommt, streiten die Kinder immer noch, Katharina versucht zu schlichten, aber es gelingt ihr nicht, sie sieht aus wie ein riesiges, weißes Kaninchen in ihrem extraflauschigen Morgenmantel und mit den von Müdigkeit noch geröteten Augen. Peter und sie brauchen wirklich Urlaub von diesem Urlaub, sie hätten die Kinder wenigstens für das letzte Wochenende bei Peters Eltern abladen sollen, aber dafür ist es zu spät. Sie waren ohnehin beleidigt, Ostern nicht mit den Enkeln verbringen und sie mit Zuckereiern vollstopfen zu können, aber Katharina wollte Familienurlaub am Meer, und Peter fand die Idee, seine Eltern nicht sehen zu müssen, zu verlockend.

Er unterdrückt ein Gähnen, geht zur Kaffeemaschine, betätigt den Knopf für doppelten Espresso, der Automat mahlt die Bohnen, übertönt das Zanken der Kinder durch sein kreischendes Mahlgeräusch, stellt Peter mit Genugtuung fest, auch wenn die Kinder sich davon nicht stören lassen. Als der Automat Wasser zieht, beginnt er zu brummen, aber etwas klingt anders, tiefer, fast gequält. Und etwas riecht seltsam. Verbrannt. Katharina hat wieder das Entkalken vergessen. Immer vergisst sie das. Er hat ihr schon tausend Mal gesagt, dass –

«Dann entkalk deine blöde Maschine doch selbst. Du wolltest sie unbedingt haben.»

«Ich arbeite elf Stunden am Tag, ist es zu viel verlangt, dass du einmal im Monat die Kaffeemaschine entkalkst?»

«Meinst du, die Kinder sind keine Arbeit? Ich bin Köchin,

Krankenschwester, Hausmeisterin, Chauffeurin für Klavierstunden, Tennisstunden, Nachhilfestunden!»

«Und wer bezahlt das alles?»

Das gab natürlich einen Höllenstreit.

Katharina sieht zu Peter, der an der Maschine steht, einen seiner unterdrückten, vorwurfsvollen Seufzer von sich gibt, anstatt zu sagen, was los ist. Sie hasst es, wenn er das macht. Der große beleidigte Bär. Er hat sogar einen Fleck am Hemdrücken, er achtet nicht mehr so auf sich wie früher. Aber wenn er nicht gerade beleidigt ist, liebt sie diesen Bär auch. Peter redet nicht viel, aber wenn ihm etwas leidtut, tapst er von hinten an sie heran und legt die Arme um sie. Das ist seine Art, sich zu entschuldigen. Dann streckt sie die Arme nach hinten, umarmt ihn auch. Er arbeitet zu viel. Aber er wollte unbedingt das Haus. *Das* Haus. Das schaffen wir. Ihr wäre das kleinere, was sie sich damals angeschaut hatten, genauso lieb gewesen. Aber Peter wollte das hier. Sein Traumhaus. Jetzt arbeitet er sich halb tot für die Raten. Sie hätte vehementer Nein sagen sollen. Aber wenn er sich etwas in den Kopf gesetzt hat, ist er wie ein schwerfälliges Schiff auf voller Fahrt, nicht mehr vom Kurs abzubringen. Das schaffen wir. Manchmal liegt sie nachts wach und hat Angst, dass sie es nicht schaffen. Alles kostet, hat ihre Mutter immer gesagt. Manchmal atmet Peter nachts so schwer, dass sie denkt, er ersticke, dann ist er wieder so still, dass sie eines Nachts die Hand dicht über seinen Mund gehalten hat, um seinen Atem zu spüren, weil sie glaubte, sein Herz sei stehen geblieben. Da riss er plötzlich die Augen auf, starrte sie an mit glasigem Blick, dann zuckte er zurück, als wäre sie ein Geist, stieß sich den Kopf am Bettpfosten. Katharina drückte sich an ihn, auch wenn er böse war, dass sie ihn geweckt hatte. O Gott, ich dachte, du bist tot, du hast mir Angst gemacht, Bärchen, was ist das denn für ein Blödsinn, denk doch nicht so was, warum denkst du denn nur so was, Hase.

«Ihre Haare sind ganz verklebt mit Dreck!»

«Lea, hör doch endlich auf.»

«Aua! Mama, Lea hat mich getreten!»

«Schluss jetzt, alle beide!»

Katharina stellt den Kindern ihre Cornflakes hin, holt Milch aus dem Kühlschrank, der Verschluss sitzt so fest, dass sie ihn erst nicht öffnen kann, sie will Peter fragen, aber der steht immer noch grimmig vor der Kaffeemaschine, und sie weiß, gleich gibt es Streit, bloß ihn jetzt nicht ansprechen vor dem ersten Kaffee, dann öffnet sich der Drehverschluss mit einem Ratsch – ob sie die Kaffeemaschine wieder nicht entkalkt habe, fragt Peter mit Grabesstimme, ohne sich umzudrehen – da, Streit, sie hat es geahnt, antwortet nicht, will die Schüsseln mit Milch füllen, aber stattdessen ergießt sich ein glänzend dunkler Schwall über die Frühstücksflocken, Katharina stößt einen Schrei aus, lässt den Tetra Pak fallen, der Inhalt fließt über den ganzen Küchentisch, die Kinder springen kreischend von ihren Stühlen auf, Peter wendet sich erschrocken zu ihnen um, kurz glaubt er, ein schrecklicher Unfall sei passiert, etwas mit dem verfluchten elektrischen Brotschneidemesser, das seine Eltern ihnen zu Weihnachten geschenkt haben, so ein Billigteil, aber Katharina fand es wirklich praktisch, der ganze Küchentisch ist voller Blut, aber das kann unmöglich sein, so viel Blut, das muss Farbe sein, eines der Kinder muss Unsinn gemacht haben, ein stechender Geruch dringt ihm in die Nase, sein Blick fällt wieder auf die Kaffeemaschine, die zu qualmen begonnen hat, graue Schwaden steigen zur Decke auf, der Gestank, verbrannt, ein schrecklich fauliger Geruch, eine Sekunde später springt mit schrillem Piepen der Feuermelder an, Peter hält sich den Ärmel vors Gesicht, reißt den Stecker der Maschine aus der Wand –

2
Sand

Der Duft von frisch gebrühtem Kaffee zieht durch die Wohnung, Victor schlägt ein Ei in der Pfanne auf, wirft zwei Streifen Speck dazu, steht nur in Shorts vor dem Herd, die Haare noch nass vom Duschen, dreht das Radio lauter, wippt im Takt der Musik. Endlich eine eigene Bude, ein bisschen ab vom Schuss, aber alles an seinem Platz *chez Victor*, Victors Ordnung, Victors Regeln, keine Kontrolle, keine Wärter, Vermieter, keine fremden Blicke. Ein Zimmer, Balkon, Bad, winzige Kochnische, aber Victor wird ohnehin oft im Restaurant essen, im *eigenen Restaurant*, lass es dir auf der Zunge zergehen, Mann. Von Fred hat er sich ein Auto besorgt, lässt es über Georg aufs Lokal laufen, Victor hat eine Spritztour mit einem Audi Coupé gemacht, weil Fred mit dem Schlüssel klimperte und Victor nicht widerstehen konnte, aber er hat natürlich einen günstigen, unauffälligen Kombi genommen, hauptsächlich für Fahrten zum Baumarkt und Großmarkt fürs Lokal und, wo nötig, für Trainingstouren mit Georg. Als er nach ein paar extra Nummernschildern fragte, hob Fred erwartungsvoll die Brauen. «Hab ich dich doch bald zurück?»

«Nein, ich helfe nur jemandem aus.»

«Klar. Dem ominösen kriminellen Zwilling.» Fred klopfte ihm auf die Schulter. «Ich seh schon, du brauchst noch ein bisschen Zeit. Meld dich, wenn du so weit bist.»

«Wird nicht passieren.»

«Wir werden sehen.»

Victor hat auch seinen Vater angerufen. Das letzte Mal

haben sie während der Haft miteinander gesprochen, bei einem einzigen, nicht sehr schönen Besuch. «Diesen Mist habe ich dir nicht beigebracht, Victor! Deine Mutter würde sich im Grab umdrehen, wenn sie dich sehen könnte –» Victor hätte seinen Vater beinahe im Besucherraum attackiert, kurz ging ein Zucken durch seinen Körper, er wollte über den Tisch greifen, seinen Vater am Kragen packen, dann hatte er im letzten Moment nur auf die Tischplatte geschlagen, den Vater angeschrien, dass er gehen solle, warum er überhaupt hergekommen sei? Victor hatte sich damit einen Monat Besuchersperre eingehandelt, und sein Vater war nicht mehr gekommen.

Letzte Woche machte Victor also einen Abstecher ans andere Ende der Stadt, sein Vater saß auf der Couch, immer noch ein aufgedunsener *Tavor*-Zombie, manche Sachen ändern sich nicht. Victor brachte ihm eine große Einkaufstüte voll Tabak, Kaffee und BiFi mit, etwas anderes war ihm nicht eingefallen, sein Vater liebt BiFi, eine seltsam innige Liaison. Früher hatte der Vater morgens immer eine Packung BiFi in seine Lunchbox fürs Büro und eine zu Victors Pausenbrot gelegt, und nach der Trennung hatte der Vater sich die erste Zeit hauptsächlich von Bier, BiFi und Toast ernährt, als wäre BiFi eine Art spektakulär nahrhafter Raumfahrtkost und Victors Vater ein verlorener Astronaut in seiner Kapsel, der still im schwarzen All vor sich hintrieb, bis ihm irgendwann der Sauerstoff ausging.

«Du bist jetzt also wieder ein freier Mann, ja?»

Sein Vater saß da und blinzelte Victor durch seine dicken Brillengläser an, verzehrte bedächtig fünf der Minisalamis hintereinander.

Victor zuckte mit den Schultern. «Ja. Schätze, schon.»

Er weiß nicht, was ein wirklich freier Mensch ist, er weiß nur, dass er freier ist als sein Vater, vielleicht nicht viel, aber immerhin. Den Stier, das *Leben* bei den Hörnern packen, nicht warten, bis es dich hochnimmt und in den Staub schleudert, kann ja jede Sekunde vorbei sein, vielleicht tickt bereits etwas Bösartiges in dir, wächst, frisst dich auf, Victors Mutter hatte nichts gemerkt, bis es zu spät gewesen war, während sein Vater weiter ziellos in seiner Kapsel treibt, als wäre Atmen etwas Wertloses, das man ertragen müsse, statt es auszukosten, solange man kann. Es reißt Victor jedes Mal das Herz raus, wenn er seinen Vater so sieht, deshalb sieht er ihn nicht so oft. Familie ist komplexe Scheiße, hat Fred mal gesagt, da kannst du noch so oft spülen.

Trotzdem, manchmal ist es simpel. Sina und er. Jedes Mal, wenn sie zusammen waren, fühlte es sich an wie ein glühendes Fieber, das schließlich zu einer beharrlich strahlenden Wärme wurde, vom Bauch in die Brust durch den ganzen Körper, die man nie mehr missen wollte. Sinas Ausgeglichenheit, kaum aus der Ruhe zu bringen, ihre Energie und Willensstärke, nicht reden, machen, die kindische Freude, wenn sie beide füreinander kochten, einander mit kleinen privaten Dinnern überraschten, besser als in jedem Restaurant, selbst wenn sein altersschwacher Herd die Soufflés zum Implodieren brachte und sie den Nachtisch ausfallen ließen, den Dessertwein einfach im Bett tranken. Sinas rosige Wangen, als sie mit Kim schwanger gewesen war, die ersten Bilder der kleinen Erdnuss, die Kim werden würde, im Grau-Weiß der Ultraschallaufnahme, welche er stolz wie Oskar im Geldbeutel mit sich herumgetragen hatte. Kims friedliches Atmen, wenn er ihren winzigen Körper auf seine Brust bettete, wo sie einschlief, Arme und Beine angewinkelt wie ein pastellfarbener Frosch in ihrem Babystrampler, während er auf der Couch lag, das Abendessen warm hielt, bis Sina heimkam. Und diese wundersame Mischung der Gene, die ihn immer noch fasziniert, jedes Mal, wenn er Kim ansieht, Sinas funkelnde graublaue Augen im dichten Wimpernkranz wiedererkennt, ihre schmale, hübsche Nase, seinen dunklen Haarschopf, und wenn Kim grinst, seinen Mund, seinen Ausdruck, aber mit Sinas Grübchen; Kims schier unerschöpfliche Energie, die sie von Sina geerbt hat und die manchmal in Jähzorn umschlägt, dass sie herumwirbelt und alles kaputt macht wie der Tasmanische Teufel in den *Bugs-Bunny*-Cartoons, wohl Victors Verdienst. Ihr gemeinsames Kind eben. Simpel.

Und vielleicht irgendwann doch noch ein kleines Haus mit Garten, in dem man gemeinsam alt und grau werden kann, mit Pfeife im Schaukelstuhl auf der Terrasse, Blick auf einen knorrigen Apfelbaum für selbst gemachten Apfelkuchen oder ein Gewächshaus für Tomaten, Zucchini, Auberginen, Gurken, auch wenn Opa Victor ständig sein Gebiss verlegen wird, aber Oma Sina wird wissen, wo es ist, damit Opa nicht verhungert, na ja, so etwas in der Art, irgendwann später, vielleicht, falls alles wieder gut wird. Eigentlich simpel.

Victor leert seinen Kaffee, spült den Frühstücksteller ab, dann zieht er sein neues Sakko an, extra gekauft, trägt etwas Aftershave auf, gleich wird er Sina und Kim abholen, heute sehen sie das Restaurant zum ersten Mal.

«Augen zu. Nicht schummeln, klar?» Victor öffnet die Tür, nimmt Sina und Kim bei der Hand. Die neuen Lampen aus

Milchglas werfen warmes Licht auf die dunklen Essmöbel, der Holzboden ist auf Hochglanz gebohnert, die Wände sind frisch gestrichen, Saschas Stimme ertönt aus der Küche, das Klappern von Töpfen und Tellern. Für die Wand neben der Bar hat Victor ein Bild aus Georgs Lager ausgesucht, der letzte I-Tupfer einer guten Geschichte, auch wenn sich Georg anfangs gesträubt hatte. Das sei doch nur eine uralte Ölstudie aus dem Studium, murrte er, aber Victor fand es ideal, ein Stillleben mit Austern, Zitrone, Brot. Für die Bar hat er einen großen Strauß rot geflammter Tulpen gekauft, obwohl das Restaurant erst in vier Tagen öffnet, die Blumen sind für Sina und Kim.

«Okay, ihr dürft die Augen aufmachen.»

«Wow!» Kim läuft aufgeregt in den Gastraum, dicht gefolgt von Sina und Victor, den schönsten Tisch am Fenster hat er bereits eingedeckt, mit einem schmalen weißen Tischläufer, Wein- und Wassergläsern, Besteck für Vorspeise und Hauptgang, Brottellern und einem Gesteck cremefarbener Nelken. Er versucht, von Sinas Gesicht abzulesen, ob es ihr gefällt, sie begutachtet alles schweigend, dann atmet sie hörbar aus.

«Was stimmt nicht?», fragt er nervös. «Die Lampen? Ich war unsicher, wegen der –»

«Nein», sie lächelt, aber glücklich sieht sie nicht dabei aus, «im Gegenteil, es gefällt mir sehr, aber das muss ein Vermögen gekostet haben.»

«Wolfgang hat uns ein großzügiges Budget gesetzt.»

Georg hatte Victor misstrauisch angesehen, als er ihn gefragt hatte, ob er einen zweiten Vornamen habe. «Wozu willst du das wissen?»

«Bloß als doppelten Boden für den Fall, dass jemand bei

mir zu sehr nachforscht oder sie dich doch erwischen. Saubere Trennung zwischen dem Restaurantinvestor für meinen Koch und meine Frau und dem, was du – nun, was du eben sonst so machst.»

Sina betrachtet schweigend die Einrichtung, kurz verdunkelt sich ihr Blick, und Victor rückt die Gläser auf dem Tisch zurecht, auch wenn es nichts zurechtzurücken gibt. Sina war schwerer von der Investorenidee zu überzeugen als Sascha. Was, wenn dieser Mann seine Meinung ändere, irgend so ein reicher Spinner, der glaube, er brauche ein Lokal als Spielzeug? «Victor, du kennst den Mann doch kaum.»

«Er ist der Freund eines Bekannten aus dem Hilton, und er hat nach einer Investitionsmöglichkeit im Restaurant- oder Barbereich gesucht. Also haben wir ihm unseren Geschäftsplan vorgelegt, und er war schließlich einverstanden. Außerdem kommen wir gut miteinander aus. Was muss ich mehr wissen?»

«Und er kennt deine Vorgeschichte?» Als Victor zögernd bejahte, seufzte sie. «Ehrlich gesagt, macht mir das jetzt noch mehr Sorgen.»

«Du meinst also, es gibt keine Leute, die Leuten wie mir eine zweite Chance geben?»

«Nicht besonders viele, das weißt du so gut wie ich.»

«Sina!» Mit ausgebreiteten Armen kommt Sascha aus der Küche, gibt ihr einen Kuss auf die Wange. «Und? Hat Victor Mist gebaut im Gastraum, oder geht das in Ordnung?»

Sina lächelt wieder gezwungen. «Geht in Ordnung. Habt ihr in der Küche auch so aus dem Vollen geschöpft wie hier?» Sascha grinst verschmitzt. «Na, der Herd ist schon ein Schmuckstück, muss ich dir nachher zeigen.»

Die Menüs stehen, die erste Mittagskarte, die erste Abendkarte, Tages- und Wochengerichte, Desserts. Sascha hat heute für die Einweisung des Personals aufgekocht, gleichzeitig feiern sie die erste erfolgreiche Etappe. Die letzten Wochen haben sie sich wund gearbeitet, Tapeten runter, Wände streichen, Tische und Stühle zusammenschrauben, Lampen anbringen, Kisten mit Töpfen, Pfannen, Geschirr, Besteck, Gläsern, Tischwäsche, Servietten, Speisekarten schleppen, Großmarkteinkäufe für den Grundstock an Lebensmitteln und Getränken, neues Kassensystem, Arbeitskleidung fürs Personal, neue Markise, neues Restaurantschild, schlichte Lettern aus Messing an der Fassade. Für den Namen haben Sascha und Victor eine Ewigkeit überlegt. Irgendwann saßen sie nach zwei Flaschen Wein im halb fertigen Gastraum zwischen zerknüllten Blockblättern voll verworfener Ideen frustriert auf dem Boden, und Victor ging verdrießlich die Restaurantnamen im Guide Michelin durch: «Ist auch alles Mist, *EssZimmer, The Restaurant, The Table, Le Pavillon* – langweilig – *Fischers Fritz, Ernos Bistro* – dämlich – und *Gourmetstube Einhorn*? Waren die auf Acid oder was?»

«Die haben zumindest mehr Sterne als wir.»

Victor warf den Restaurantführer lautstark neben sich auf den Boden, entkorkte eine neue Flasche Wein: «Deshalb brauchen wir erst mal einen besseren Namen!», dann legte er sich auf den Rücken, starrte die nackten Glühbirnen an der Decke an. Scheiß auf Understatement, mehr Bling-Bling, mehr Genuss, mehr *Mehr*, aber stilvoll, klaro, elegant und prächtig wie die Champs-Élysées, bloß ohne Hundehaufen und Touristenfallen, na ja, vielleicht mit ein paar Touristenfallen – Victor rollte sich auf den Bauch, griff nach dem Block, kritzelte in Großbuchstaben ELYSEE aufs Papier, hielt es hoch, aber Sascha verzog den Mund.

«Bisschen bombastisch.»

«Ja, nennen wir uns lieber *Zum trockenen Brot* – Mann, selbst Suppenküchen heißen heute *Tafel*! Komm schon, Elysium, Paradies, Ort der Glückseligkeit, Nektar und Ambrosia! Klingt gut, sieht gut aus und kann jeder aussprechen, französisch, aber nicht *zu* französisch.»

«Dann mach die Akzente richtig drauf, du Klugscheißer.»

Nach kurzem Zögern, das sie beide zum Lachen brachte, setzte Victor zwei forsche Striche auf die ersten beiden Es. Eine Weile blickte Sascha grübelnd aufs Papier, aber nickte schließlich. «Du hast recht. So schlecht ist es wirklich nicht.»

Also ÉLYSÉE. Victor hat für heute ein paar Flaschen Champagner kalt gestellt, ein bisschen Korkenknallen muss sein.

Ein Klopfen unterbricht sie, Georg steht im Türrahmen, Victor hat ihm gesagt, dass er wegen Sina gefälligst kurz aufkreuzen solle. Er ist gut gekleidet, auch wenn er Farbe an den Fingern hat, er zieht sich jetzt immer ordentlich an, wenn er im Lokal auftaucht, nichts fleckig, knittrig, fadenscheinig, Sakko, Hemd, gute Schuhe, und, etwas dick aufgetragen, ein Herrenschal. «Investoren-Outfit», sagte Georg trocken, «damit keiner deiner Leute denkt, ich sei unseriös. Oder schlimmer: arm.»

Victor stellt ihm Sina vor, Georg reicht ihr lächelnd die Hand, freue ihn sehr, Victor habe schon viel über sie erzählt –

«Tatsächlich?» Sina traut Georg nicht, Victor kann es in

ihren Augen lesen. «Nur Gutes, n-n-natürlich», erwidert Georg, Victor wirft ihm einen Seitenblick zu, als sich ein Stottern in Georgs Sprechen schleicht. Victor kann nicht ausmachen, weshalb, aber es kommt ihm aufgesetzt vor, doch der misstrauische Ausdruck weicht aus Sinas Gesicht, wechselt zu etwas, das fast mitleidig wirkt. Das Restaurant sei sehr schön geworden, sagt sie in einem Ton, als rede sie mit einem Greis oder Kranken, der Schonung braucht. Georg nickt, ja, er habe Victor und Sascha freie Hand gelassen, sie seien schließlich die Profis, aber dass die Kochkunst das Kreative und Reale vereine, habe ihn als bildenden Künstler immer ungemein fasziniert, schließlich seien Köche auch Künstler, der Teller die Leinwand! Als Victor mit seinem Vorschlag kam, sei das ein Wink des Schicksals gewesen. Georg lacht so überzeugend herzlich, dass Victor nicht weiß, ob er beeindruckt oder abgestoßen sein soll.

Für die Probeverkostung haben Victor und Sascha eine lange Tafel vorbereitet, in schneller Folge wird alles aufgetragen, Thunfischtartar, Kalb mit Haselnuss und Trüffeljus, Entenbrust mit Pfefferkirschen, ausgelöster Hummer mit Erbsenravioli, Dorade mit Steinpilzen, Rinderfiletsteak mit Blattspinat, Sascha will einen Eintrag in den Guide Michelin, Sterne später, nicht gleich größenwahnsinnig werden, aber der Eintrag ist ein realistisches Ziel, wenn auch verdammt viel Arbeit. Im Büroraum hat er außerdem Fotos aller wichtigen lokalen Restaurantkritiker aufgehängt wie Steckbriefe von Kriminellen. «Ich will, dass du die aus dem Effeff kennst, Victor, klar?» *WANTED* hat Victor mit Filzstift darübergeschrieben, Sascha lachte, aber dann wurde er wieder todernst. «Ich reiß dir den Arsch auf, wenn dir einer durch die Lappen geht.» Victor hat eine Kopie der

Fotos ins Personalzimmer gehängt, einen Bonus für jeden im Team ausgelobt, der einen Kritiker entdeckt.

Sascha erklärt dem Servicepersonal die Gerichte, Victor die passenden Weine, Kim verzieht den Mund beim Thunfischtartar, aber die Ente schmeckt ihr, auch Georg probiert alles unter Sinas aufmerksamem Blick, lobt in den höchsten Tönen, verabschiedet sich anschließend rasch, sagt etwas von einem Galerietermin. Als er fort ist, fasst Sina Victor an der Schulter. «Kann ich dich mal unter vier Augen sprechen?» Sie mustert ihn so eindringlich, als suche sie nach einer verräterischen Regung auf seinem Gesicht, aber Victor schenkt ihr nur ein fragendes Lächeln. Als er mit ihr auf eine Zigarette in den Hof geht, will er ihr den Rest des Champagners einschenken, aber sie hält die Hand über ihr Glas, schüttelt den Kopf, also leert er ihn in sein eigenes.

«Warum habe ich das ungute Gefühl, dass ihr den Mann über den Tisch zieht?» Victor verschluckt sich beinahe, als sie das sagt, stellt sein Glas auf der Mülltonne ab.

«Was soll das denn heißen?»

«Der Typ hat keine Ahnung von Gastro, gibt euch dreißig Prozent Gewinnbeteiligung zum Gehalt, übernimmt die Miete, die komplette Ablöse. Ich glaube, du hast diesen armen Trottel einfach so lange bequatscht, bis er das Ganze für eine gute Idee gehalten hat.»

«Glaub mir, der Mann weiß, was er tut. Er wollte investieren, aber selbst keine Arbeit damit haben. Wenn Sascha und ich das richtig anstellen, profitieren wir alle», zwingt Victor heraus, tritt seine Zigarette aus, dann seufzt er, nimmt Sinas Hand. Kurz glaubt er, sie werde sie zurückziehen, doch sie sieht ihn nur fragend an.

«Freust du dich denn nicht zumindest ein wenig über

das, was wir geschafft haben? Das hier ist eine riesige Chance, und wir haben nicht vor, es in den Sand zu setzen. Freust du dich ein kleines bisschen?» Als Victor bettelnd den Kopf neigt, löst Sina ihre Hand aus seiner, boxt ihn gegen die Schulter. «Ja, ist ja gut. Du bist furchtbar.»

Victor lächelt, nimmt sein Glas. «Wollen wir zu Sascha in die Küche schauen? Auf die ist er so stolz, die sollten wir noch bewundern, in Ordnung?»

Als sie in die Küche kommen, nimmt Victor Kims Hand, gibt ihr einen Kuss aufs Haar. Er wird es nicht in den Sand setzen. Er hat Georg im Blick, er hätte ihn nicht auf irgendein Haus losgelassen, wenn er nicht gut genug gewesen wäre, nach ein paar anfänglichen Startschwierigkeiten, Übermut, Ungeduld, aber die Anfängerfehler hat Victor ihm ausgetrieben. Einbrechen ist verdammt viel Arbeit, willst du es richtig anstellen, er hat Georg üben lassen, bis ihm die Hände schmerzten, zu Sport gezwungen, bis er keuchend auf dem Waldweg lag. «Steh auf, Rocky, beweg deinen Arsch!» Saß mit ihm Stunden im Auto zum Ausspähen wie früher mit Fred, fuhr Wohngegenden ab, zeigte ihm, wie man ein passendes Objekt aussucht, niemals Notizen, alles im Kopf, Tagesabläufe der Bewohner und Nachbarn, Fluchtwege, Schwachstellen in der Sicherung. Dann stand Georg vor ein paar Wochen plötzlich unangemeldet im Hinterhof des Lokals, als Victor gerade absperren wollte, sagte nur: «Geschafft.» Und obwohl sein Mund ernst und verkniffen war, konnte Victor in Georgs schmalen, etwas ängstlichen Augen Triumph und Erleichterung erkennen, wie bei einem, der endlich seine Jungfräulichkeit verloren hatte. Victor konnte nicht anders, als ihn noch auf einen Absacker ins Lokal einzuladen, auch wenn Georg nicht ganz mit der Sprache rausrückte. Zu viel will Victor ohnehin nicht wissen, was soll Georg schon anstellen, vermutlich wird er irgendwas in Häusern aufstellen oder kaputt machen. «Mich interessiert bloß, dass es nicht zurückverfolgbar ist.»

«Für wie blöd hältst du mich?»

«Vertrauen und Kontrolle, du verstehst.»

Georg erzählte vom Einstieg, Terrassentür mit extra Verriegelung, also stattdessen das Fenster zur Waschküche, Sicherheitsbeschläge, er habe bohren müssen, den Trick mit dem Draht angewandt. Zur Vorsicht hatte Victor sich das Objekt vorab auch angesehen, ein großes, gepflegtes Einfamilienhaus, breite Einfahrt mit aufwendigem Schmiedeeisentor, exakt gestutzter Hecke, Rosenstöcken, Carport, drei untergestellten Fahrrädern, zwei davon für Kinder, Schulkinder, Ferienzeit, ein Haus, dessen Bewohner im Urlaub waren, ideal. Hätte er sich vielleicht auch ausgesucht. Früher. Alles unter Kontrolle.

3
Call of Duty

Alex betrachtet Sophias Rücken im Morgenlicht, den weichen Schwung ihrer Schultern, das zerzauste, seidige Haar, drückt sich an sie, streicht mit der Fingerspitze über ihre Halsbeuge, doch sie grummelt nur schläfrig, rutscht von ihm weg, vergräbt ihren Kopf tiefer zwischen den Laken. Schließlich steht er auf, geht ins Bad, streckt sich und gähnt, er ist noch nicht ganz wach, aber sehr zufrieden. Kurztrip mit Sophia nach Barcelona, Sonnenuntergänge am Strand, ein paar gute Bars und Clubs, eine Führung durch die Gaudí-Kathedrale, die aussieht wie irgendwas aus *Alien*, das dich gleich bei lebendigem Leib verspeisen wird, aber Sophia steht drauf, Kulturwissenschaftsstudentin halt. Dann ist endlich was gelaufen, und nach dem Rückflug ist sie gleich noch mit zu ihm, weil sie nicht wollte, dass das Wochenende schon vorbei ist. Volle Punktzahl. «Die kriegst du nie rum», hatte Yannick gesagt, eigentlich hatten das alle gesagt, Yannick, Daniel, Tom, Leon. Die werden abdrehen vor Neid.

Alex steigt in die Dusche, zieht den Vorhang zu, blickt an sich herunter und streicht sich über den Bauch, er muss mit dem Bier aufpassen, allmählich setzt er an. Morgen Sport, er sieht ja an Yannick, was sonst passiert, Yannick ist mittlerweile aufgedunsen wie ein Hefekloß, bleich und weich schwimmt er in seinem eigenen Saft, seit er sein Maschinenbaustudium abgebrochen hat.

Als Alex den Blick hebt, lässt ihn ein Schatten hinter dem Duschvorhang zusammenfahren, die Plastikhalter geben ein Kreischen von sich, als der Vorhang zurückgerissen wird, Alex will schreien, doch ihm entfährt bloß ein klägliches Stöhnen –

«BUH!» Sophia steht nur in Slip und seinem Hemd da, das sie sich übergeworfen hat, lacht sich die Seele aus dem Leib, dann küsst sie ihn auf die Lippen. «Sorry, war zu verführerisch.» Mit Mühe zwingt er sich zu einem Lachen, fasst sie an der Hand. «Willst du mit reinkommen?» Sophia verzieht den Mund zu einer Schnute. «Zuerst Kaffee», dann ist sie aus der Tür.

Alex zieht den Duschvorhang wieder zu, stellt das Wasser an, hält den Kopf unter den kühlen Strahl. Er muss runterkommen, sonst kann er nicht zivilisiert mit ihr am Frühstückstisch sitzen. Außerdem ist später lernen angesagt, er hat noch keinen Strich für die Klausuren getan. Bald ist *Personal und Organisation* dran, er hasst die Vorlesung, trocken und irgendwie deprimierend, diese Begriffe, *Arbeitsleid, Moral Hazard, Indifferenzzone* – welchen Anweisungen ist ein Arbeitnehmer bereit zu folgen, weil sie in seiner Indifferenzzone liegen, es ihm also egal ist im Hinblick auf Gehaltsvorstellungen, Selbstrespekt, Moral und so weiter. Die Marketingvorlesung geht einigermaßen, letztes Mal haben sie Claims durchgenommen, *Leistung aus Leidenschaft, Ich liebe es, Nichts ist unmöglich, Merci, dass es dich gibt, Just do it, Nur echt mit zweiundfünfzig Zähnen,* obwohl dieser Claim irgendwie gruselig klingt, und Alex' Favorit von einer Lotterie, weil so dämlich und gleichzeitig wahr: *Geld macht reich.*

Er hat noch einen Kurs für Wirtschaftsgeschichte belegt, auch wenn er den nicht braucht, aber eigentlich ist das sein Lieblingskurs. Er hätte gerne Geschichte studiert, aber so viele Guido Knopps braucht die Welt schließlich nicht, und Lehrer werden, wäre ein Albtraum, er weiß selber, wie er als Schüler war, du willst nicht vor einer Horde Jugendlicher stehen, die einen feuchten Dreck auf Karl den Großen geben und dich als willkommene Zielscheibe benutzen, weil ihnen langweilig ist.

Träge tastet Alex nach dem Shampoo, schäumt sich die Haare ein, doch als er sich Wasser aus den Augen wischt und an sich heruntersieht, zuckt er zurück – er blutet irgendwo – der Schaum in der Wanne ist rötlich verfärbt, hektisch kontrolliert Alex seinen Oberkörper, aber kann nichts entdecken, betrachtet die rosa Schmiere an seinen Händen, eine Kopfverletzung, das muss eine Kopfverletzung sein. Rasch spült er sich ab, steigt aus der Wanne, greift nach dem Handspiegel, kontrolliert seinen Hinterkopf, aber findet nichts, vielleicht irgendwas am Rücken, Sophia und er, war schon wild gestern, aber – er wirft einen Blick über die Schulter, prüft auch Arme, Beine, Fußsohlen, nichts. Vielleicht Dreck in den Leitungen, aber so viel Dreck? Alex betrachtet den rosa schimmernden Schaum in der Wanne, der sich knisternd auflöst, dann fällt sein Blick auf die Shampooflasche, deren Öffnung dunkel verschmiert ist. Als er sie umdreht, läuft eine Mischung aus Shampoo und einer klumpigen braunen Flüssigkeit heraus, vorsichtig tippt er mit der Fingerspitze hinein, riecht daran, und ein kurzes Würgen packt ihn, als ihm ein fauliger Geruch entgegenschlägt – ist das – Blut? Bullshit, das muss irgendein übler Scherz sein, Kunstblut, Farbe – Yannick und Leon, diese Arschlöcher – am Donnerstag waren sie noch auf ein Bier da, aber Freitag früh war doch nichts, jedenfalls ist Alex nichts aufgefallen – er hat jetzt keine Zeit für so einen kindischen Scheiß, was soll das sein, ein echt verfrühter Halloween-Streich? Sophia ist da draußen und wartet, er muss sich fertig machen, schnell spült er die Wanne aus, wirft die Shampooflasche in den Müll, dann greift er nach der Zahnpasta, unterdrückt einen Schrei, als ein dünnflüssiger roter Sprühregen herausschießt. Angeekelt lässt er die Tube fallen, betrachtet ungläubig den weißen Fliesenspiegel über dem Waschbecken, der jetzt mit Hunderten roten Spritzern übersät ist. Mein Gott, Sophia darf das auf keinen Fall sehen. Alex sperrt die Badtür ab, reißt Klopapier von der Rolle, will die Kacheln abwischen, aber verteilt hässliche Schlieren über die ganze Wand –

Sophia stellt den Kaffeeautomaten an, Alex hat sogar Kakao und Haselnusssirup, sie formt ein Herz im Schaum des Cappuccinos, kitschig, aber egal, sie schießt ein Foto, lädt es auf Pinterest. *Beautiful Morning!*, schreibt sie, Nina und Vicki werden sofort sehen, dass das weder ihre Tasse noch ihr Küchentisch ist, mehr muss sie gar nicht schreiben. Schade, dass das Wochenende so schnell vorbeigegangen ist, morgen muss sie wieder ins Seminar zur Museums- und Ausstellungspolitik, öde, aber sie braucht die Punkte. Jetzt ist sie schon im Master und weiß immer noch nicht, was sie eigentlich machen will, sie hat zu viele Interessen, Kunst, Film, Mode, Literatur, sie hat überlegt, ob sie das mit ihrem Blog noch professioneller machen soll, ein bisschen Geld verdient sie schon damit, vielleicht sollte sie mehr Videos machen. Nina und Vicki sagen, sie sei gut vor der Kamera, das weiß sie auch, aber gleichzeitig ist es ihr unangenehm, sie mag ihre eigene Stimme nicht, ein Foto kann man nachbearbeiten, aber die Stimme, da kann man nichts machen, und irgendwie hat sie einen Tick mit dem Blinzeln, wenn sie aufgeregt ist, zumindest bei Videos, sie blinzelt zu viel, und ihre Nasenflügel blähen sich so komisch, wenn sie tief einatmet. Nina und Vicki sagen, das bilde sie sich ein, aber Sophia sieht es, sieht es ganz genau. Deine Probleme möchte ich haben, sagt Nina immer, warum machst du dich so verrückt, entspann dich doch mal. Nina versteht das einfach nicht, Sophia will nicht gemein sein, aber es gibt eben einen persönlichen Standard, den man einhalten will. Nina ist egal, was andere von ihr denken, Sophia beneidet sie darum, aber was die Leute so über Nina reden, will Sophia nicht über sich hören, eine hat sie Nutte genannt, weil Nina mit zwei Typen gleichzeitig was laufen hatte, total ungerecht, die Kuh war bloß eifersüchtig, weil einer davon ihr Ex war, aber Sophia hat nur dagesessen, nichts gesagt. Feige, ja, aber sie wollte in diesem Moment eben nicht die Freundin der *Nutte* sein, da waren noch so viele Leute dabei, alle am Lästern. Nina, die ist ja auch so 'ne Emanze, da kriegt man ja Angst, hahaha, ich glaub, die rasiert sich nicht! Was? Hab ich jedenfalls gehört! Ekelhaft! Alex war auch da, er hat zwar nichts Böses gesagt, aber gelacht hat er, also hat Sophia auch gelacht.

Vielleicht hängt sie an den Master noch den Doktor dran, das gibt ihr mehr Zeit, aber sie macht sich schon wieder zu viele Sorgen, sollte stattdessen den Tag genießen. Sie stellt eine neue Tasse unter den Auslass des Automaten, wechselt die Kapsel, dann befühlt sie den weichen Stoff von Alex' Hemd. Sie mag Männer, die sich anziehen können, das ist ihr an Alex gleich aufgefallen. Einen Menschen erkennst du am Zustand seiner Hände und Schuhe, hat ihr Vater mal gesagt, halb im Scherz, aber ein bisschen stimmt es. Sophia geht zurück ins Schlafzimmer zum Schrank, als Alex gerade aus dem Bad kommt, sie fragend ansieht: «Was machst du denn da?» Sophia grinst. «Bin bloß neugierig, ob du immer so gut angezogen bist. Du hast doch nichts dagegen?»

Als Sophia den Schrank öffnet, ertönt ein seltsames Klacken, sie stößt einen Schrei aus, etwas Kaltes, Schmieriges ergießt sich über ihren Kopf, raubt ihr die Sicht. Panisch springt sie vom Kleiderschrank weg, wischt sich mit dem Ärmel über die Augen, ein schrecklicher Geruch steigt ihr in die Nase, wie kaputte Eier. Als sie an sich hinabblickt, fängt sie an zu kreischen.

Die Sanitäter haben Sophia zur Untersuchung ins Krankenhaus gebracht, Alex wollte mitkommen, aber als er Sophias Hand nehmen wollte, hat sie ihn angeschrien, dass er sie nicht anfassen solle. Der Sanitäter hat Alex zurück in die Wohnung geschoben, vielleicht habe sie einen Schock erlitten, er solle bitte Abstand halten – wie einen Verdächtigen hat der Kerl ihn behandelt, alle behandeln ihn wie einen Verdächtigen, dabei hat er selbst die Polizei gerufen! Sie haben Proben genommen, um festzustellen, was für Blut das ist. Alex hat das Gefühl, er müsse sich gleich übergeben. Die Polizistin erklärt alles noch einmal, jemand sei eingebrochen, habe beim Verlassen das Fenster mit Klebeband von außen wieder behelfsmäßig geschlossen. Im Schrank auf dem Regalbrett sei ein Plastikbehälter gewesen, vorne am Regalboden festgeklebt, der hintere Behälterrand sei mit einem Nylonfaden mit der Schranktür verbunden worden, ein einfacher Kippmechanismus, der den Behälter zum Umstürzen gebracht habe, als die Tür geöffnet worden sei.

«Hatten Sie mit irgendjemandem Streit?»

«Streit? Nein, überhaupt nicht.»

«Fehlt etwas aus der Wohnung?»

«Nein … ich glaube nicht.»

«Denken Sie noch mal nach, ob Ihnen jemand einfällt, der sich vielleicht rächen wollen könnte.»

Alex schweigt. Yannick war schon komisch, als Alex ihm von dem Wochenende mit Sophia erzählt hat. Wenn er recht überlegt, war Yannick sogar ziemlich angefressen. Aber. Nein. Das hier ist viel zu krass. Verrückt, Mann. Aber wer sollte sonst – Yannick wusste schließlich, dass Alex genau dieses Wochenende in Barcelona sein würde. Yannick war schon früher eifersüchtig auf ihn gewesen, schon in der Schule, hat mal aus Spaß Alex' Füller aus dem Fenster geschmissen, bloß, weil der neu war, und sein Mountainbike hätte er ihm auch fast geschrottet. Und, ehrlich, ein Loser ist Yannick schon immer gewesen, ein Nerd, der die ganze Nacht Call of Duty gezockt hat, bis zwanzig Jungfrau war und das echt mit zu viel Porno kompensierte, ziemlich abgefahrenes Zeug, aber okay, Alex hat sich die mit ihm angeschaut, hat mit ihm Computer gezockt, Yannick ist eigentlich sein bester Kumpel, aber. Er muss etwas sagen, sonst denkt Sophia noch, er selbst hätte – sie hält ihn vielleicht schon für einen Psycho, was vorhin abgegangen ist, war ja krank – wenn diese Geschichte an ihm hängen bleibt, Sophia das rumerzählt, heißt es noch, er sei ein Perverser, der Frauen mit Blut –

Er hat keine Wahl.

Alex holt einmal tief Luft, sieht die Polizistin wieder an.

«Na ja … der Einzige, der mir einfällt, ist ein alter Schulfreund von mir.»

4
Kochwäsche

Den falschen Job, Doro, die falsche Frisur, Doro, die falsche Figur, die falschen Typen, Doro – Doro findet, ihre Schwester ist manchmal einfach eine scheiß Person, aber Doro sagt sich: Sei nicht ungerecht. Doro hat schließlich etwas zugelegt, falsche Typen gab es, die rote Färbung stand ihr wirklich nicht, und der Job, Reisebüro, klar, es gibt Besseres, als Reisen für Leute rauszusuchen, die nicht kapieren, wie Internet geht, aber egal, es gibt Vergünstigungen, wenn Doro selbst wegfährt. Irgendwann eröffnet sie sowieso die Strandbar in Thailand, irgendwann in den nächsten Jahren. Claudia ist Realschullehrerin, Bio, Chemie, Dieter bei einer Versicherung, hübsche Wohnung, hundertzwanzig Quadratmeter, vier Zimmer, bloß Parterre, aber mit großer Loggia, betont Claudia, sie sagt nicht, Balkon, nein, *Loggia*, eine wohlgeratene Tochter, die seit gestern unter der Haube ist, weswegen Doro überhaupt hier bei ihrer Schwester abhängen muss; Einbauküche mit Kochinsel, Mercedes-Kombi, alles ordentlich, alles nach Plan, Claudia ist organisiert, während Doro mehr in der Welt herumeiert. Doro ballert sich in Thailand das Hirn raus, Claudia macht ihren Abschluss, Doro haut als Animateurin ab nach Ibiza, Claudia besteht ihr Examen mit Auszeichnung, Doro schafft mit Ach und Krach Tourismuskauffrau, Claudia heiratet, kriegt ein Baby, Doro macht Party auf Bora Bora, und während Doro kurzzeitig verlobt ist, aber kalte Füße kriegt, weil *bis dass der Tod* doch eher ungesund klingt, geht Claudia auf *Fifty Shades* einer ab, weil Dieter so öde ist, Ö. D. E. Der angebliche Totalausfall der Familie zu sein, ist zwar uncool, aber Claudia sein, erst recht, auch wenn Claudia meint, sie dürfe zu ihr sagen: Werd endlich erwachsen, Doro, dir fehlt es an Reife – ehrlich, was ist Reife schon anderes als ein Zustand kurz vor der Fäule?

Gestern bei der Hochzeitsfeier hat Doro volle Möhre in den Busch vor dem gemieteten Gemeindehaus gekotzt, alle haben es mitgekriegt, ihr ist immer noch flau. Aber Restalkohol hat auch was Angenehmes, alles ist einem angenehm egal, alles ist Zen. Bewusstseinserweiterung, sagt Doro immer, das fehle Claudia, der Traum vom Shangri La. Wie Claudia gerade wieder dasteht, an die Küchenzeile gelehnt, eifrig die Angebotsbroschüren vom Discounter durchblättert: «Ist die nicht schön? Gibt immer was im Angebot, man muss nur schauen!» Claudia deutet auf eine hellblaue Damenbluse für 12,99 Euro.

«Yeah, voll heiß», erwidert Doro mit wenig Elan.

«Und Schokopudding im Sparpack», stellt Claudia erfreut fest, markiert beides mit einem Textmarker, einem *Textmarker*, gottverdammt, als sei's fürs Examen *Von Papi gelangweilte Mutti des Jahres*. Dann steht sie auf, holt den Wäschesack aus dem Flur, stopft ein Paar von Dieters Unterhemden in die Waschmaschine, die bereits gefüllt ist, Weißwäsche ist dran, Kochwäsche, Baby, töte alle Mikroben, alles ordentlich, alles nach Plan, bis auf Dieter, Dieter musste man gestern Nacht aus dem Taxi fast in die Wohnung tragen, so besoffen war er, bei dem war der Ofen schon um halb elf aus, aber sie haben ja auch schon morgens angefangen zu bechern, Doro und Dieter, heimlich, bereits im Standesamt, aber Dieter hat es schlechter verkraftet, Doro hat eben zwischendrin mal in die Büsche gekotzt, war gut fürs System, danach konnte man frisch weitermachen, so wie die alten Römer, die haben auch mit dem Federkiel nachgeholfen.

Doro schnappt sich die Packung Mon Chéri vom Tisch, eigentlich sollte sie gegen den Kater was Gescheites nachschütten, natürlich sanfter Einstieg, vielleicht ein Bier, aber dann erntet sie wieder Blicke von Claudia. Mühsam ernährt sich das Eichhörnchen, Doro knackt die Schokoladenhülle mit den Backenzähnen auf, wartet auf den flüssigen Kern, aber unter der angenehmen Schärfe des Alkohols breitet sich ein fauliger Geschmack auf der Zunge aus, Brechreiz packt Doro, schnell spuckt sie die Praline in die Hand, betrachtet angewidert den braunen schleimigen Klumpen, dann läuft sie zur Spüle, wäscht sich den Mund aus. Claudia knallt gereizt die Tür der Waschmaschine zu, stellt sie an. «Himmel, musst du dich immer benehmen wie ein Schwein?»

«Boah, wie alt sind denn die Pralinen?»

«Noch ganz frisch», gibt Claudia beleidigt zurück. «Was musst du auch Schnapspralinen zum Frühstück essen!»

Doro will gerade erwidern, dass es schon fast ein Uhr mittags sei und sie mit fünfunddreißig zum Frühstück essen könne, was immer ihr hungriges Herz begehre, doch dann fällt ihr Blick auf die Waschmaschine –

«Ey, Claudia, oh Mann, ist das Rost?»

Die weiße Wäsche hat sich rosa verfärbt, am Bullauge schliert etwas Dunkles entlang, vermischt sich mit den Schaumblasen, Claudia schreit auf, als ein schwarzer Klumpen von innen gegen das Bullauge klatscht, sich ein roter Schwall gegen das Glas ergießt, als würde der Klumpen Blut kotzen – der Anblick treibt wieder den Brechreiz in Doro hoch, vielleicht hat sie einen Trip, irgendeine Spätfolge von irgendeinem Shit, vielleicht ist irgendwas gerade in ihrem Hirn geplatzt, und deswegen schiebt sie jetzt diese harten Hallus, Alter, was geht denn ab, plötzlich hat Doro wieder den fauligen Geschmack der Schokolade im Mund, sie versucht, sich zusammenzureißen, aber dann übergibt sie sich zielsicher in die Spüle, während Claudia nach Dieter schreit: «Da ist irgendwas in den Leitungen! Dieter, komm sofort her! Da ist irgendein schrecklicher Dreck in den Leitungen!»

Dieter rollt sich stöhnend auf den Rücken, sein Kopf fühlt sich an wie eine matschige Melone, in der ein Dutzend Messer stecken. Von draußen dringt Gezeter ins Schlafzimmer, die Tonlage kriegt nur Claudia hin, Dieter rollt sich wieder auf die Seite, vergräbt seinen Kopf unter der Decke und bereut in seinem muffigen, aber weichen Beichtstuhl jede Flasche Bier, den Prosecco, die Mojitos, den Williams, die Jackie Colas und dieses abartige Gemisch, das Doro, getarnt in einer Limoflasche, in ihrer Handtasche dabeihatte, er weiß immer noch nicht, was das war, das hat ihn weggehauen, von null auf hundert, vermutlich kann er froh sein, dass er von dem Zeug nicht blind geworden ist –

«Sag mal, bist du taub?» Dieter fährt zusammen, schlägt die Decke beiseite, als Claudia die Schlafzimmertür aufreißt. «Irgendwas stimmt mit den Leitungen nicht, wir müssen sofort den Hausmeister rufen!»

Schwerfällig wälzt sich Dieter aus dem Bett, folgt Claudia in die Küche, aber die Türklingel unterbricht sie, Marion und Bernhard von nebenan stehen vor der Tür: «Was ist denn bei euch für ein Geschrei? Alles in Ordnung?»

«Nichts ist in Ordnung! Schaut euch das an!» Claudia lotst die Nachbarn in die Küche, zusammen stehen sie schließlich vor der Waschmaschine, Dieter blickt ungläubig durchs Bullauge auf das rot verfärbte Wasser, Marion schüttelt entsetzt den Kopf. «Erst Legionellen und jetzt das! Die von der Hausverwaltung wollen uns vergiften!»

Als das Wasser abgepumpt ist, zieht Claudia mit spitzen Fingern ein Stück Wäsche aus der Maschine, ein übler Gestank schlägt ihnen entgegen, Claudia zuckt zurück, hält das Handtuch auf Armlänge von sich weg. «Guter Gott –»

«Blut», murmelt Doro so düster, dass es unheimlich klingt, «das Wasser war voller Blut, sah aus, als kotze ein schwarzer Klumpen, ich hab es gesehen …»

«Bitte red nicht so einen Schwachsinn, das ist … vielleicht ist irgendwas in den Leitungen gestorben … oder ein Tier in die Maschine gekommen … eine Maus», überlegt Dieter, während er versucht, den Hausmeister zu erreichen, aber Doro lacht auf. «*Eine* Maus? Wenn, dann war das eine ganze Rattenkolonie!» Dieter greift sich einen Spülhandschuh, wühlt zwischen der nassen Wäsche, aber findet sonst nichts in der Trommel, dann dreht er den Hahn der Spüle auf, riecht am Wasserstrahl. «Riecht normal, aber –» Dieter verzieht das Gesicht, «nein, irgendwas riecht nach … Erbrochenem –»

«Weil ich mich gerade übergeben musste! Von dem Blut!», versetzt Doro, Marion begutachtet angewidert das fleckige Handtuch, das Claudia mittlerweile auf den Boden geworfen hat. «Ich ruf die Müllers an, die sind ja direkt über euch, vielleicht stimmt bei denen auch was nicht.» Marion greift zum Handy. «Ja, Helga, hör zu, hier bei Domstetters aus dem Erdgeschoss ist irgendwas Furchtbares im Wasser, nein, keine Legionellen, aber das stinkt, als wäre was gestorben – ja, um Gottes willen, schütt's weg, ich schwör dir, das waren die von der Hausverwaltung, die wollen uns doch alle raushaben! Ich geh an die Presse!»

«Es gibt sicher eine logische Erklärung», unterbricht Dieter, auch wenn ihm keine einfällt. Marion winkt ab. «Bald kommt die Sanierung, die versuchen, uns rauszuterrorisieren!» Dann steht auch noch Gutloh aus dem zweiten in der Tür, einen prallgefüllten Müllbeutel in der Hand. «Sorry, hab das Geschrei gehört – o Gott, ist wer verletzt?», sein Blick fällt auf das fleckige Handtuch auf dem Küchenboden.

«Nein, aber irgendwas stimmt mit den Leitungen nicht!», zetert Marion. «Sag's allen im Haus, die sollen kein Wasser trinken! Da ist Blut in den Leitungen! Ich verklag die Hausverwaltung! Das Maß ist voll! Diese Immobilienhaie!»

«Hör auf, so einen Unsinn zu verbreiten! Vielleicht ist das überhaupt kein Blut!», sagt Dieter, aber da ist Gutloh schon aus der Tür.

5
Vivisektion

Das Schrillen der Türklingel, einmal, zweimal, dreimal, reißt Evelyn aus dem Schlaf, sie rollt sich auf die Seite, wirft einen Blick auf den Wecker und flucht, nicht mal sechs, welcher Idiot –? Evelyn spürt ein heißes Pochen hinter der Stirn, Uwe aus dem Politikressort wollte gestern Abend seinen Kummer in Tequila ertränken, weil seine Frau die Scheidung eingereicht hat, also hat Evelyn etwas Beihilfe beim Ertränken geleistet und Uwe irgendwann, als er schon halb besinnungslos war, in ein Taxi gesetzt. Am Schluss war er so schwer und schlaff wie ein Sack Bohnen gewesen, ein larmoyanter Sack Bohnen, den sie und der Taxifahrer auf dem Rücksitz festgeschnallt hatten.

Evelyn quält sich aus dem Bett, wirft sich den Morgenmantel über. Als sie einen Blick durch den Türspion wirft, kann sie niemanden entdecken, nur an der Wand gegenüber ihrer Wohnungstür lehnt etwas. Sie tritt auf den Hausflur, erkennt etwas großes Flaches, in braunes Packpapier eingeschlagen, darauf klebt ein Briefumschlag, in energischer, unordentlicher Schrift liest Evelyn ihren Namen, Georgs Handschrift. Sie haben sich seit Wochen nicht gesprochen, auf ihre Nachricht, ob sie sich sehen wollten, hat er nur geschrieben, er arbeite an einem Projekt, habe keine Zeit, aber er melde sich bald. Was für ein Projekt? Du wirst sehen.

Evelyn trägt das Paket in die Wohnung, tastet das knisternde Packpapier ab, glaubt, einen Keilrahmen zu spüren, die gespannte Oberfläche einer Leinwand. Im Umschlag findet sie eine schlichte, weiße Karte, wieder Georgs Schrift:

Weißt du, worin der Mensch am besten ist? Im Vergessen. Deshalb muss man ihn immer erinnern.

Evelyn reißt das Packpapier auf, ein Auge lugt hervor, der geschwungene Bogen der Braue, ein Stück Wange aus schimmernden Pinselstrichen. Sie kennt das Auge, die Braue, die Wange, aber kann sie nicht zuordnen, reißt das Packpapier ganz herunter, erschrickt, als ihr eine sehr junge Version von sich selbst entgegenblickt. Zornig starrt das Mädchen sie an, hält einen Stein in der Hand, im Begriff, ihn zu werfen, auf dem Arm einen Haufen Steine, eng an den Körper gepresst. Ihr Sommerkleid leuchtend blau, weiße Narben auf den gebräunten Knien, die Beine angespannt, sie macht einen Schritt wie zum Angriff auf den Betrachter zu, der ganze Körper in Bewegung, Haarsträhnen im Luftzug, der Kleidsaum aufgewallt, der Mund halb geöffnet, bereit zum Schrei, ein Glanz auf den Zähnen, den wütend aufgeworfenen Lippen, ein Blitzen auf den Schnallen der abgewetzten Sandalen. Evelyn erkennt den Feldweg von damals, die Sonne gleißend am stahlblauen Himmel, vertrocknete Gräser am sandigen Wegrand, Schafgarben, Kornblumen, Disteln, die goldenen Felder bis zum Horizont, am vorderen Bildrand ein paar wild wuchernde Brennnesselsträucher in tiefem Grün, wo schattig der Wald beginnt.

Das Bild ist noch frisch, verströmt den harzigen Geruch von Farbe, die Schärfe von Terpentin. Evelyn lehnt es an die Wand, setzt sich, steckt sich eine Zigarette an. Der Tag der Brennnesseln und der Steine. Ein schlimmer Tag. Aber letztlich auch ein guter. Die Köpfe der Feinde auf Spießen. Hätte sie damals gemusst, hätte sie die Typen vielleicht wirklich umgebracht, so viel Wut hatte sie in sich gehabt, eine Welle, die alles mit sich riss, als sie Georg am Boden liegen sah, sechs gegen einen. Danach hatten die beiden wochenlang Todesangst, auf dem Schulhof, den Fluren, den Toiletten, den Heimweg traten sie nur noch gemeinsam an, die anderen verfolgten sie, doch beschimpften sie bloß aus sicherer Entfernung, mehr wagten sie nicht. Der Mythos von der kindlichen Unschuld hält sich hartnäckig. Willst du den Kern des Menschen sehen, sieh dir Kinder an.

Es war ein schmaler Grat zwischen Krieg und Frieden, als Evelyn in der sechsten Klasse strafversetzt wurde neben den stillen, grimmigen Stotterjungen in der ersten Reihe, der allein saß und offenbar auch allein sitzen wollte, seinem bestürzten, aber finsteren Blick nach zu urteilen, den er ihr zuwarf, als sie sich ebenfalls mit wenig Begeisterung neben ihn setzte. Sie wusste kaum mehr als seinen Namen, die meisten nannten ihn bloß Schweineprinz, Stotterkasper, wenn sie ihn überhaupt beachteten. Evelyn hatte bisher kein einziges Wort mit ihm gewechselt, obwohl sie bereits ein Jahr zusammen in die Klasse gingen, ein eigenbrötlerischer, blasser, rotblonder Junge mit misstrauischen grünen Augen. Eigentlich sprach er mit niemandem, kritzelte die meiste Zeit mit angezogenen, knochigen Schultern auf seinem Block herum, zerbiss sich die Unterlippe oder spitzte sein Arsenal an Blei- und Buntstiften mit akribischer Hingabe, reihte sie auf dem Tisch auf wie kleine Speere. Im Klassenzimmer redete er nur, wenn die Lehrer ihn aufriefen, doch sein Stottern war so grausam, dass sie es selten taten, ihnen war es selbst unangenehm, die zerhackten Worte abzuwarten, die Georg hervorquälte wie etwas Giftiges, das sein Körper ausspeien wollte, während die Klasse in Kichern ausbrach.

Setz den Störenfried neben den maulfaulen Stotterer,

dann ist Ruhe, dachte der Klassenlehrer wohl, und für die erste Zeit stimmte das auch, Evelyn und Georg sprachen nicht viel, manchmal liehen sie sich Radierer, Lineal, fragten sich nach der Uhrzeit, aber sie vertrugen sich auch ohne Worte, ein stillschweigender Nichtangriffspakt, der nach und nach zur Freundschaft wurde. Sie waren beide grimmige Kinder, zu alt für ihr Alter, auch wenn Georg meist feindselig in sich gekehrt, sie oft hitzköpfig war, doch sie mochten die gleichen Dinge, Zimtkaugummi, den See neben dem Waldstück, den Jägerhochsitz am Rande des Felds, die alte riesige Buche am Bach, auf die man klettern konnte und von der aus man weit über die Landschaft sah. Dann zückten sie ihre Wasserpistolen und Astschwerter, zogen sich Halstücher über Nase und Mund, taten, als wären sie Revolverhelden, Weltraumkrieger oder einfach Gesetzlose auf Wanderschaft und der aufragende, graue Bau des Fernwärmekraftwerks am Horizont mit seinen rot blinkenden Schornsteinen der Sitz irgendeines Königs, der erbarmungslos herrschte und den sie zur Strecke bringen wollten. Und sie hassten die gleichen Dinge, den Geschmack von Lakritze, die dämliche gute Laune von Mickey Mouse, den stoischen Lateinunterricht und natürlich Hanno mit seiner Bagage, die sich jede Woche einen neuen Fußabtreter suchten, den sie mit Papierspuckebällchen beschießen oder dessen Pausenbrot sie in den Dreck werfen konnten. Georg und Evelyn waren ein gutes Team, teilten Eiscreme, Limonade, Taschengeld für Kinokarten, teilten die ersten Küsse, den ersten Rausch, die ersten Zigaretten, den ersten Sex, die erste Trennung, rauften sich zusammen, teilten ihr Heimweh aus der Ferne, als sie beide zum Studium fortgingen, kamen zurück, teilten Erfolge, Niederlagen, Nervenzusammenbrüche, die letzte Flasche Bier, Tränen, Lachen, das Bett, fetttriefende Pommes vom Bahnhof morgens um vier. Er hielt ihr die Haare aus dem Gesicht, sie wischte ihm die Schuhe ab, als alles zu viel wurde und ihnen hochkam, sie teilten Schmerzmittel, Kissen und Decke auf der Couch, sie teilten immer, waren ein gutes Team, sind es noch, auch wenn sie sich manchmal an die Gurgel wollen wie die alten, brummigen Hunde, die sie sind, aber sie bleiben zwei aus dem gleichen Rudel, ein Rudel aus zweien, bei dem keiner ohne den anderen sein will.

Evelyn seufzt, blickt wieder auf das Ölbild, greift nach ihrem Telefon, doch dann legt sie es zurück auf den Tisch, sie weiß nicht, was sie Georg schreiben soll, ihr fällt nur Schwachsinn ein – ob es wirklich nötig gewesen sei, sie aus dem Bett zu klingeln und an den Tag mit den Steinen zu erinnern; er sich nicht einmal normal benehmen könne, statt Wochen unterzutauchen, ihr dann kryptische Botschaften vor die Tür zu legen wie bei einer Schnitzeljagd. An was soll sie das Bild erinnern? Dass sie mal ein guter Mensch war, oder was? Retter in der Not? Sie hatte einem der Jungen den linken Eckzahn ausgeschlagen, einem anderen eine Platzwunde an der Stirn verpasst, der Rest war mit blauen Flecken davongekommen. Evelyn weiß noch, insgeheim hatte sie bedauert, dass das alles gewesen war.

Sie ist immer noch erstaunt, wie sehr Georg doch etwas an Menschen liegt, dafür liebt sie ihn sehr. Ihr liegt nicht viel an Menschen, sie versucht bloß, kein Arschloch zu sein, jeden Tag, Aufstehen, Zähneputzen, kein Arschloch sein, mal funktioniert es, mal nicht. Die Welt ist kein freundlicher Ort, das Einzige, was du tun kannst, ist Schadensbegrenzung. Mit Georg hat Evelyn immer auf die menschliche Natur gewettet, sie will die Wetten nie gewinnen, aber meistens tut sie es, wie sollte es auch anders sein bei Wetten auf eine Spezies, die das Quälen und Töten der Artgenossen beharrlich perfektioniert. Menschen wurden auf Streckbänken die Gelenke ausgerenkt, Sehnen und Muskeln zerrissen, ihr Kopf wurde in Schraubzwingen gelegt, bis ihr Kiefer, dann der Schädel unter dem Druck zerbrachen. Ein metallenes Spreizinstrument im Mund des Opfers überdehnte das Gebiss, verrenkte den Kiefer, das Instrument in Anus oder Vagina zerriss den Opfern den Unterleib. Verurteilte wurden gefesselt in ein mit Dornen gespicktes Laufrad gesperrt, der Scharfrichter drehte das Rad, und der Mensch im Inneren stürzte durch die Drehung immer wieder auf die Dornen hinab, bis er starb. Verurteilte wurden mit Händen und Füßen an Pferde gebunden, die Pferde in vier Richtungen getrieben, bis dem Opfer die Gliedmaßen abrissen. Menschen wurden lebendig begraben, gehäutet, gepfählt, im 6. Jahrhundert vor Christus ließ Phalaris von Akragas in Sizilien unliebsame Untertanen in einen bronzenen Bullen sperren, anschließend wurde unter dem Bullen ein Feuer entfacht, und die Schreie des Opfers durch das ausgetüftelte Luftgängesystem klangen wie das Brüllen eines Stiers. In England wurden bis ins 18. Jahrhundert Hochverräter aufgehängt, vom Galgen geholt, bevor sie sterben konnten, anschließend wurden ihnen bei lebendigem Leib die Genitalien abgehackt, die Gedärme, schließlich das Herz herausgeschnitten und mit den Eingeweiden vor aller Augen verbrannt. Bis ins 19. Jahrhundert wurden Menschen Arme und Beine gebrochen und aufs Rad geflochten, auf dem Scheiterhaufen verbrannt, bis heute werden Menschen gesteinigt, geköpft, auf den elektrischen

Stuhl geschnallt, in Gaskammern erstickt, mit Gift eingeschläfert, bis ans Lebensende eingesperrt. Der Mensch ist eine kreative Spezies.

Mit dreizehn wollte Evelyn eine Weile Polizistin werden, gemeinsam mit Georg erging sie sich in naiven Vorstellungen, wie Batman die Stadt von Schurken zu befreien, wie der Psychotiker in *Taxi Driver* eine Waffe aus dem Ärmel zu schütteln, fixiert auf eine einzige Zielscheibe, aber in der echten Welt ist jeder eine potenzielle Zielscheibe. Vielleicht ist die ausgeprägte Friedfertigkeit mancher nur eine spontane Mutation, ein Quäntchen mehr Neurotransmitter, weniger Hormon, anders springende Funken im Mandelkern, ein Blitzen im Grau, aber die sanften Mutanten werden sich nicht durchsetzen in absehbarer Zeit, Empathie bedeutet Intelligenz, und die, die damit geschlagen sind, sehen zugleich, was du dir alles nehmen und wie du damit durchkommen kannst. Vielleicht noch ein paar Hunderttausend Evolutionsjahre mehr, vielleicht gab es auch schon eine freundlichere menschliche Art, die ausgelöscht wurde. Glückliche Menschen sind meist friedfertig, aber was ist Glück anderes als der kurze Moment von Euphorie und Wunschlosigkeit, bevor er in Langeweile und neues Verlangen umschlägt.

Evelyn drückt ihre Zigarette aus, wirft einen Blick auf dic Uhr, sie muss sich fertig machen, muss zum Gericht, doch als sie aufsteht, klingelt ihr Telefon, Theißen aus der Redaktion ist dran, fragt, ob sie schon auf dem Weg sei.

«Gleich. Warum?»

«Planänderung, fahr zum Römerberg, da ist was am Brunnen passiert, wohl so ein Farbanschlag, der Fotograf ist schon unterwegs.»

Als Evelyn den Römerberg erreicht, erkennt sie schon von Weitem die Absperrung um den Brunnen, Schaulustige drängen sich dicht heran, schießen Fotos, auch wenn die Polizei sie weiterschickt. Der Platz ist übersät mit Zetteln, bis hinein in die Seitengassen, Evelyn klaubt ein paar davon auf, die Zettel sind teilweise kaum handtellergroß, einfaches, weißes Papier. Auf den ersten beiden steht jeweils bloß ein Satz:

«Das ist sicher nur ein Einzelfall.»

«Du bist unsichtbar.»

Auf jedem Zettel am unteren Rand das gleiche Wort: *Vivisektion*. Die nächsten sind eng bedruckt: «Du bist im Garn meiner Kleider, Vorhänge, Bettwäsche, Tischdecke, du bist eine *Sumangali*, eine *glückliche Braut*, wurdest von deinen Eltern an die Fabrik verpachtet, um deine Mitgift zu erarbeiten. Du darfst das Gelände nicht verlassen, dein Monatslohn beträgt rund einen Euro, du spinnst Baumwolle in Tirupur, Indien, schließlich hat dir die Maschine die halbe Hand abgerissen, sie haben dir 60 Cent gegeben und dich auf die Straße gesetzt.»

«Du bist in meiner Schokolade, bist zehn Jahre alt, vierzehn Stunden am Tag hantierst du ohne Schutz mit Macheten, Pestiziden, du wurdest verschleppt an die Elfenbeinküste, die Vorarbeiter schlagen dich, peitschen dich aus, und will einer von euch fliehen, schneiden sie ihm die Fußsohlen auf.»

Georg. Evelyn spürt, wie ihr Herzschlag schneller wird, sie steckt die Zettel ein, umrundet den Brunnen entlang der Absperrung. Auf jeder Pfeilerseite eine Wasser speiende Maske, schmutzig rote Fontänen im grellen Morgenlicht. Unter der großen Justitia-Figur auf dem Sockel vier geflügelte Wesen mit Schlangenleib, die ebenfalls verfärbtes Wasser speien, auf den Pfeilerseiten Relieffiguren, *Spes, Temperantia, Justitia, Caritas*, die grünspanige Bronze verklebt mit bräunlichen Schlieren. Evelyn fragt einen der Polizisten, wann genau der Farbanschlag passiert sei, aber der verweist nur auf die spätere Pressemitteilung. Als ein fauliger Geruch zu Evelyn herüberzieht, tritt sie so nah wie möglich an die Absperrung.

«Sind Sie sicher, dass das nur Farbe ist?»

Der Polizist wirft ihr einen ärgerlichen Blick zu, es werde eine Pressemitteilung geben, wiederholt er, schickt sie weg. Neben dem Eingang zur U-Bahn türmt sich ein ganzer Haufen Zettel, Evelyn sammelt rasch so viele auf wie möglich, stopft sie in ihre Tasche, versichert sich, dass keiner der Polizisten zusieht, aber auch andere haben angefangen, die Zettel auf dem Boden zu begutachten, manche stupsen sie mit der Schuhspitze an, beugen sich hinunter, andere haben sie aufgehoben, lesen, dann blicken sie wieder verwirrt zum Brunnen.

Auf dem Weg in die Redaktion liest Evelyn in der Bahn die restlichen Zettel, verpasst fast ihre Haltestelle –

«Du bist in Stoff, Watte, Papier, Kaffeefiltern, Banknoten, Bucheinbänden, du bist neun, arbeitest auf einer Baumwollfarm in Gadwal, Indien, wie eine halbe Million anderer Kinder im Land. Für zwölf Stunden Arbeit kriegst du zwei Euro, du musst arbeiten, egal, ob du krank bist, manchmal wärst du lieber tot, sagst du, oft spritzen sie Pflanzenschutzmittel, während ihr auf den Feldern seid. Würde der Bauer Erwachsene einstellen, wäre das Geschäft kaum rentabel, die Preise sind schlecht, Alternativen zum Gensaatgut, dazu passenden Dünger und Pestizid gibt es kaum,

Zigtausende Bauern verschulden sich, erhängen sich schließlich oder trinken Pflanzengift, der Landstrich trägt den Spitznamen *Selbstmordgürtel.*»

«Die würden das Gleiche mit uns machen.»

«Du bist in meinem Smartphone, Tablet, Laptop, arbeitest am Fließband in Shenzhen, China, zwölf Stunden am Tag für 160 Euro im Monat, für jeden Fehler schreien dich die Vorarbeiter an, du bist 700 Kilometer von deinem Heimatdorf entfernt, du bist siebzehn, teilst dir das Zimmer mit sechs Fremden, eines Morgens hältst du es nicht mehr aus, stürzt dich aus dem Fenster. Als du aus dem Koma erwachst, sagt der Arzt, dass du dir die Wirbelsäule zertrümmert hättest, du bist von der Taille abwärts gelähmt. Achtzehn haben ihren Sprung nicht überlebt, die Firma hat Sicherheitsnetze gespannt, euch Vereinbarungen unterschreiben lassen, in denen ihr versprecht, euch nicht umzubringen. Es hat nichts genützt, sie werden euch bald durch Roboter ersetzen.»

«Du bist in Hemden, Blusen, Hosen, Kleidern, du bist vierzehn, hast in einer Fabrik in Sabhar, Bangladesh, gearbeitet, zusammen mit deiner Mutter, weil ihr Gehalt nicht reichte. 2013 brannte es, die Fabrik stürzte ein, über tausend Leute starben, deine Mutter wurde unter den Trümmern verschüttet, du hast ihre Leiche nie gesehen. Die Firmen drohen abzuwandern, werdet ihr zu teuer, einige sehen sich um in Myanmar, eine schwedische Kette plant in Äthiopien.»

«Wir danken Ihnen für Ihre Informationen, doch wir haben diesen Lieferanten überprüft, nichts deutet darauf hin, dass er unseren Standards nicht gerecht werden kann.»

«Du bist in meiner Modepuppe mit dem blonden Haar,

arbeitest elfeinhalb Stunden, sechs Tage die Woche in Dongguan, China, du hast dir die ganze Schulter verbrannt, als du das Puppenhaar ankleben wolltest, die Maschine war kaputt, verspritzte Heißkleber über dich.»

«Wir nehmen die Angelegenheit sehr ernst, unsere Zulieferer müssen die Standards einhalten, wir werden der Sache auf den Grund gehen, die Verantwortlichen finden, die notwendigen Maßnahmen ergreifen.»

«Das ist sicher nur ein Einzelfall.»

«Bloß, weil ich das nicht kaufe, ändert sich ja nichts.»

«Was, wenn die Dinge bluten würden?»

«Du bist in Shampoo, Waschmittel, Zahncreme, Seife, Lippenstift, Biodiesel, Cornflakes, Brotaufstrich, Kuchenglasuren, versprühst Paraquat auf einer Palmölplantage auf Borneo, wer abhauen will, wird mit Stöcken verprügelt.»

«Man kann von denen nicht die gleichen Standards erwarten.»

Uwe blickt auf, als Evelyn das Büro betritt, er hat dunkle Ringe unter den Augen, aber trägt ein frisches Hemd, hat es gestern Nacht wohl noch nach Hause geschafft. Träge kaut er an einem Wurstbrötchen, deutet auf Evelyns PC. «Check deine Mails. Die haben uns alle angeschrieben.»

«Die? Weiß man schon, dass es mehrere sind?»

Uwe schüttelt den Kopf. «Nein, aber das ist doch garantiert wieder irgendeine Gruppe gelangweilter Studenten, die in ihrer Freizeit Revoluzzer spielen. Die übliche Öko-Links-Kacke halt, die müssen immer was kaputt machen, *Macht kaputt, was euch kaputt macht*, Oldie, but Goldie.» Uwe grinst, klopft sich Krümel von der Hose.

Evelyn ruft ihre E-Mails ab, findet eine Nachricht, eingegangen um 6:30 Uhr, der Absender *Vivisektion*, Domain eines kostenlosen Anbieters, Betreff *Gerechtigkeitsbrunnen*. In der Mail erkennt sie die Texte der Zettel wieder. Sie legt die, die sie eingesammelt hat, vor Uwe auf den Tisch. «Die lagen zu Hunderten auf dem Römerberg verteilt. Der Fotograf hat die Bilder schon hochgeladen.» Evelyn öffnet die Datenbank, zeigt Uwe den mit Flugblättern übersäten Platz, das verfärbte Wasser des Brunnens. «Das war keine Farbe. Es roch nicht wie Farbe. Das war echt.»

Uwe runzelt die Brauen. «Hey, da war doch irgendwas in Bornheim in einem Mietshaus vor zwei Wochen, die Wasserleitungen angeblich voller Blut, die wollten erst ihre Hausverwaltung verklagen, warte, vielleicht finde ich es, war nur ein kurzer Artikel.» Uwe steckt den Rest des Brötchens in den Mund, hackt auf seine Tastatur ein. «Hier. Die Kollegen vom Kurier haben's gebracht: eine Familie Domstetter aus Bornheim, anscheinend ein übler Scherz. Schweineblut. War nicht in den Leitungen, aber in der Waschmaschine. Da wurde eingebrochen. Vielleicht hängt das zusammen.»

Als Evelyn beim Präsidium anruft und nach den Domstetters in Bornheim fragt, gibt sich der Polizeisprecher zugeknöpft. Nach derzeitigem Erkenntnisstand kein Zusammenhang. Aber in beiden Fällen Schweineblut? Die Ermittlungen laufen noch.

In der Redaktionskonferenz kritzelt Evelyn auf ihrem Block herum, hält den Blick gesenkt. Wenn das wirklich Georg war, sollte sie es so klein wie möglich halten. Aber wenn es Georg war, will er es in der Zeitung. Groß in der Zeitung. Und natürlich war es Georg.

«Schreiben die uns einfach dreist an, als wären wir irgendein Käseblatt! Wir sollten das nicht bringen. Unbescholtene werden Opfer irgendwelcher Spinner, das heißt, wenn überhaupt ein Zusammenhang zwischen dem Brunnen und dem Einbruch besteht.» Sabine Roloff verschränkt die Arme vor der Brust, aus dem Augenwinkel sieht Evelyn Bernhard Theißen nicken. «Tatsächlich sollten wir so etwas nicht auch noch eine Bühne geben.»

Evelyn knüllt ihr vollgeschmiertes Blockblatt zusammen. «Gestern haben wir im Gesellschaftsteil einem Seelöwen eine Bühne gegeben, der aus dem Zirkus abgehauen ist. Und wir sind sicher nicht die einzige Redaktion, die angeschrieben wurde, die anderen werden es bringen. Die Geschichte ist zumindest von regionalem Interesse. Ich will mit dieser Bornheimer Familie reden.»

Theißen hebt abwehrend die Hände. «Was die betrifft, will ich die polizeilichen Ermittlungen abwarten. Keine Schnellschüsse.»

«Natürlich nicht. Also?»

Theißen atmet tief ein und wieder aus. «Regionalteil», sagt er schließlich.

6
Die Guten

Kim steckt sich zufrieden die letzte Gabel Spaghetti in den Mund, ihre Lippen rot von Tomatensoße, unter Saschas kritischem Blick hat Victor für sie in der Restaurantküche gekocht. Jeden Tag um fünf holt er sie jetzt vom Kindergarten ab, isst mit ihr zu Abend, dann bringt er sie, je nach Sinas Schichtplan, entweder zu ihr oder zu seinen Schwiegereltern. Die beiden werfen ihm immer noch böse Blicke zu, doch zumindest droht Sinas Vater ihm nicht mehr. Heute hat Sina Spätschicht, ihre Eltern kommen im Restaurant vorbei, um Kim abzuholen und endlich das Lokal anzusehen, Victor hat Sinas Mutter so lange bearbeitet, bis sie nachgegeben und Sinas Vater überredet hat. Das Restaurant hat bereits ein paar sehr gute Kritiken in der Lokalpresse und auf den einschlägigen Onlineportalen bekommen, das Mittagsgeschäft läuft, und heute Abend sind sie fast ausgebucht, schwarze Zahlen, von Woche zu Woche steigt der Umsatz, auch wenn Sascha und Victor nur noch vier bis fünf Stunden pro Nacht schlafen, aber sie werden es nicht in den Sand setzen.

Als Victor aufsieht, erkennt er Sinas Eltern vor der Tür, ihr Vater begutachtet skeptisch die Fassade, während ihre Mutter die Speisekarte neben dem Eingang studiert. Victor muss seinen ganzen Charme spielen lassen, er hat einen Tisch für die beiden reserviert, auch wenn sie von ihrem Glück noch nichts wissen, er wird ihnen das Lammkarree mit Kräuterkruste empfehlen, dazu ein Glas Spätburgunder und als Dessert ein Stück Tarte mit Quitten und Karamell, die Sascha heute früh gebacken hat. Du musst ein Herz aus Stein und keinen Funken Lebenslust mehr in den Knochen haben, wenn du dazu einfach Nein sagen kannst.

«Schau mal, Oma und Opa sind da», Victor legt den Arm um Kim, deutet zum Fenster: «Wir zeigen ihnen jetzt zusammen das Restaurant, okay? Ich möchte, dass es ihnen richtig gut gefällt, ich würde die beiden gern zu einem schönen Abendessen überreden – du hattest ja auch noch keinen Nachtisch. Hilfst du mir?»

Kim grinst breit und nickt. «Na klar.»

Er drückt ihr einen Kuss auf die Wange. «Dann mal los.»

Bevor er klingelt, streicht Victor sich die Haare glatt, zieht seinen Hemdkragen zurecht, es ist schon kurz vor halb eins, Sina sollte von der Spätschicht zurück sein. Sie trägt noch Arbeitsrock und Strümpfe, aber hat sich ein lockeres T-Shirt übergestreift, und ihre Wangen schimmern von frisch aufgetragener Nachtcreme.

«Was machst du denn hier? Alles in Ordnung?»

Er hält entschuldigend Kims Malbuch hoch. «Kim hat das hier im Lokal vergessen, ich dachte, das bringe ich schnell vorbei», obwohl *vergessen* nicht ganz richtig ist, Victor hat das Buch unterschlagen.

«Das hätte doch auch bis morgen gereicht.»

«Ich weiß, aber ich habe auch einen Shiraz mitgebracht.» Victor zieht die Flasche Wein hinter seinem Rücken hervor. «Hast du vielleicht noch Lust auf ein Glas?»

«Verstehe.» Sina mustert ihn durchdringend, doch dann seufzt sie. «Gut. Eines.»

Als er die Wohnung betritt, wirft er einen Blick in Kims Zimmer, sie hat Victors Stofffuchs fest im Arm, die Decke etwas heruntergestrampelt, vorsichtig deckt er sie zu, betrachtet ihren friedlich zusammengerollten Körper im Schein des Nachtlichts. Victor fühlt sich fremd und zu Hause zugleich, wie ein Geist in einem alten Haus, als er hinüber in den Wohnraum geht, er öffnet den Wein, während Sina Gläser aus der Vitrine holt, dann setzt sie sich aufs Sofa, legt die Beine hoch, schließt für einen Moment die Augen.

«Meine Eltern haben erzählt, dass sie heute bei euch im Lokal essen waren. Wie hast du das geschafft? Erpressung?»

Victor setzt sich zu ihr, schenkt ihnen ein. «Mit Kims Hilfe. Fanden sie es wirklich gut, oder waren sie bloß höflich?»

«Es hat ihnen sehr geschmeckt, aber das ist ja Saschas Verdienst.»

«Zumindest ein Anfang.»

Eine Weile sitzen sie schweigend da, Sina blickt aus dem Fenster in eine samtige Schwärze, gespickt mit den Lichtern der Stadt. Er fragt sich, wie sehr sie es bereut, Ja zu ihm gesagt zu haben. Und noch entscheidender: ja zu einem Kind mit ihm. Er weiß noch, er hatte auf ihrem Bett gesessen, angespannt in die Stille gelauscht, während sie im Bad gewesen war, um den Test zu machen. «Was, wenn ich schwanger bin?», hatte sie gefragt, er hatte die Angst in ihren Augen gesehen, sie hatten beide Angst gehabt, ein kleiner neuer Mensch, der dich Tag und Nacht brauchen wird, wem macht das keine Angst? Aber sie wollten beide eine Familie, nur vielleicht nicht so schnell, so ungeplant, sie kannten sich erst ein Jahr, und wie gut kannte man sich nach einem Jahr, auch wenn man seit einem Jahr nicht voneinander lassen konnte, fast körperliche Schmerzen litt, war der andere nicht da? Trotzdem hatte er den leeren Karton des Tests zwischen den Fingern zerdrückt, sich gewünscht, er werde positiv ausfallen.

Sie hatten einfach nicht aufgepasst. Zusammen waren sie von Lissabon mit dem Mietwagen Richtung Süden die Küste entlang durch kleine Städte und Dörfer gefahren, ein Abend am Strand, Essen in einem Lokal mit Meerblick, Lamm und Fisch frisch vom Grill, aber irgendwas war damit nicht in Ordnung gewesen, danach verbrachten sie drei Tage mit rumorenden Mägen auf dem Pensionszimmer, die Vermieterin hatte Mitleid, brachte ihnen Suppe und Tee, während er mit Sina erschöpft im Bett lag, sie portugiesische Telenovelas schauten, kein Wort verstanden, ihre eigenen Synchronisationen machten, *Cândido, wie konntest du nur mit der Haushälterin schlafen! Leonor, es war der Gärtner! Du Schwein, lass deine lüsternen Finger vom Gärtner, der gehört mir! Lass uns doch teilen, Leonor! Niemals!*

«Wir müssen aufpassen», hatte Sina gesagt, als es ihnen wieder besser gegangen war, aber an einem lauen Abend am Strand in einer verlassenen Bucht, nur die Wellen und Seemöwen zur Gesellschaft und eine Flasche Castelão aus dem Dorfladen, hatten sie doch nicht richtig aufgepasst.

«Wenn du wirklich schwanger bist, ziehen wir zusammen und heiraten», sagte er, fasste sie an den Händen, aber sie sah ihn beinahe erschrocken an. «Heiraten?»

«Oder auch nicht … vielleicht später … jedenfalls wüsste ich nicht, mit wem ich lieber ein Kind hätte als mit dir, und wenn es schon jetzt wäre, dann eben jetzt …»

Schließlich kam Sina aus dem Bad, streckte ihm wortlos den Test entgegen, und er konnte nicht anders, als lachend vom Bett aufzuspringen und sie zu umarmen.

«Bist du wirklich sicher?», fragte sie.

«Ja. Was ist mit dir?»

«Ja», sagte sie und drückte sich an ihn.

Victor wirft Sina einen Seitenblick zu, ihr Schweigen macht ihn so nervös, dass er ständig an seinem Wein nippt wie ein Jungspund, der sich Mut antrinkt. Als er sich nachschenkt, bleibt am Glasrand ein Tropfen zurück, Victor fängt ihn mit dem Finger auf, fährt damit den Rand nach, bringt das Glas leise zum Schwingen. «Das habe ich als Kind immer mit Wasser gemacht», sagt er, als Sina ihn ansieht, «ich dachte, vielleicht kommt eine Art Flaschengeist und erfüllt mir einen Wunsch.»

«Was hättest du dir gewünscht?»

«Na, was sich alle gewieften Kinder wünschen: eine Trilliarde freier Wünsche. Dann ein neues Fahrrad. Süßigkeiten. Einen Hund. Und Superkräfte. Ungeheuer stark sein, fliegen oder unsichtbar werden können. Solche Sachen.»

«Bescheiden warst du noch nie.» Sina tippt gegen sein Weinglas. «Und eigentlich hatte ich gesagt, dass du auf *ein* Glas mit reinkommen kannst.»

«Tut mir leid, ich weiß, es ist spät, ich gehe –»

«Schon gut. Eigentlich will ich auch noch ein Glas.» Sina greift nach der Flasche.

«Was ist mit dir? Wenn du einen Wunsch frei hättest.»

Sie lächelt etwas humorlos. «Ich weiß nicht. Dass wir es hinkriegen, schätze ich. Bescheiden war ich auch noch nie.»

«Glaubst du, wir kriegen es hin?»

«Ich hoffe.»

Als er sich zu ihr beugt, ihr einen Kuss auf die Lippen gibt, weicht sie zurück, doch dann legt sie ihm die Arme um den Hals, zieht ihn an sich.

Er streicht Sina eine Strähne aus der Stirn, beobachtet ihren ruhigen Atem, spürt ihren Körper warm an seinen geschmiegt, eine Weile liegt er still neben ihr, versucht auch zu schlafen, aber er ist viel zu glücklich. Er kann sich nicht erinnern, wann er das letzte Mal so glücklich war, vielleicht auf dem Hoteldach, als sie Ja gesagt hatte – nein, er ist viel glücklicher. Eineinhalb Jahre hat er nicht mehr neben ihr gelegen und oft geglaubt, er werde sie nie mehr umarmen, nie mehr halten können wie jetzt. Diese abgegriffenen Redewendungen, *Platzen vor Glück, Bäume ausreißen,* aber genau so fühlt er sich, er könnte einen ganzen Wald ausreißen, lachen, herumspringen wie ein Verrückter. Und er ist hungrig. Bevor er hierhergekommen ist, hat er keinen Bissen runtergebracht, aber jetzt hat er regelrecht Heißhunger. Er küsst Sina behutsam auf die Schläfe, dann steht er auf, streift sich Hemd und Boxershorts über, geht leise in die Küche, schließt die Tür hinter sich. Auf der Anrichte findet er Brot, im Kühlschrank etwas Käse, setzt sich an den Tisch, stellt den kleinen Fernseher auf dem Küchenschrank an, blickt kauend auf das tonlose Bild. Regionalnachrichten, eine gesperrte Unfallstelle auf der Schnellstraße, ein Laster quer über der Fahrbahn, blinkende Blaulichter von Polizei und Feuerwehr, dann wechselt das Bild, zeigt den Brunnen auf dem Römerberg. Victor will gerade umschalten, als unter der Aufnahme *Einbruchsserie im Raum Frankfurt* eingeblendet wird, das Bild wechselt zu einer Wohngegend, dann erscheint eine stämmige Frau in blauem Kittel, der ein Mikrofon unter die Nase gehalten wird. Victor lässt achtlos die Scheibe Brot auf seinen Teller fallen, greift hastig nach der Fernbedienung, um den Ton anzustellen, «… überall Blut!», klagt die Frau, eine Küche wird gezeigt, dann wieder der Straßenzug der Wohngegend. «Nach polizeilichen Angaben bestehe ein Zusammenhang zwischen der Einbruchsserie, die mittlerweile fünf Fälle umfassen soll, und dem Vorfall am Gerechtigkeitsbrunnen vor zwei Tagen.»

Eine grobkörnige Videoaufnahme folgt, Bilder einer 24-Stunden-Webcam irgendeines Tourismusportals, der Römerberg von weit oben im Halbdunkel der Straßenlaternen, eine Gestalt nähert sich dem Brunnen, kurz wird ein vergrößerter Ausschnitt gezeigt, die Gestalt trägt eine orangefarbene Jacke und Hose mit Reflektoren wie von der Müllabfuhr, einen dunklen Plastiksack über der Schulter. Das Gesicht des Mannes ist nicht zu sehen, nur eine schwarze Kappe, ein dunkler Vollbart, der Kragen der Jacke bis zum Kinn hochgeschlagen, doch Victor kennt diesen leicht nach vorn gebeugten Gang, die große, schmale Statur, und seine Eingeweide krampfen sich so schmerzhaft zusammen, als hätte er Nägel gefressen. Mit raschem Schritt nähert sich die Gestalt dem Brunnenbecken, wirft etwas hinein, anschließend läuft sie über den Platz, schüttelt etwas aus dem Müllsack, dann bricht die Aufnahme ab. Victor holt sein Telefon, sucht nach *Frankfurt, Blut, Brunnen, Einbrüche,* überfliegt die Treffer, *Blutanschlag auf Gerechtigkeitsbrunnen. Ekeleinbrüche. Blutige Funde in Wohnungen. Horroreinbruch in Bornheim,* ruft die Artikel auf, liest ungläubig, Schweineblut in Lebensmitteln, im Kleiderschrank, in Elektrogeräten, Bilder von Flugblättern am Stadtbrunnen, *Die Redaktion erreichte ein Schreiben,* Ausschnitte im Wortlaut – Georg hat die Presse angeschrieben – einen Augenblick sitzt Victor wie erstarrt am Tisch, dann erfasst ihn Panik, die sich mit scharfen Klingen in ihn hineinfrisst, bis sie auf

Wut trifft, kalte, harte Wut. Er holt seine restliche Kleidung, zieht sich an, dann nimmt er Sinas Schlüssel von der Kommode, verlässt die Wohnung.

Durch den Türspion scheint Licht, Victor späht hindurch, ruft Georgs Namen, als er eine Bewegung ausmacht, hämmert gegen die Tür. Schritte, das Klacken des Schlosses, Georg öffnet in einer dreckverschmierten Hose, einem knittrigen, verknöpften, halb offenen Hemd, das an ihm herunterhängt wie eine absterbende Haut, blickt ihn aus tief liegenden Augen an. Er wirkt nicht erstaunt, Victor zu sehen, morgens um drei, sondern, als habe er ihn erwartet. Die Wohnung sieht aus, als hätte eine Bombe eingeschlagen, überall auf dem Boden altes Zeitungspapier, auf der Küchenzeile eine Armada Plastikflaschen, Folie, Gefrierbeutel, Trichter, ein bräunlich verschmierter Kunststoffkanister, Einweghandschuhe und etwas, das Victor erst auf den zweiten Blick erkennt, ein Haufen großer Spritzen und Kanülen. Victor hält sich unwillkürlich den Ärmel vor die Nase, ein fauliger Geruch hängt in der Luft, obwohl die Fenster geöffnet sind. «Was zur Hölle machst du für einen kranken Scheiß? Schmierst Leuten die Bude mit Blut voll? Schickst Sachen an die Presse? Hast du den Verstand verloren? Sie haben sogar Videoaufnahmen am Brunnen von dir! Und von wo aus hast du die E-Mails verschickt? Sind die zurückverfolgbar?»

Georg holt zwei Bier aus dem Kühlschrank, hält Victor eines davon hin, aber Victor schlägt ihm die Hand weg. «Antworte mir!»

Georg schließt die Fenster, macht sich ein Bier auf, lehnt sich an die Küchenzeile. «Öffentliches WLAN, die Stadt ist voll davon, Prepaid-Karte, falscher Name. Und auf den Videoaufnahmen kann man so gut wie nichts erkennen. Nur ein weiterer Müllmann, dem keiner ins Gesicht sieht, es waren Dutzende von der Stadtreinigung unterwegs.»

«Glaubst du, Leute mit deiner Moralscheiße zu attackieren, ändert was? Woher nimmst du dir das Recht raus, so was zu machen?»

«Wirst du jetzt moralisch?»

«Ich wollte sauber bleiben, bevor du ankamst!»

«Ja, bevor dir jemand gesteckt hat, was alles bei mir zu holen ist. Hast du dir je die Bewohner vorgestellt, bei denen du eingebrochen bist – als Menschen, nicht als Hindernis? Es ist einfach, andere zu vergessen, wenn sie für einen unsichtbar sind. Ich mache bloß Unsichtbares sichtbar.»

«Ich verrat dir was: Keiner will es sehen! Für wen hältst du dich? Rächer der Armen und Schwachen? Einen der *Guten*? Ich verrat dir noch was: Unterm Strich sind *die Guten* einfach die, die du besser leiden kannst! Irgendein armes Schwein macht immer die Drecksarbeit! Soll einer sich freiwillig die Hände abhacken, weil sein Nachbar ein Krüppel ist? Eine Welt voller Krüppel, damit es *fair* zugeht, alle im Gleichschritt humpeln, damit bloß keiner den anderen überholt? Weil, glaub mir, sie werden es trotzdem versuchen, dann schlagen sie sich eben mit Krücken die Schädel ein! Jeder hat genug zu tun, sein eigenes Leben auf die Reihe zu kriegen, das reicht ja wohl für ein Leben! Du bist nichts weiter als ein in Watte gepackter Spinner, der es sich leisten konnte, sein halbes Leben Farbe auf Leinwände zu schmieren, aber das wurde offensichtlich zu öde, also lieber jedem deinen Sermon pressen, weil du sonst keine Probleme hast! Haben deine Eltern dir als Kind eingeredet, du wärst was Besonderes mit deinem Gestotter? *Ich b-b-bin Künstler*! Kommt daher dein Samariter-Komplex? Weil alle dich früher fertiggemacht haben, den Freak, der keinen geraden Satz rausbringt?»

Als Victor Atem holt, mustert ihn Georg mit abgeklärtem Blick. «Bist du fertig? Ich brauche noch mal deine Hilfe. Diesmal nicht für Häuser, sondern Autos.»

«Was? Das ist überhaupt nicht mein Gebiet –»

«Dann besorg mir jemanden, der das kann.»

«Vergiss es, das war's, ich bin raus.»

«Das geht nicht. Ich bin noch nicht fertig.»

Victor lacht ungläubig, «Aber *ich* bin damit fertig!»

«Wir hatten eine Vereinbarung.»

«Ich scheiß auf unsere Vereinbarung! Es war nie die Rede von Autos oder davon, dass du an die Presse gehst!»

Georg schweigt, sieht angestrengt zu Boden, als überlege er, dann blickt er wieder auf, sein Ton ruhig und ernst: «Gut. Ich kann auch aufhören, die Restaurantmiete zu zahlen, alles stoppen, morgen zusperren.»

Victor tritt einen Schritt auf Georg zu. «Du drohst mir?»

«Ich sage nur, wie es ist.»

«In Ordnung! Ich treib dein beschissenes Geld irgendwie auf, zahl dir jeden Cent zurück! Aber ich bin raus!»

«Nein. Ich sagte, ich bin noch nicht fertig.»

«Das ist gottverdammt noch mal nicht mein Problem!»

«Dann wäre dir auch egal, ob deine Frau oder dein Koch erfahren, welchen Deal wir hatten?»

Victor starrt Georg an, spürt, wie in ihm etwas reißt wie ein Stahldraht unter Spannung – «Du hältst jetzt besser den Mund, sonst –», zwingt er heraus, aber Georg erwidert seinen Blick unbeeindruckt, kommt langsam auf ihn zu.

«Sonst was? Was, wenn der Freak nicht den Mund hält? Es ist also nicht dein Problem, wenn deine Frau erfährt, dass sich nichts geändert hat, immer noch derselbe Lügner, egoistisch, rückgratlos, derselbe hohle Schwätzer, der –»

«*Ein Wort zu meiner Frau, und ich schwör dir, ich bring dich um!*» Mit einem Satz ist er bei Georg, verpasst ihm einen Schlag ins Gesicht, sodass Georg rückwärts stolpert, sich fassungslos an die blutende Lippe greift, sein Mund öffnet sich, aber bevor er einen Ton herausbringt, packt Victor ihn, presst ihn so heftig gegen die Wand, dass Georg erschrocken nach Luft schnappt.

«*Du willst mir drohen?*» Victor drückt ihm den Unterarm gegen den Hals, Georgs Augen weiten sich, einen Moment lang bäumt sich sein ganzer Körper auf, die Hände um Victors Arm, mit einem Ruck versetzt er Victor einen Tritt, doch Victor spürt es kaum, drückt so fest zu, bis Georg ein verzweifeltes Keuchen ausstößt. Als seine Knie nachgeben, hält Victor ihn weiter gegen die Wand, diesen schwächlichen Körper, diesen lächerlich unerfahrenen, hilflosen Körper, der unter ihm zappelt und zuckt wie eine Marionette, kommt so nah, dass sich ihre Gesichter fast berühren. «Na los, droh mir!» Er sieht winzige Schweißperlen in den Furchen zwischen Georgs Brauen, die violett schimmernde, pergamentartige Haut seiner Tränensäcke, die Adern in seinen Augen, verästelte, rote Ströme im Weiß wie Flüsse auf einer Landkarte, das geweitete Schwarz der Pupillen, nichts als Löcher im schlackigen, geriffelten Grün der Iris, bevor dunkle Flecken vor Victors eigenen Augen aufblühen, ihn ein heißes Rauschen in den Ohren halb taub macht. Durch den grauen Schleier erkennt er, wie Georgs aufgesprungene Lippen sich bewegen, aber sie bringen nur ein Röcheln hervor, seine Finger umfassen Victors Handgelenk, doch der Griff ist schwach, müde rutschen die Finger ab, während Victor sich mit seinem ganzen Gewicht gegen ihn stemmt, das knorpelige Weich seines Halses spürt, das harte Rund des Kehlkopfs, Luftröhre, Muskelgewebe, Sehnen, Haut, die Lippen bewegen sich immer noch lautlos, öffnen sich, schließen sich, öffnen sich, Victor sieht einen einzelnen, glänzenden Speichelfaden, der sich zwischen den Schneidezähnen spannt, das schmutzige Rosa des Gaumens, das raue Fleisch der Zunge, die sich nutzlos aufbäumt und krümmt wie ein augenloses, gehäutetes Tier. Irgendwo durchs Grau, im Rauschen blitzt in Victor ein Gedanke auf, lass los, du bringst ihn noch um, aber etwas in ihm kann nicht, will nicht, wieder fassen Georgs Finger nach seinem Handgelenk, ein stechender, salziger Geruch steigt plötzlich auf, Victor hört ein leises Tröpfeln aufs Linoleum, spürt eine Wärme am Bein, das er gegen Georgs gepresst hält –

Ruckartig lässt er ab, als er begreift, was es ist, Georg sinkt keuchend auf die Knie, dann wird er von einem heftigen Husten geschüttelt, der in gequältes Würgen übergeht. Victor weicht zurück, jede Bewegung schwerfällig, wie unter Wasser, bis er mit dem Rücken gegen die Küchenzeile stößt. Seine Ohren sind immer noch taub, ein hoher Ton schleicht sich ins Rauschen, im Mund ein Geschmack, abgestanden, kalt, metallisch wie Eisen.

Als Georg wieder zu Atem kommt, erhebt er sich mit zittrigen Knien, lässt sich auf einen Stuhl am Küchentisch sinken, dann streicht er sich über den Hals, wischt sich mit dem Ärmel über den blutigen Mund. Seine Stimme ist brüchig und heiser, kaum mehr als ein Flüstern. «Habe mich schon gefragt, wann ich deine andere Seite kennenlerne.»

Quer über seine Kehle zeichnet sich ein hässlicher Bluterguss ab, im Schritt prangt ein dunkler Fleck, zieht sich das linke Hosenbein hinab. Georg betrachtet ihn ausdruckslos, dann liest er einen Fetzen alter Zeitung vom Boden auf, spuckt hinein, begutachtet seinen blutigen Speichel wie ein seltsames Artefakt. Als er wieder den Blick hebt, beginnt er auf einmal zu grinsen, grinst Victor tatsächlich mit blutverschmierten Zähnen an wie ein Irrer. Georg könnte ihn anzeigen dafür. Wenn er wollte, könnte er ihn anzeigen, Bewährung, auf Bewährung, verdammt –

«Was schaust du plötzlich so erschrocken? Willst du mich nicht mehr umbringen? Du warst nämlich sehr überzeugend», flüstert Georg, spuckt wieder geräuschvoll in die Zeitung. Victor kann sehen, wie Georg am ganzen Körper zittert, dann packt ihn ein so erbärmlicher neuer Hustenanfall, dass Victor betreten den Blick abwendet. Als er schließlich einen Schritt auf Georg zumacht, zuckt der unvermittelt zurück, als erwarte er eine erneute Attacke, Victor hält inne, hebt beschwichtigend die Hände. «Hör zu, tut mir –», fängt er an, aber Georg rückt weiter von ihm ab.

«Für dein kleines, anständiges Familienidyll wolltest du eine Abkürzung. Wenn du sie immer noch willst, hilf mir.»

«Wie lange willst du das noch machen?»

«So lange, bis ich fertig bin.»

7
Bis zum Hals

Warum musste der Alte den Helden spielen, ha? Victor hätte ihn nicht angerührt, ihm keines seiner beschissenen grauen Haare gekrümmt, wäre einfach abgehauen. Das bisschen Geld und Schmuck, die Leute hängen an ihrem Zeug mehr als an ihrem Leben, Victor wäre einfach raus aus der Nummer gewesen, würde nicht hier in dieser neuen Scheiße sitzen, bis zum Hals in total abgedrehter Scheiße, gottverdammt. Er würde vielleicht immer noch ein paar Touren mit Fred fahren, aber das mit dem Restaurant hätte er auf jeden Fall gemacht, kein Knast, alles gut mit Sina und Kim, hätte der Alte nicht den Helden gespielt, sondern sich wie ein vernünftiger Mensch im Bad eingesperrt, aber nein, der wollte es ja wissen, mit seinen Klauenhänden, die sich festkrallten, nicht nur an Victor, sondern am eigenen Stolz. Zu dumm, um Angst zu haben, der kann froh sein, dass er an Victor und keinen anderen geraten war, der hätte ihn wahrscheinlich totgeschlagen, kräftig nachgetreten, das Hirn aus dem Schädel getreten, letzte Nacht hat Victor geträumt, dass er dieser andere war, hat getreten, bis Zähne, Kiefer, Schädel brachen, der Alte bloß noch ein toter Sack Knochen war.

Warum Leute nicht wollen, dass du deinen Nachbarn zu Brei haust, ausraubst, um sein letztes Hemd bringst oder ihm das Haus anzündest, hat nichts mit Nächstenliebe zu tun, sondern mit der Angst um die eigene Haut. Wenn es deinem Nachbarn passiert, kann es dir passieren. Der Schläger, Räuber, Betrüger, Brandstifter heißt dann ein schlechter Mensch, aber das Einzige, was er ist, ist eine Gefahr für die anderen. Victor gegen den Alten, ein unfairer Kampf – was Georg und all die anderen gutgläubigen Idioten nicht begreifen: Echte Fairness ist bloß die Notlösung zwischen zwei Gleichstarken, hier hast du die Hälfte vom Kuchen, vom Mammut, vom Dorf zum Brandschatzen, vom Schmiergeld fürs nächste Flughafenprojekt, fifty-fifty, weil wir uns sonst gegenseitig kaputt machen würden, und davon hätte keiner was, aber niemand will Fairness, hat er die Oberhand. Ein fairer Kampf verlängert nur das Leiden des Schwächeren, also besser kurz und schmerzhaft, besser für alle Beteiligten, als dass sich der Unterlegene in falscher Hoffnung abmüht und der Stärkere Kraft und Zeit verschwendet, um sich an Regeln zu halten. Wenn du dich nicht an Regeln hältst, wird aus dir nie was, hatte Victors Mutter mal gesagt, aber in Wahrheit kommt es bloß drauf an, sich an die richtigen Regeln zu halten und alle anderen zu brechen. Wenn er das nur mal hinkriegen würde.

Victor rückt seine Kappe zurecht, streicht sich übers Kinn, der angeklebte Echthaarbart juckt wie bescheuert, und die Hornbrille drückt ihm auf den Nasenrücken. «Du siehst aus wie ein scheiß Hipster, aber überzeugend», hatte Fred gesagt und gelacht. Victor kommt sich vor wie beim Kinderfasching, aber er muss das Risiko kleinhalten, wenn er schon den Fahrer macht, Georg mit Fred allein lassen, wollte er auf keinen Fall.

Er kann seinen eigenen Schweiß riechen, ein säuerlicher Angstgeruch, vermischt mit Freds aufdringlichem Aftershave, das aus dem Laderaum nach vorne dringt, wo Fred sich auf einem umgedrehten Getränkekasten niedergelassen hat. Fred hat für heute einen unauffälligen Kastenwagen mit getönter Heckscheibe besorgt, Georg hatte gesagt, die Kosten seien egal, Fred solle verlangen, was er verlange, nichts werde gestohlen, niemand verletzt, aber er soll keine Fragen stellen. Fred hat für das *Keine Fragen stellen* eine exorbitante Summe genannt, aber Georg hatte nicht mal mit der Wimper gezuckt.

Victor steckt sich eine Zigarette an, füllt die Wagenkabine mit noch mehr Gestank, aber der neue Gestank überlagert halbwegs den Rest. Neben ihm auf dem Beifahrersitz kramt Georg in seinem Rucksack, wieder und wieder ein nervöses Knistern von Plastik, bis Victor ihn anfährt, dass er damit aufhören soll. Georg blickt ihn stumm an, aber lässt von seinem Rucksack ab. Er trägt ebenfalls Kappe, Brille, dazu einen dunklen Rollkragenpullover unter der Regenjacke, aber ein kleiner Streifen des Blutergusses ist trotzdem zu sehen.

«Zieh den Kragen weiter hoch.»

Georg tut, was Victor sagt, dann biegt Victor langsam auf den Parkplatz des Supermarkts ein, stellt sich abseits mit der Wagenfront gegen ein benachbartes Gebäude. Ihm ist übel. Kurz nach sechs, zumindest ist das Wetter auf ihrer Seite, Regen, der die Leute zur Eile antreibt. Durch den Rückspiegel sieht Victor Leute ihre vollen Einkaufswagen zum Auto schieben, eine Mutter schimpft mit ihrem heulenden Kind, zieht es hinter sich her, während sie mit der anderen Hand mühsam den Wagen vor sich herbugsiert, eine Gruppe Jugendlicher schleppt packweise Bier aus dem Discounter.

«Also wirklich egal, welcher Wagen?» Fred stützt die Ellbogen auf die Vordersitze, blickt zu Georg, der mittlerweile mehrere Plastiktüten in seinem Fußraum verstaut hat. Georg nickt, zieht sich die Kappe tiefer in die Stirn.

Als ein grauer Kombi auf den Parkplatz einbiegt, in der

gegenüberliegenden Parkreihe hält, stellt Fred den Störsender an. Ein untersetzter Mann in Sportsakko steigt aus, aktiviert beiläufig mit dem Funkschlüssel die Verriegelung, dann schlendert er zum Supermarkt, ohne sich noch mal umzudrehen.

«Okay», sagt Fred nur, Georg packt eine der Tüten, steigt aus dem Wagen, Victor lässt den Motor an, fährt vom Parkplatz. Im Rückspiegel kann er Georg auf das Auto zugehen sehen, dann biegt Victor ab, zwingt sich, die vorgeschriebene Geschwindigkeit einzuhalten, steuert zum ausgemachten Treffpunkt drei Straßenzüge weiter. Zehn Minuten, länger wartet Victor nicht. Wenn Georg in zehn Minuten nicht hier ist, bricht Victor ab. Er parkt, Fred beugt sich wieder zu ihm vor, steckt sich zwei Kippen an, hält Victor eine davon hin. Victor nimmt sie schweigend.

«Also, was läuft hier wirklich? Die Bezahlung ist zu gut für den Spaß hier. Hat was Ungutes an sich, der reiche Scheißer. Jetzt kannst du's mir doch sagen. Ist das Rache? Oder ist das Erbe bald alle, und er will die Supermärkte erpressen? Dann will ich aber 'nen Anteil.»

«Er nennt das *Kunstprojekt*, hab ich dir schon gesagt.»

Fred lacht trocken. «Ja, jetzt hör schon auf, Karren fremder Leute aufmachen, nur so zum Spaß, Kunstprojekt am Arsch. Ist das 'ne ausgefallene Perversonummer? Turnt ihn das an? Ihn turnt das an, oder?»

Victor starrt durch die Frontscheibe hinaus auf die verregnete Straße, den Strom vorbeieilender Leute unter Regenschirmen. «Keine Ahnung, ist doch egal, du solltest nicht hier sein, *ich* sollte nicht hier sein, verdammt, ich kann nicht glauben, dass ich mich wieder in so eine Scheiße reingeritten habe –»

«Hey, was soll das heißen? Wieso machst du das dann? Erpresst der dich, oder was?»

«Nein. Vergiss es. Wir müssen aufhören zu reden.»

«Sag schon, ein Wort, und ich mach den alle, wenn der –»

«Schluss jetzt, Mann.»

«Was hat er gegen dich in der –»

«Fred, ich regle das! Allein!» Victor schlägt so fest mit der Faust aufs Lenkrad, dass es wehtut, dreht sich ruckartig um, Fred weicht zurück, hebt die Hände. «Ist ja gut, chill dich, Kleiner. Aber wehe, du ziehst mich mit rein, wenn du das nicht unter Kontrolle hast.»

«Ich habe das unter Kontrolle!»

«Ja, klingt echt überzeugend. Was ist eigentlich mit seinem Hals passiert?»

Victor drückt seine Zigarette im Aschenbecher aus. «Ich hatte eine Meinungsverschiedenheit mit ihm. Jetzt hör auf zu fragen.»

Kurz treffen sich ihre Blicke im Spiegel, Fred blickt ihn durchdringend an, aber hält endlich den Mund.

Victor sieht wieder auf die Uhr. Noch eine Minute, mehr gibt er Georg nicht, dann fährt er ohne ihn. Warum dauert das so lange? Er hätte sich niemals darauf –

Er zuckt zusammen, als plötzlich die Wagentür aufgerissen wird, Georg sich auf den Beifahrersitz fallen lässt.

«Weiter», sagt er nur, während er aus seinem Rucksack eine andere Jacke zieht, die Kappe wechselt.

8
Parasiten

Eine zerlumpte Gestalt betritt die Tankstelle, Eddie tastet nach der Holzlatte unter der Kasse, die er zur Sicherheit dort deponiert hat, aber entspannt sich wieder, als er erkennt, dass es nur Lady Gaga ist. So nennt er sie, Lady Gaga, oder einfach Gaga, weil er nicht weiß, wie sie wirklich heißt, sie ist manchmal anstrengend, redet von Dämonen, behauptet, sie wäre Chemikerin, rechnet dir irgendeinen Irrsinn vor, aber sie ist nicht gefährlich, zumindest war sie es bisher nicht. Meist kauft sie Schnaps und Salzbrezeln, Eddie hat sie noch nie etwas anderes essen sehen, dann steht sie draußen vor der Tankstelle, stopft sich die Brezeln in ihr schiefes Gesicht. Ihr Mund sieht aus, als hätte ihr irgendjemand mal den Kiefer gebrochen, und der wäre nie mehr richtig verheilt. Gaga ist in Ordnung, aber du weißt nie, wann jemand ausflippt. Eddie wartet nur drauf, dass wieder einer kommt, um die Tankstelle auszurauben, Messer, Knarre, Geld her, ist schon zwei Mal passiert, einmal ein Junkie, so daneben, dass er die Tüte mit dem Geld hat fallen lassen, gleich an der nächsten Straßenecke gefasst worden ist, einmal ein paar Gangsterkids mit Schreckschusspistolen, die sie ein paar Wochen später geschnappt haben. Wenn einer kommt, rückt Eddie das Geld raus, ist ja nicht seins, die Holzlatte ist nur für den Notfall, Leib und Leben, bloß nicht den Helden spielen für die Tankstelle, Eddie selber hat nicht mal ein Auto, kommt mit dem Bus, und selbst da wollte ihm letztens einer die Geldbörse klauen. Diese verdammte Stadt, ein Dschungel aus Dreck,

Heroin, Pillen, Stein, aber wem kann man's verübeln, sich die Welt aus der Birne zu ballern, manchmal hilft Eddie auch mit Valium nach, nur ab und zu, wenn er gar nicht schlafen kann. Manchmal kommen die Zeugen Jehovas auf ihrer Route für einen Kaffee an die Tankstelle, Erlösung, nur eine andere Sorte Heroin, Pillen, Stein, um sich wegzubeamen, aber zumindest wollen Drogen nichts, außer mehr von sich selbst, Götter wollen dies, wollen das, Gott will, dass du dich in den Staub wirfst, Gott will, dass du alle für ihn in den Staub wirfst, Gott will, dass du alle tötest, die sich nicht in den Staub werfen, Gott will, dass du mich anfasst, Gott will, dass du ganz still hältst, Eduard, Gott ist Liebe, Eduard. Gott ist ein Scheißdreck, wo ist die verfickte echte Liebe in der Welt, Eddie sieht nicht viel davon, nur gib, gib, gib, dann kriegste, Erlösung, Belohnung, bei der Tankstelle ja genauso, Eddie, riskier deine Haut, kriegste Nachtzuschlag, alles läuft so, mach dies, kriegste das, also, wenn du Glück hast, kriegste was, wenn nicht einer kommt, um es dir wieder wegzunehmen. Wie die Ausländer, sagt Petra von gegenüber, die immer Tabak bei Eddie holt, die Ausländer, Schmarotzer, die Geld vom Staat kassieren, Petra ist selber auf Hartz, aber nur, sagt sie, weil sie wegen der Ausländer keinen vernünftigen Job mehr kriegt, ausländische Billiglöhner, Schwarzarbeiter, die machen das Land kaputt, aber Petra jobbt auch schwarz, bei *Willy's* die Straße runter, hinter der Theke, doch das sei was anderes, sagt Petra, sei schließlich bloß ab und zu. Und was ist mit Hassan, hat Eddie gefragt, Hassan habe die Tankstelle, arbeite sich den Arsch ab, kassiere nichts vom Staat – Mann, Eddie, verstehst du nicht, du könntest die Tanke haben, gäbe es nicht so viele Hassans, kapiert? Aber Eddie hätte gar nicht genug Geld, eine Tankstelle zu pachten – verdammt, was meine er denn, wo Hassan das Geld herhabe, das sei doch nicht ganz sauber, hat Petra gesagt, na ja, aber dann müsste Eddie ja auch kriminell werden für genug Kohle für eine Tanke, falls Hassan kriminell sei, hat Eddie gesagt, dann gäb's ja wieder keinen Unterschied, ob jetzt er oder Hassan die Tanke habe, dann wäre das ja gar keine normale Arbeit, und da hat Petra ärgerlich abgewinkt, wiederholt, das scheiß Land sei kaputt. Aber Eddie glaubt, die Leute seien einfach kaputt, Eddie fühlt sich jedenfalls kaputt, kann nie schlafen, deshalb macht er oft Nachtschicht, manchmal kommt Ansgar, der ist Versicherungsmakler, trinkt auch einen Kaffee, während die Waschanlage sein Auto auf Hochglanz bringt, Ansgar sagt jedes Mal, Eddie, du brauchst mehr Schutz, machste dies, kriegste Sicherheit, Altersvorsorge, Rechtsschutz, Zahnzusatzversicherung, mehr Sicherheit, Eddie, dann kann man viel besser schlafen, aber gegen manches gibt es keine Versicherung, Angst ist wie ein gieriges Tier, wirft sich mit Zähnen und Klauen auf dich drauf, reitet dich, als wärst du ein durchgedrehtes Pferd mit Augen, bei denen man nur noch das Weiße sieht. Wie soll man da schlafen.

Gaga kauft wieder Salzbrezeln und Obstbrand, bezahlt mit einem Haufen Kleingeld, das sie aus der Tasche ihres speckigen Anoraks kramt, dann beugt sie sich vor, blickt sich misstrauisch um. «Wir müssen aufpassen.»

«Ja», sagt Eddie, er sagt meistens nur Ja, das regt Gaga nicht auf, am schlimmsten ist das Wort *Nein*, das macht sie richtig wütend, deshalb am besten Ja sagen, notfalls den Kopf schütteln. So verrückt Gaga auch ist, sie hat recht, man muss die Augen offen halten. Er blickt ihr nach, als sie den Tankstellenshop verlässt, heute ist es ruhig, nur ein Mann an der Saugstation reinigt sein Auto, sieht nach einer ruhigen Nacht aus, aber Eddie bleibt wachsam.

«Hätten Sie etwas Kleingeld?»

Gerd zuckt zusammen, stößt sich schmerzhaft den Kopf am Türrahmen, als er die Fußmatte unter dem Fahrersitz absaugen will. Neben ihm steht eine Frau mit wirrem Haar in schmuddeligem Anorak, obwohl es ein milder Abend ist, ihre Nickelbrille spiegelt so stark im Licht der Tankstellenstrahler, dass Gerd nur zwei weiße Scheiben aufblitzen sieht, dann tritt er zurück, erkennt blasse Augen, die ihn durchdringend ansehen.

«Nein», schnauzt er gegen das Dröhnen des Staubsaugers an. «Gehen Sie arbeiten», schickt er hinterher, und eine Hitze steigt ihm ins Gesicht, normalerweise sagt er so etwas nicht, aber er hat plötzlich eine Wut im Bauch, sein Schädel pocht heftig an der Stelle, an der er sich gestoßen hat, die dumme Kuh, schleicht sich an ihn ran wie ein Geist. Die Frau murmelt etwas, das verdächtig nach *Arschloch* klingt, dann geht sie davon, setzt sich ein paar Meter weiter auf eine Mauerkante. Dort zieht sie eine Packung Knabberzeug aus der Jacke und beginnt zu essen, während sie aufmerksam zu Gerd herüberschaut, als wäre er eine Art Zirkusattraktion. Parasiten, das Wort schießt ihm durch den Kopf, er kann es nicht verhindern, PARASITEN, grell wie eine Neonreklame, und ein plötzlicher Hass packt ihn, der ihm unangenehm ist, trotzdem putscht es ihn seltsam auf. Seine Hand umklammert das Saugrohr fester, tatsächlich hätte er Lust, der Pennerin damit eins überzuziehen, aber er schiebt den Gedanken rasch beiseite.

Er ist kein herzloser Mensch, verdammt, er spendet an SOS-Kinderdorf, trennt Glas, Biomüll, Papier, Kunststoff, kauft Recycling-Klopapier, weil Rita das will, auch wenn es kratzt, nur manchmal kauft er eine zweite Packung, vierlagig, extraweich – «Für Gäste, Rita!» –, benutzt es aber selbst. Und als Rita über die Tierrettung mit dem Straßenhund aus Spanien ankam, hat er auch zugestimmt, obwohl es ihn vor dem Fellstumpen geekelt hat, der statt des rechten Hinterlaufs nutzlos in der Luft hing, einfach kein schöner Anblick. Aber mittlerweile mag er den Hund, auch wenn er sich immer noch schämt, mit Chico Gassi zu gehen, der dreibeinig neben ihm herhumpelt. Alle Passanten glotzen, als wäre Chico ein Außerirdischer, und Gerd schämt sich und schämt sich gleichzeitig, dass er sich schämt, das arme Tier kann schließlich nichts dafür.

Okay, er hätte den Spruch bei der Pennerin nicht bringen müssen, aber irgendwann hört es sich auf, er zahlt seine Steuern, war nicht einen Tag im Leben arbeitslos, hat alles durchgezogen, Abitur, Studium, Doktorarbeit, da hat er sich hauptsächlich von Nudeln mit Ketchup ernährt, mit drei Leuten eine Wohnung geteilt, ständig war der Wasserboiler kaputt, und klar haben ihm seine Eltern unter die Arme gegriffen, aber er hat sich eingeschränkt. Mittlerweile ist er Programmleiter für Reise und Outdoor, das liegt ihm, er ist sehr naturverbunden, *Die schönsten Wanderwege im Harz*, *Reise entlang der Weinstraße*, *Panoramawanderungen durchs Rhein-Main-Gebiet*, die Stelle ist hart erarbeitet, da hat ihm keiner was geschenkt, doch der Ehrliche ist immer der Dumme, heutzutage kann sich jeder ausruhen auf seinen Unpässlichkeiten. «Manche können nicht so, wie sie wollen», hat Rita gesagt. «Besser, als auf der Straße überfallen zu werden.»

«Ich kann auch nicht, wie ich will, und muss trotzdem.»

Man darf das ja nicht so laut sagen, aber er glaubt, Nietzsche habe doch irgendwie recht gehabt, Moral ist eine Waffe der Schwachen gegen die Starken. Bei den alten Griechen galt das Starke und Schöne als das Gute, dann wurde im Christentum das Kranke, Schwache, Hässliche zum Guten erklärt, und die Starken, die sich gegen die Schwachen behaupteten, galten nicht mehr als Sieger, sondern als *böse*. Sklavenmoral statt Herrenmoral, *gut und böse* statt *gut und schlecht*. Zu Rita hat er das einmal gesagt, aber sie hat ihn bloß vorwurfsvoll angesehen, genau wie beim Klopapier – «Ja, Herrenmoral von einem, der vergeblich versucht hat, eine reiche Ehefrau abzukriegen, weil ihm selber das Geld ausgegangen ist. Ein Frühpensionist mit Migräne und Magenstörungen, wegen Kurzsichtigkeit praktisch blind und wegen mehrfacher Schlaganfälle gelähmt und bettlägerig, der sich schließlich für die Wiedergeburt von Napoleon, Caesar, Shakespeare, Buddha, Dionysos und des gekreuzigten Messias gehalten hat.»

«Nur, weil einer später den Verstand verliert, heißt das nicht, dass alles, was er vorher gesagt hat, falsch ist.»

Gerd beugt sich mit dem Staubsaugerrohr wieder tief in die Fahrerkabine, fährt sorgfältig über die Sitzpolster, dann geht er zum Kofferraum. Die Obdachlose ist wieder näher gekommen, ein bisschen unheimlich, aber er will nichts mehr zu ihr sagen, die ist nicht ganz richtig im Kopf, am besten, man ignoriert solche Leute. Gerd öffnet demonstrativ den Kofferraum, die Klappe schiebt sich wie ein Sichtschutz zwischen ihn und die Frau, dann beginnt er, mit festen Zügen über die Teppicheinlage zu fahren. Das Auto zu reinigen, beruhigt ihn, später wird er es noch waschen, von

Hand, wachsen, polieren, das hat etwas Meditatives, alles abzuwaschen nach einem anstrengenden Tag, Vogelkot, Blütenstaub, tote Mücken, Gerd lächelt bei dem Gedanken, doch als er sich tiefer in den Kofferraum beugt, strömt ihm ein unangenehmer Geruch entgegen, süßlich und irgendwie verdorben. Rita muss etwas im Auto vergessen haben, vielleicht etwas von den Einkäufen. Gerd holt die Taschenlampe aus dem Handschuhfach, untersucht den Kofferraum, öffnet die Seitenfächer, aber kann nichts entdecken. Schließlich macht er die Klappe zum Reserverad auf, und der Geruch wird so stark, dass Gerd unwillkürlich zurücktritt. Eine Einkaufstüte ist in die Mulde des Reserverads gepresst, die Henkel fest verknotet. Rita. Das muss Rita dort deponiert haben, aber wieso? Außerdem benutzt sie nie Plastiktüten aus dem Supermarkt, höchstens die aus Papier, wenn sie die Jutebeutel vergessen hat. Langsam greift Gerd nach der Tüte, sie fühlt sich schwer an, dabei ist sie kaum halb voll, aber beult sich am Boden prall aus, bewegt sich, als sei sie mit Wasser gefüllt. Vorsichtig berührt Gerd den Tütenboden, zieht angewidert die Hand zurück, als er Feuchtigkeit spürt, dann dringt auf einmal ein dünnes Rinnsal heraus, erschrocken lässt er die Tüte fallen, beim Aufprall reißt das Plastik, und ein Schwall dunkler Schmiere ergießt sich über den Asphalt, spritzt Gerd über die Schuhe. Eine Sekunde steht er wie versteinert da, eine heftige Woge Gestank steigt auf, sodass er fast würgen muss, als er erkennt, was es ist – der Gestank von Verwestem –, Rita, mein Gott, was weiß er nicht über sie –

Plötzlich steht die Obdachlose neben ihm, starrt mit offenem Mund auf die riesige, dunkle Lache, dann fängt sie an zu schreien, packt Gerd an der Jacke: «Verbrecher! Mörder!

Terrorist! Terrorist!» Erschrocken stößt er sie von sich, sie stolpert rückwärts gegen den geöffneten Kofferraum und stürzt, liegt weiter schreiend am Boden, rutscht von ihm weg. Auch Gerd weicht zurück, betrachtet seine blutverschmierten Hände, er muss träumen, das muss ein Albtraum sein –

Mel läuft mit Ruben zur Kühlschrankwand neben der Kasse, um noch Bier zu holen, gleich geht's auf ein Konzert, sie hat die neue Nietenjacke mit den großen Spikes angezogen, der Tankstellenwart schaut schon ganz nervös. Die Leute sollten sich echt mal entspannen. Ihre Eltern rasten auch total aus, seit sie so rumläuft, du machst dir deine Zukunft kaputt, deine ganze Zukunft, als gäbe es genau eine Zukunft, und die ist der Meinung ihrer Eltern nach Abi, Studium, Karriere, Familie und ein Aussehen wie alle anderen. Meine Güte, Melanie, du hast doch so schönes, naturblondes Haar, warum ausgerechnet Blau! Mensch, Melanie, du warst mal so ein glückliches Kind! Bei der Tätowierung hat sie gedacht, ihre Eltern kriegten einen Hirnschlag, so sehr haben die gebrüllt, die Katze war unters Sofa geflüchtet, drei Stunden nicht mehr rausgekommen. Warum sich immer alle einmischen müssen, jeder kackt den anderen an, für das, was er ist, das hört nie auf, glaubt Mel, die Leute werden nur alt, machen einander runter bis ins Grab, weil sie sich selbst wie Dreck fühlen.

Zusammen mit Ruben geht sie zur Kasse, blickt auf die riesige Auslage Schokoriegel, sie hätte gern ein Bounty, aber das geht nicht, wenn Ruben dabei ist, dann dreht er durch wegen der Großkonzerne, werf diesen Wichsern nicht dein Geld in den Rachen, und er hat ja recht. Aber sie hätte trotzdem gern ein Bounty. Ruben besorgt immer die süßen Bällchen von den orangen Mönchen, Hare Krishna, weg von allem materiellen Ballast, die ziehen das durch. Trotzdem, Mel will nicht auf Bällchen rumkauen, von Typen gerollt, die sich vorher vielleicht nicht die Hände gewaschen haben, sie muss an Tiere denken, die Halbverdautes für ihre Jungen hochwürgen, so schmecken diese Bällchen, als ob sie vorgekaut worden wären. Aber Ruben hat recht, man sollte sich dem Industriemüll verweigern, doch manchmal, oh Mann, da träumt sie von einem Bounty oder Kellogg's Smacks, die hat sie als Kind geliebt, oder einem Cheeseburger, ja, McDonald's, auch der Satan, und die armen Tiere, Mel isst ja kein Fleisch mehr, aber das weiche, warme Brötchen, der grellgelbe Schmelzkäse und die Gurke, die verdammte Gurke ist das Beste, tatsächlich schmeckt das Fleischpatty nach nichts, hat nur diese krümelige, knotige Struktur. Letztens ist Mel doch zu McDonald's gegangen, schon ziemlich betrunken, hat einen Cheeseburger ohne Fleisch bestellt, der Verkäufer hat blöd geschaut, aber das war so gut, das warme, saftige, weiche Brötchen, der Käse, Ketchup, Senf, die Gurke.

Ruben will aussteigen, Selbstversorgung, er übt schon, voll am Arsch der Welt, eine große Parzelle, von seinem Onkel geerbt, der hat sich vor zwei Jahren umgebracht, aber Ruben den Garten vermacht, weil der ihn als Einziger von der ganzen Familie immer besucht hat. Der Garten ist verwildert, aber Ruben hat schon die alte Hütte ausgebaut, ein Beet mit Kartoffeln angelegt, die wachsen wie wahnsinnig. Frei von allem, soweit es geht, aber alles selber machen, waschen mit kaltem Regenwasser, keine richtige Heizung, Strom aus einem Generator, der oft nicht anspringen will, echt nicht so einfach. Wenn sich nicht alle gegenseitig fertigmachen würden, müsste man gar nicht über so was nachdenken. Ruben will weg von allen, dieser verrotteten Gesellschaft, sagt er, aber Mel will nicht weg von allen, auch wenn ein paar davon zum Kotzen sind, aber nicht alle, eben nicht alle. Manchmal bringt sie das fast zum Heulen.

Sie blickt wieder auf die Schokoriegel, dann zu Ruben, der gerade das Bier beim Tankwart bezahlt, vorsichtig greift sie nach dem Bounty, als plötzlich draußen ein Schrei ertönt, Ruben und der Tankwart zucken zusammen, ihre Köpfe fahren herum, und Mel wirft den Riegel von sich, als sei er glühend heiß –

Eddie sieht zur Fensterfront hinaus, lässt fast das Bier fallen, das er gerade abkassiert, an der Saugstation erkennt er den Mann von vorhin, dann Gaga, die auf dem Boden liegt, neben ihr eine riesige Blutlache, auch die Hände des Mannes sind voller Blut, Gaga schreit wie am Spieß, kriecht auf allen vieren von dem Kerl weg, großer Gott, der Mann hat Gaga attackiert –

Plötzlich macht der Mann kehrt, läuft in Richtung Tankstellenshop, sein bleiches, teigiges Gesicht blitzt unter der grellen Außenbeleuchtung auf, eine schrecklich verzerrte Fratze, die mit aufgerissenen Augen direkt in Eddies Richtung stiert, der Kerl hebt die blutverschmierten Hände, winkt wie verrückt, dann rennt er zur Glastür des Tankstellenshops, heilige Scheiße, der Typ ist total durchgedreht, der läuft Amok, der – die Glastür öffnet sich mit sanftem Zischen, Eddie greift nach der Holzlatte, als der Mann in die Tankstelle stürmt, dieses dreckige Schwein hat versucht, Gaga umzubringen, der wollte –

Eddie geht in Deckung, als der Mann auf ihn zustürmt, «Rufen Sie die Polizei!», schreit der Kerl mit bebender Stimme, aber Eddie hört es kaum, so laut schlägt sein Herz, er späht über die Theke, dann springt er auf, stößt einen wilden Kampfschrei aus, schleudert mit aller Kraft die Latte –

9 Halbherz

Der Himmel ist wolkenlos, die Brocken gefrorenen Bluts im Brunnenbecken auf der Freßgass sind mittlerweile in der Sonne geschmolzen, färben das Wasser schmutzig rot. Die Polizei hat den Brunnen bereits abgesperrt, einer der Beamten spricht in sein Funkgerät, während ein zweiter Schaulustige von der Absperrung fernhält. Georg sollte nicht hier sein, aber. Kurz. Die ganze Nacht ist er auf den Beinen gewesen, hat sich nur rasch umgezogen, vom Müllmann zum Anzugträger mit Hemd, Krawatte, Sonnenbrille, die Haare streng nach hinten gekämmt. Angestellte stehen vor den umliegenden Restaurants und Geschäften, Neugier und Ekel auf den Gesichtern, Passanten machen Fotos, betrachten die Flugblätter, die Georg in der ganzen Straße verteilt hat. Er hatte gehofft, vielleicht Evelyn hier zu sehen, aber er kann sie nicht entdecken. Sie hat sich nicht gemeldet, keine Nachricht, kein Anruf, keine Fragen, wohl auch besser so, aber sie hat einen Artikel geschrieben, knapp und sachlich.

Schließlich tritt Georg mitten in eine Gruppe Schaulustiger, die vor dem Brunnen steht, ein Hauch des vertrauten Geruchs stromt ihm entgegen, salzig, kalt, wie Kupfermünzen.

«Ein Restaurant? Du? Was sind das für Geschäftspartner? Sind das überhaupt vertrauenswürdige Leute?»

Sein Bruder hatte sich skeptisch zurückgelehnt, Georg setzte sich auf den Stuhl vor Joachims Schreibtisch, elegant und unbequem, hier saßen sonst nur Bewerber oder Angestellte, die das Unglück hatten, zu ihm ins Büro zitiert zu werden. Georg hatte ihn schließlich überzeugen können, ein Lokal, kreativ, eine neue Aufgabe, endlich etwas zustande bringen, wie Joachim immer gesagt habe; der Vorteil, wenn man vom eigenen Bruder nicht für voll genommen wird, auch wenn Jo geseufzt und abgewinkt hat, als würde er eine lästige Fliege verscheuchen. «Ich kann dir nicht vorschreiben, wie du dein Geld verbrennst. Und, ja, wenn es unbedingt sein muss, geh ins Kühlhaus, besorg dir, was du brauchst.»

Der Lagerist war ein junger Mann mit gerötetem Gesicht, ängstlich und dienstbeflissen in Georgs Gegenwart, verzog keine Miene, als Georg um Blut bat, der Koch wolle Blutwurst machen, sagte nur entschuldigend: «Die kleinste Menge, die wir haben, sind 10-Liter-Kanister.» Dann scannte er den Behälter, packte ihn in eine der Kühlboxen auf dem Wagen, Georg legte den Kopf in den Nacken, sah zu den Hunderten Kanistern im Regal hinauf, kramte einen zerknitterten Zettel aus der Tasche. Er habe die Medaillons vergessen, aber an denen seien sie ja schon vorbei. Der Lagerist winkte freundlich ab, er hole das, eilte davon. Als er außer Sichtweite war, öffnete Georg eine der Boxen, zog eingeschweißte Fleischstücke heraus, warf sie ins Regal hinter sich, vergrub sie unter anderem Fleisch, hievte zwei weitere Kanister in die Boxen, aber die Deckel wollten nicht mehr schließen. Einen Augenblick drückte Georg mit roher Gewalt, das Styropor gab ein protestierendes Quietschen von sich, ein Knacken, als etwas brach, nervös zerrte er mehr Fleisch heraus, schlug die Deckel zu, als der Lagerist zurück in den Gang gelaufen kam. Unsicher blieb der Mann stehen, bepackt mit Fleisch, Besorgnis auf dem geröteten

Gesicht. «Stimmt was mit der Ware nicht?» Georg nahm ihm das Fleisch ab, schüttelte den Kopf. Er habe nur nachgesehen, ob noch was fehle, aber er habe alles, was er brauche.

«Das sind doch Verrückte! Warum müssen die das ausgerechnet hier machen? Riechst du das? Das ist ja geschäftsschädigend!» Neben Georg schüttelt eine Frau in Schürze aufgebracht den Kopf, die mit einer Kollegin aus dem Feinkostladen getreten ist. Die Frau klaubt ein Flugblatt auf, ihre Kollegin tut es ihr gleich, aber zuckt die Schultern. «Manches wusste ich noch nicht.»

«Du spinnst doch, denk mal an die Leute! Zehn Einbrüche sollen das mittlerweile sein. Wie fändest du das, wenn bei dir einer einbricht?»

Die Kollegin schweigt, hebt noch einen Zettel auf.

Georg hat überlegt, ob das, was er tut, grausam ist. Als Junge saß er im Garten, nachdem Joachim ihm gezeigt hatte, wie man mit dem Brennglas Feuer machte, aber statt trockenes Laub anzuzünden, zielte er mit dem Lichtpunkt auf eine Ameisenstraße, die sich über die Terrasse zog. Konzentriert beobachtete er, wie sich eines der Insekten unter der Hitze krümmte, sein Hinterleib zusammenschnurrte, ließ den Lichtpunkt zum nächsten Tier gleiten, hektisch liefen die Ameisen auseinander, manche untersuchten die zerstörten Körper ihrer Artgenossen, packten sie mit ihrem Zangenmaul, versuchten, sie davonzutragen; Georg fragte sich, ob sie sie retten oder fressen wollten.

«Was machst du da?» Joachims schmaler Schatten fiel auf ihn, dann nahm er Georg die Lupe ab, blickte auf die verbrannten Insekten. «Lass das, so was macht man nicht.»

«Warum nicht?»

«Na … weil es grausam ist.»

«Warum?»

Joachim drehte das Brennglas zwischen den Fingern, blickte Georg an, der trotzig zu ihm hochsah, dann zuckte er etwas hilflos die Schultern. «Na, weil es keinen Zweck hat. Die Schweine schlachten wir, um sie zu essen. Das da ist sinnlos. Warum machst du das?»

«Weil ich wissen will, was passiert. Ist doch auch ein Zweck.» Georg streckte fordernd die Hand nach dem Brennglas aus. Zögerlich gab Joachim es ihm zurück.

Grausamkeit endet, wo Zweckmäßigkeit anfängt, zumindest für Joachim. Als Jo in der Ausbildung war, hatte Georg ihn gefragt, wie es für ihn sei, zu schlachten, Joachim hatte nur erwidert: «Du gewöhnst dich daran», mehr sagte er nicht, sein Ton war sachlich, aber in seinen Augen flackerte etwas auf, als fühle er sich ertappt. Gewohnheit und Gleichgültigkeit liegen nah beieinander. Brutalität liegt im Körper, ein heftiger, roher Ausbruch, eine zügellose Salve von Schlägen; Grausamkeit liegt im Geist, eine Haltung, gefühllos, unbarmherzig, eine Gleichgültigkeit gegenüber dem anderen, Grausamkeit ist ein egozentrischer, kontrollierter Zustand.

Es geht Georg nicht um banale Gebote, das hat noch nie funktioniert, er macht Unsichtbares sichtbar, weil ihn interessiert, was es auslöst zwischen Teller und Bett. Was er tut, ist eigennützig, Kunst ist ein selbstsüchtiger, gieriger Eindringling. Warum macht einer Kunst, warum konsumiert einer Kunst, weshalb dulden, wollen Leute diese nach allen Regeln ichsüchtige Spielerei? Letztlich wohl genau deshalb; um mehr von sich zu sehen, ein Lauf durchs Spiegelkabinett voll schmeichelnder, komischer, grausiger Zerrbilder von sich und der Welt.

Ist der Mensch nur ein Tier, und alles spricht dafür, gibt es keinen Grund, andere nicht zum eigenen Vorteil zu unterwerfen, außer der Furcht vor Rache und Strafe. Ohne Reue sollten wir Konkurrenten töten, außer, sie nützen uns lebend, Hilfsbereitschaft, nur ein Mittel für künftige Bündnisse, Gegner aus Mitleid verschonen, eine Beißhemmung zum Erhalt der Spezies. Doch zu viel Mitgefühl für die Konkurrenz, zu viel Geben ohne Gegenleistung, das sind degenerierte Fehlschüsse der Natur, warum nicht längst ausgerottet? Nichts widerspricht der Selbsterhaltung mehr als Selbstlosigkeit, also warum so halbherzig? Vielleicht bloß, weil Selbsterhaltung ein genügsames Ziel ist, aber der Mensch kein genügsames Tier. Getrieben von Langeweile, Neugier, einem Willen zu Mehr, für sich, seine Gruppe, ein talentiertes Tier, hungrig, zu erforschen. Mehr Welt zu kennen, erhöht die Überlebenschancen, aber auch das Erkennen des anderen als möglichen Teil der Gruppe, selbst wenn man sich nie begegnet; was nicht heißt, dass man sich nicht umbringen würde, begegnete man sich, aber die Chancen stünden vielleicht geringer.

Als einer der Polizisten direkt in Georgs Richtung sieht, verschanzt er sich tiefer hinter den Schaulustigen, er sollte sein Glück nicht ausreizen, er war schon zu lange hier. Doch als er sich gerade zum Gehen wendet, entdeckt er Evelyn, die durch die Fußgängerzone auf den Brunnen zu kommt, sie wirft einen verstohlenen Blick auf die Polizeistreife, klaubt rasch eine Handvoll Zettel auf. Ein Fotograf ist bei ihr, macht ein paar Aufnahmen, während sie zu einem der Beamten geht. Als der bloß abwinkt, läuft sie ein paar Schritte um das Brunnenbecken, dann hebt sie plötzlich den Blick, sieht in Georgs Richtung, kurz bleibt ihre

Miene ausdruckslos, dann weiten sich ihre Augen erschrocken, Georg nickt ihr vorsichtig zu, sie starrt ihn an, doch schenkt ihm schließlich ihr Halblächeln mit den Mundwinkeln nach unten, bevor sie zurück Richtung U-Bahn geht.

«Du bist in meinem Obst und Gemüse, pflanzt und erntest in Spanien für drei Euro die Stunde, lebst in den Slums unweit der Plantagen, Hütten aus Wellblech, Pappe, der Geruch von verbranntem Müll und Fäkalien in der Luft. Die Wasserbassins der Gewächshäuser sind eure einzige Wasserquelle, alte Pestizidkanister treiben darin, und jeden Tag vierzehn Stunden die Hitze der Treibhäuser, eine Hölle aus Plastik.»

«Du bist in meinem Chianti, Pinot Grigio, beschneidest dreizehn Stunden täglich Weinreben in Italien, eines Tages fühlst du dich schlecht, keiner bringt dich ins Krankenhaus, man setzt dich in den Schatten, und dort stirbst du.»

«Du bist in den zehn Prozent meines Einkommens, die ich für Lebensmittel ausgebe, dank einer Handvoll Handelsketten, die Produzenten zwingen zu zahlen, um überhaupt gelistet zu werden.»

«Du bist in Steak, Hackfleisch, Hähnchenbrust, wurdest in einen Reisebus nach Deutschland gesetzt, keiner sagte euch, in welche Stadt es geht. Die Frau neben dir fing an zu weinen, sie habe gehört, manche Vermittler seien schlecht, du hast sie beruhigt, aber weißt nicht, wo sie jetzt ist. Für die Bewerbung musstest du im Voraus bezahlen, später wurde dir die Vermittlungskommission vom Gehalt abgezogen. Beim Schlachten machst du wieder und wieder die gleichen Bewegungen, bis dir die Hände schmerzen, die Abfälle gehen nach Westafrika, um Entsorgungskosten zu sparen, Hühnerkarkassen, -hälse, -füße, Schweinewirbelsäulen, die verschuldeten Staaten dürfen keine Schutzzölle einführen, also essen ihre Leute Fleischabfälle, Kleinbauern gehen bankrott. Aber davon weißt du nichts, hättest auch keine Zeit, darüber nachzudenken, schläfst manchmal bloß drei Stunden, mal holen sie dich mitten in der Nacht zum Entweiden, schicken dich weg, holen dich wieder zum Entbeinen. 1200 Euro waren vereinbart, ausgezahlt kriegst du 600, bar, ohne Quittung, Arbeitskleidung, Miete, Transport zum Schlachthof werden abgezogen, nach der Schicht wirst du gefilzt, manche klauen Fleisch, aus purem Hunger.»

«Missstände sind uns bislang nicht bekannt.»

Evelyn legt die Zettel beiseite, als Uwe sich mit zwei Schälchen Fritten aus der Kantine geräuschvoll auf seinen Stuhl fallen lässt. Er reicht Evelyn ihre Portion, betrachtet die neuen Fotos auf dem Monitor. «Die sind echt geschäftig.» Evelyn nickt, gestern auf der Pressekonferenz hat die Polizei fünf Einbrüche in Autos bekannt gegeben, Blut in Kofferräumen, verpackt in Einkaufstüten verschiedener Handelsketten. Sabine Roloff stöhnt auf. «Mein Gott, wann hören die endlich auf mit ihrer Möchtegernmoral.»

Evelyn lehnt sich kauend auf ihrem Stuhl zurück. «Weißt du, wer ganz begeistert ist? Rainer aus der Anzeigenabteilung, ARGUS will in den Lokalteilen für seine Alarmanlagen und Schlösser schalten. Theißen sagte, der nächste Artikel solle größer werden, und der Praktikant sitzt schon an einem Text zu Einbruchsschutz in der Urlaubszeit.»

«Boulevard», blafft Roloff.

10
Besuch

Im Restaurant herrscht bereits reges Abendgeschäft, doch das lebendige Summen der Unterhaltungen, das Klappern von Pfannen, Zischen und Brutzeln aus der Küche, das Victor sonst so genießt, macht ihn heute nervös. Als vor der Tür ein Martinshorn aufheult, lässt er fast sein Tablett mit Gläsern fallen, Katja, die am Nebentisch eine Bestellung aufnimmt, wirft ihm einen irritierten Blick zu. Heute früh stand wieder was in den Zeitungen, und das Netz ist mittlerweile voll davon, *Blutige Heimsuchung, Attacke auf Brunnen in der Freßgass, Tumult an Tankstelle, Redaktion erreicht ein neues Schreiben, Einbrüche in Autos vor Supermärkten, Polizei sucht Zeugen* –

«Sie werden dich kriegen.»

«Was?» Victor wendet sich erschrocken Katja zu, die plötzlich neben ihm steht. Sie deutet auf den großen Tisch am Ende des Raums. «Du wolltest doch wissen, welcher für deine Freunde reserviert ist. Sie werden den kriegen, Tisch zwölf. Ist der okay?»

Victor nickt. Dank Georg hat er jetzt auch noch Fred wieder am Hals. Er will heute mit ein paar aus der Truppe zum Essen kommen. Was hätte Victor sagen sollen? Nein? Zu Fred? Nach der Nummer mit den Autos?

Als Victor das Tablett in die Küche trägt, winkt Sascha ihn zu sich, stellt einen angerichteten Teller mit Geflügel auf der Durchreiche ab. «Idee fürs neue Menü, brauche kurz deine Meinung.» Sascha strahlt übers ganze Gesicht, ist noch geschäftiger als sonst, vorgestern eine großartige

Kritik im Falstaff, und die kommenden Wochenenden sind sie nahezu ausgebucht. Unter Saschas aufmerksamem Blick probiert Victor die Perlhuhnbrust, aber seine Zunge fühlt sich so trocken und pelzig an, als wären ihm alle Geschmacksknospen abgestorben. Ungeduldig trommelt Sascha mit den Fingern auf den Stahl der Durchreiche. «Du ziehst ein Gesicht, als kaust du auf einem Stück Pappe rum.»

«Bin gerade nur nicht hungrig.»

«Seit wann ist das bei dir ein Grund? Zu viel Thymian?»

«Es ist alles in Ordnung damit, ehrlich», erwidert Victor, aber Sascha verzieht unglücklich den Mund. «*In Ordnung*? O Gott», dann räumt er den Teller ab, kippt die Essensreste in den Müll. «So war das nicht gemeint!», ruft Victor ihm nach, aber Sascha verschanzt sich hinter dem Herd.

Als Victor zurück in den Gastraum kommt, sieht er, wie Fred das Lokal betritt, gefolgt von Vera, Rico, Dragan und Schröder, in ihren Anzügen sehen die Männer aus wie eine Armada Edeltürsteher, Dragans Glatzkopf glänzt wie eine sorgfältig polierte Bowlingkugel, Vera trägt ein Kleid von Ed Hardy, bedruckt mit flammenden Totenköpfen, Lederjacke, dazu schätzungsweise die Hälfte ihres gesamten Goldschmucks, der an ihr funkelt wie eine Kampfausrüstung. Alle außer Rico umarmen Victor, begrüßen ihn lautstark, Vera drückt ihm wieder ungestüm einen Kuss auf, wischt ihm die Lippenstiftspuren mit kräftigen Daumenbewegungen von der Wange. Nachdem sie Platz genommen haben, schlägt Fred enthusiastisch die Speisekarte auf: «Na, dann lassen wir's mal krachen!» Er bestellt eine große Platte Austern auf Eis, Dom Perignon, dann schleudert die Truppe

Victor ihre Wahl für Vorspeise, Zwischen- und Hauptgang entgegen, die Männer bestellen Bier statt Wein, Vera Whisky Soda. Eine riesige Scheiße ist das. Er wollte, dass das Restaurant sauber bleibt, sein Refugium, sein neues Reich, und jetzt fällt Fred mit seiner Meute hier ein wie ein Haufen Barbaren in ein römisches Gastmahl.

Als Victor serviert, zieht Fred einen Stuhl vom Nachbartisch heran, klopft auffordernd auf die Sitzfläche, dann reißt er den Champagner aus dem Kühler, und eine kleine Lawine Eis stürzt aufs Tischtuch. «Setz dich, stoß mit uns an!» Fred gießt einen großen Schluck Champagner in sein unbenutztes Wasserglas, hält es Victor hin, auch wenn der abwinkt. «Heute ist leider zu viel los. Später vielleicht, okay?»

«Was bist denn du für ein Gastgeber? Nun komm!»

Victor nimmt zögerlich das Glas, Fred lässt das seine geräuschvoll dagegen klingen, dann schiebt er ihm die Platte mit Austern hin: «Und jetzt iss was mit uns. Wer soll dich feuern? Schließlich gehört dir der Laden! Und der Bank, aber scheiß auf die Bank!» Fred lacht, Victor stimmt gezwungen in sein Lachen ein, eine Notlüge, Fred muss schließlich nicht mehr wissen als nötig. Einen Augenblick lang befühlt Victor mit der Zunge die seidige Konsistenz des Muschelfleischs, das seinen Mund mit dem rauen Geschmack von Meerwasser füllt, betrachtet Freds fröhliches, gerötetes Gesicht, nimmt sich noch eine Auster, als Fred ihn auffordert, beträufelt ihren glänzenden Leib mit Zitronensaft.

«Hätte es nicht für möglich gehalten, aber echt nicht schlecht, was du hier auf die Beine gestellt hast.» Fred lässt seinen Blick durch den Raum schweifen, Victor kann nicht anders, als sich in der Anerkennung zu sonnen, und so groß ist die Notlüge ja nicht, unterm Strich ist es sein Lokal. Kurz bleibt er noch am Tisch, aber zwei neue Gäste sitzen schon einige Minuten ohne Karte da, und bei Gott, falls das Kritiker sind, bringt Sascha ihn um. Als Victor aufsteht, leert Rico sein Bier in gierigen Zügen, streckt ihm auffordernd das Glas hin. Alle bestellen eine Runde nach, und Fred ordert noch vor dem Hauptgang eine Flasche Wodka im Kühler, auch wenn Victor versucht, ihn davon abzubringen, verschiedene Weine empfiehlt, doch Fred lacht nur. «Lass mal den ollen Traubensaft, Kleiner.»

Eine Stunde später hallt Schröders Gelächter durch den Speiseraum wie der Schrei eines Esels, die Stimmung am Tisch ist so ausgelassen, dass Victor versucht, die Gruppe mit freundlichen Bitten unter Kontrolle zu bringen, doch sie grinsen ihn nur an wie Gören, die in der nächsten Sekunde wieder die Steinschleudern auspacken. Schließlich kommt Katja zu ihm, Tisch zehn habe sich beschwert, doch auch Victors erneute Bitte hat kaum Erfolg, kurz senkt Freds Truppe die Lautstärke ihrer Unterhaltung auf ein Flüstern, nur, um wieder in Gelächter auszubrechen, als Fred seinen Münztrick auspackt, den er jedes Mal versaut. «Du hast sie die ganze Zeit in der Linken gehabt, hab sie durch deine dicken Finger gesehen!», wiehert Schröder, Fred wirft die Münze nach ihm, worauf Schröder einen fröhlichen Schrei ausstößt. Mit hilfloser Wut sieht Victor ihnen zu, er muss sie rauswerfen, aber er will keine Szene, sie sind schon beim Dessert, er hofft, dass sie bald von selbst weiterziehen, doch als Katja ihren Tisch passiert, pfeift Rico plötzlich nach ihr, schwenkt sein Glas. Mit kaum verhohlener Empörung wendet Katja sich um, Victor hält sie ab, als sie trotzdem Freds Tisch ansteuern will, geht selbst hinüber.

«Warum darf die Hübsche nicht herkommen? Hätt mich lieber von der bedienen lassen.» Rico präsentiert Victor eine Reihe schlechter Zähne, streckt ihm sein leeres Glas entgegen, aber Victor ignoriert ihn, zwingt sich zu einem ruhigen Ton, auch wenn er vor Wut kaum sprechen kann.

«Ich muss euch bitten, jetzt zu gehen.»

Fred blickt ihn mit alkoholfeuchten Augen an, dann klopft er wieder neben sich auf den leeren Stuhl. «Was redest du denn, trink noch was mit uns!»

«Fred, ich meine es ernst. Die Rechnung geht auf mich, aber geht jetzt bitte, ihr stört die anderen Gäste.»

Kurz scheint Fred noch zu glauben, Victor scherze, dann verdunkelt sich sein Blick. «Rico, zwick mich mal, ich glaub das nicht. Der gute Victor wirft mich raus.»

«Ist jetzt halt was Besseres, schaut seine alten Freunde mit dem Arsch nicht mehr an. Einmal vorbeigekommen, um seine Schulden zu begleichen, das war's.»

«Und einmal, um mich wieder um Hilfe anzubetteln», fügt Fred hinzu, «schade, was aus dir geworden ist.» Dann erhebt er sich langsam, wirft seine Serviette auf den Teller, gibt den anderen ein Zeichen. Alle stehen wortlos auf, folgen ihm nach draußen.

Sina stößt ein leises Seufzen aus, drückt sich an Victor, als der Wecker klingelt, mit einem trägen Schlag stellt er ihn aus. Seine Schläfen pochen, er hat beschissen geschlafen, eigentlich fast gar nicht, sich die halbe Nacht von einer Seite auf die andere gewälzt, sein Körper fühlt sich an wie nach einem Marathon. Er legt die Arme um Sina, gibt ihr einen behutsamen Kuss auf die Stirn, sie hatte gestern Spätschicht im Hotel, bleibt noch liegen, während er sich unter die Dusche quält.

Nachdem er Kim ihr Frühstück gemacht hat, spült er eine Schmerztablette mit Kaffee hinunter, doch verschluckt sich beinahe, als hinter ihm ein lauter Schlag ertönt. Er fährt herum, Kim zieht erschrocken die Luft ein, sein Blick fällt auf die zerbrochene Tasse auf dem Boden, die Fliesen überflutet von einer Lache Kakao.

«Verdammt, Kim, kannst du nicht aufpassen? Schau dir die Schweinerei an!», fährt er sie an. «Tut mir leid», jammert sie, dann bricht sie in Tränen aus, und er hasst sich dafür. «Nein, mir tut es leid, ich wollte dich nicht anschreien.» Er wischt ihr die Tränen von den Wangen, aber es kommen immer wieder neue nach, Kim schlingt die Arme um seinen Hals, drückt ihr Gesicht in seine Halsbeuge.

«Hast du mich noch lieb?», flüstert sie, und die Frage versetzt ihm einen Stich. «Natürlich, ich habe dich immer lieb, egal, was passiert, verstanden?»

«Du gehst auch nicht mehr weg?»

«Nein, ich gehe nie mehr weg, versprochen.»

Er nimmt sie hoch, trägt sie in ihr Zimmer, hilft ihr beim Anziehen. «Möchtest du deinen Lieblingspulli mit dem Tiger? Stark wie ein Tiger, ha? Bist du mein kleines Tigerkind?» Kim nickt stumm, als er den Pullover hochhält, aber zumindest haben die Tränen aufgehört.

Nachdem er sie in den Kindergarten gebracht hat, geht er noch mal zurück nach Hause, nur für eine halbe Stunde, eine halbe Stunde dösen auf der Couch, er hat immer noch dröhnende Kopfschmerzen, trotz der Tablette. Doch gerade, als er sich hingelegt hat, reißt ihn das Klingeln des Telefons wieder aus dem Halbschlaf, Sascha ist dran, seine Stimme überschlägt sich beinahe: «Komm sofort ins Lokal, es wurde eingebrochen!» Victor richtet sich ruckartig auf, und ein heißer Schmerz schießt ihm durch die Stirn. «Was?»

«Der ganze Gastraum ist verwüstet!»

«Wurde was gestohlen?»

«Ich weiß nicht –»

«War jemand im Büroraum?»

Kurz herrscht Stille am anderen Ende, dann verneint Sascha. «Die Tür ist sogar noch zugesperrt –»

Victor atmet tief durch. Das war kein normaler Einbruch.

«Victor, wir müssen die Polizei rufen!»

«Nein, warte, bis ich da bin!»

«Aber –»

«Keine Polizei!»

Victor traut seinen Augen kaum, als er das Ausmaß der Zerstörung sieht, umgerissene Tische und Stühle, verstreuter Küchenmüll, der Boden übersät mit Scherben zerbrochener Teller und Gläser. Sascha steht wie gelähmt in dem Chaos, blickt Victor mit einer Mischung aus Angst und Ungläubigkeit an. «Wer war das? Und warum?»

An die Wand hat jemand in ungelenken Buchstaben BON APETIT ARSCHLOCH gesprüht, das zweite P nachträglich eingefügt, aber Victor kann darüber nicht lachen. Auf dem großen, runden Tisch türmt sich Küchenmüll, Fleischreste, Knochen, Gemüseschalen, gespickt mit Dutzenden Messern, Löffeln, Gabeln, hier hat jemand ziemlichen Spaß gehabt. Obenauf sitzt windschief ein Teller, bedeckt mit einer Wärmeglocke, Victor tritt näher, zögert, weil er schon weiß, Herrgott, er weiß einfach, was darunter ist, trotzdem hebt er die Glocke an. Der bekannte schwefelige Geruch schlägt ihm entgegen, Victor kann nicht sagen, ob der braune Haufen bloß Hundekot ist, aber er will es auch nicht wissen, stülpt die Glocke wieder darüber.

«Es reicht!», entfährt es Sascha, halb hysterisch vor Wut, «ich rufe jetzt die Polizei!», doch als er sein Telefon aus der Hosentasche zieht, packt Victor ihn am Handgelenk. «Hör auf, ich weiß, wer das war, ein paar meiner Leute von früher. Sie waren gestern hier, ich habe sie rausgeschmissen, deshalb haben sie sich gerächt.»

«Was heißt, Leute von früher? Du meinst –», Saschas Augen weiten sich erschrocken. «Wenn du weißt, wer das war, müssen wir erst recht die Polizei rufen!»

«Nein! Jetzt sind sie quitt mit mir, kapiert? Ich gebe ihnen keinen neuen Grund, nicht mit mir quitt zu sein!»

«Und was ist mit Wolfgang? Wir haben das überhaupt nicht zu entscheiden! Wir müssen ihn anrufen!»

Eine Sekunde lang weiß Victor nicht, von wem Sascha spricht, bis er begreift, dass er Georg meint. «Ich kläre das mit ihm!», versetzt Victor so scharf, dass Sascha verstummt, dann atmet Victor tief durch. Er muss sich zusammenreißen, Ruhe bewahren. Er klaubt ein einzelnes, unversehrtes Weinglas auf.

«Wenn wir uns beeilen, schaffen wir es bis übermorgen, alles in Ordnung zu bringen, dann verlieren wir nur zwei Tage. Komm, wir müssen anfangen aufzuräumen.»

«Und einfach alle Spuren beseitigen? Spinnst du? Was, wenn diese Typen wiederkommen?»

«Gut, ruf die Polizei! Dann kommen die Typen garantiert wieder, und das nächste Mal fackeln sie die Bude ab, oder ich lande auf der Intensivstation!» Victor schleudert das

Glas, das er gerade aufgehoben hat, zurück auf den Boden, wo es mit lautem Knacken zerbricht. Sascha starrt ihn an, blass wie Wachs. «Hätte ich gewusst, in was du mich noch reinziehst, dann – ich muss an die Luft.»

Als er das Lokal verlässt, blickt Victor wieder auf den Müllberg, die beschmierte Wand, die umgestoßenen Möbel, die so sorgsam ausgesuchten Teller und Gläser, jetzt zerschlagen auf dem Boden. So fühlt es sich also an. Bricht einer bei dir ein.

Er kickt die Überreste einer Vase beiseite, geht in den Hinterhof, um Georg anzurufen. Es dauert eine Ewigkeit, bis er abhebt, seine Stimme belegt und träge. «Was ist?»

«Komm sofort ins Lokal, ich brauch dich hier.»

«Mich? Für was?»

«Stell keine Fragen.»

Victor legt auf, dann tritt er plötzlich mit aller Kraft gegen einen der Müllcontainer, der Schlag hallt so laut durch den Hof, dass ein Schwarm Tauben von der Regenrinne über ihm erschrocken aufflattert. Georg. Nur wegen Georg hat Victor sich überhaupt wieder auf Fred eingelassen. Dieser Irrsinn muss aufhören. Er muss Georg loswerden, irgendwie stoppen.

III

I

Ein Fest

Die Hitze ist drückend, dabei ist es noch früh, Georg hat alle Fenster geöffnet, doch es geht kaum ein Luftzug, nur die Zeitungsartikel flattern leise im Wind des Ventilators. In den Artikeln ist von *vulgäre Streiche* bis *Vigilantismus* alles dabei, im Netz ein paar kreative Beschimpfungen, Drohungen gegen Leib und Leben, Häme und Empörung über Polizeiversagen, Aufrufe zur Gründung einer Bürgerwehr.

Ein Kratzen lässt Georg aufblicken, er entdeckt den Kater, der um den Kühlschrank herumschleicht, dann beginnt das Tier, gierig an der Plastikverkleidung der Gefriertür zu lecken. Georg sieht ihm stumpf dabei zu, bis ihm klar wird, was das Tier da macht, er geht hinüber, erkennt feine Blutschlieren auf dem Plastik, während der Kater versucht, seine Pfote in den gummierten Türspalt zu stecken. Er trägt das Tier zum Fenster, scheucht es aufs Dach hinaus, grimmig legt es die Ohren an, bevor es sich davonmacht, dann nimmt Georg sich einen Lappen, beginnt, das Blut vom Kühlschrank zu wischen. Vielleicht ist es genug. Vielleicht sollte er aufhören. Nach dem, was im Restaurant passiert ist.

Victor hatte nur das Nötigste mit ihm gesprochen, während sie die letzten Scherben aufkehrten, eingetrockneten Abfall von den Möbeln kratzten. Bis morgens um zwei räumten sie auf, Victors Koch war längst nach Hause gegangen. Der Boden klebte immer noch bei jedem Schritt, Victor griff sich wieder und wieder Eimer und Mopp, zog langsame Bahnen über das Holz. Schließlich setzte er sich, steckte sich eine Zigarette an, beobachtete Georg eine Weile schweigend.

«Georg. Sieh mich an.»

Georg hielt inne, wandte sich ihm zu. «Ich sagte bereits, dass es mir leidtut –»

«Darum geht es nicht. Du musst damit aufhören, Georg.»

Georg zog wortlos eine Scherbe unter einem Stuhl hervor, warf sie in den Müll.

«Du hast gesagt, es wird niemand verletzt. Aber du verletzt diese Leute, und du weißt das.»

«Sagt mir der, der fünfzehn Jahre lang eingebrochen ist und am Ende einen Mann halb totgeschlagen hat.»

Victors Augen wurden schmal, er stieß Rauch aus, schnippte Asche in ein angesplittertes Glas. «Ich wollte den alten Mann nicht verletzen, es ging nicht anders, und ich habe meine Zeit dafür abgesessen –»

«Sagst du dir das, damit du besser schlafen kannst? Dass du keine Wahl gehabt hast, weil er dich zuerst angegriffen hat? Ein alter Mann, der nicht die geringste Chance gegen dich hatte?»

Victor senkte den Blick. «Glaub mir, ich wünschte, ich hätte diese Seite von mir niemals kennengelernt. Mich ekelt diese Seite an mir. Aber du bist schlimmer als ich.»

Georg lachte ungläubig auf. «Was?»

«Ich habe das Einbrechen genossen, aber aus einfachen Gründen, simpel und hässlich, schnelles Geld und eine dumme Lust, zu sehen, mit was ich durchkomme. Die Leute waren mir egal, ich habe nicht über sie nachgedacht. Aber dir sind sie wichtig. Du denkst über sie nach. Du hast vielleicht gute Absichten, ich war – *bin* vielleicht bloß ein gewöhnlicher Krimineller, aber du willst den Leuten wehtun.»

«Weil sie auch nicht nachdenken.» Georg band den vollen Müllbeutel zu, dann streifte er sich seine Jacke über. «Es ist spät. Ich bringe morgen Farbe für die Wand.»

«Hör damit auf, Georg», wiederholte Victor nur leise, fast drohend, dann stand er auf, wischte weiter den Boden.

Georg wringt den Lappen in der Spüle aus, doch als er die letzten Blutspuren vom Gefrierschrank entfernt, durchschneidet das Schrillen der Türklingel die Stille. Ein hartes Klopfen folgt, und Georg hält den Atem an – was, wenn das die Polizei –, doch dann erkennt er Evelyns Stimme, die ungeduldig seinen Namen ruft. Sie hebt nur die Brauen, als er öffnet, einen nervösen Blick ins Treppenhaus wirft. «Warum bist du hergekommen?»

«Weil ich seit vier Wochen nichts von dir gehört habe. Ich wollte nicht anrufen.» Als Evelyn den Wohnraum betritt, blickt sie stirnrunzelnd auf die ausgebreiteten Zeitungsartikel. «Du solltest das nicht so offen rumliegen lassen.» Georg sammelt die Ausschnitte ein, nickt Richtung Wodka auf dem Küchentisch, fragt, ob sie etwas trinken wolle.

«Es ist kaum Mittag, und es hat fast dreißig Grad.»

«Es ist Samstag. Und ich habe Eis.»

Als Evelyn einwilligt, geht Georg zum Gefrierschrank, füllt zwei Gläser mit Eiswürfeln, Evelyn tritt neben ihn, begutachtet das Arsenal gefüllter Gefrierbeutel. «Du bewahrst das hier auf? Dann hätte ich mir um die Zeitungsausschnitte keine Gedanken machen müssen.» Georg schenkt wortlos ein, reicht Evelyn ihr Glas, während sie sich aufs Sofa setzen.

«Also. Wie hast du das alles angestellt?» Sie fixiert ihn über ihren Glasrand hinweg, ernst und etwas besorgt.

«Wir sollten nicht darüber reden.»

Evelyn nimmt einen Schluck Wodka, lässt die Eiswürfel klackern. «Warum? Weil du mich schon genug mit reingezogen hast?»

«Ich hätte nicht gedacht, dass du mir hilfst. Ich hatte es gehofft. Aber ich war mir nicht sicher.»

«Ich weiß trotzdem nicht, was es nützt. Ob es richtig ist oder deine bisher größte Dummheit. Es bleibt Gewalt gegen Gewalt, Georg. Selbstjustiz.»

«Warum hast du mir dann geholfen?»

Sie seufzt, lehnt sich zurück, dreht eine lange Zeit schweigend ihr Glas zwischen den Fingern, bevor sie antwortet.

«Paragraf 1 des Strafgesetzbuchs lautet: *Keine Strafe ohne Gesetz. Eine Tat kann nur bestraft werden, wenn die Strafbarkeit gesetzlich bestimmt war, bevor die Tat begangen wurde*. Du bist dermaßen dran, falls sie dich kriegen. Sonst niemand. Ich dachte, das verdient zumindest ein paar Zeilen.»

Ihre Lippen verziehen sich halb spöttisch, halb traurig, schließlich kann Georg nicht anders, als ihr die Hand an die Wange zu legen, ihr mit dem Daumen über den Mundwinkel zu streichen. Er betrachtet die schattige Vertiefung über ihrem Amorbogen, ihren Hals, die zarte Wölbung des Schlüsselbeins, schon eine Sonnenbräune auf der Haut, dann trifft er wieder ihren Blick, als sie ihm langsam sein Glas aus der Hand nimmt, es zusammen mit ihrem auf den Tisch stellt. Er kennt diesen Blick, ein vertrauter Blick, wenn es nichts mehr zu sagen gibt, zumindest für den Moment, ein warmes Glänzen im Dunkel. Er neigt sich zu ihr, küsst sie, sie hält inne, sieht ihn wieder an, dann legt sie die Arme um ihn.

Eine Weile liegen sie nur still beieinander, er kann ihren Herzschlag spüren, immer noch rasch, ihre Hand tastet nach seiner, er zieht sie näher an sich, streicht ihr das Haar aus der Stirn.

«Du hast meine Frage noch nicht beantwortet», sagt sie schließlich. Georg weicht ihrem Blick aus, doch dann erzählt er von Victor und ihrer Abmachung, dem Restaurant, von seinen Einkäufen in der Schlachterei, muss wieder an das verwüstete Lokal denken. «Vielleicht habe ich einen Fehler gemacht. Letztes Mal ist etwas aus dem Ruder gelaufen.» Als er über den ungebetenen Besuch vor ein paar Wochen spricht, dem vorangegangenen Streit mit Victor, fährt er sich unwillkürlich über den Hals.

«Was? Soll das heißen, du hast ihn erpresst?»

Als Georg schweigt, löst Evelyn sich aus seiner Umarmung, versetzt ihm einen schmerzhaften Hieb gegen die Schulter. «Was zum Teufel, Georg?»

«Ich sagte doch, dass es vielleicht ein Fehler war –»

«Vielleicht? Du klingst wie einer der Mandanten, denen ich früher geraten hätte, vor Gericht den Mund zu halten.» Sie mustert ihn durchdringend. «Ich hoffe, du sagst mir gleich, dass du aufhören wirst, einen Familienvater zu erpressen.»

«Ich hatte nie vor, seiner Familie etwas zu sagen, ich wollte nur –» Ein Summen unterbricht ihn, er wendet sich zum Nachttisch um, auf dem sein Telefon träge vibriert, blickt auf das Display. «Verdammt. Das ist er.» Evelyn steckt sich eine Zigarette an, bläst Rauch zur Decke. «Geh ran, wenn dein Erpressungsopfer anruft, könnte wichtig sein.»

Als Georg abhebt, wartet Victor nicht mal ein Hallo ab.

«Du hast echt Nerven!», blafft er so laut, dass es in der Leitung scheppert.

«Wovon redest du?»

«Einen Tisch für Bercking, neun Personen! Katja hat gestern Abend die Reservierung entgegengenommen.»

«Ich weiß nicht, mit wem sie telefoniert hat, aber definitiv nicht mit mir.»

«Willst du mir sagen, das sei bloß ein Namensvetter? Ich schwör dir, was immer du vorhast –»

«Glaub mir, ich war das nicht, warum sollte ich –», doch dann stockt er. «Hör zu, ich ruf gleich zurück.»

«Was? Nein, warte!», aber Georg legt auf, wählt Joachims Nummer. Sein Bruder klingt kühl und sachlich, als er sich meldet, Georg ihn nach der Reservierung fragt.

«Ja, ich war so frei, nachdem du uns immer noch nicht eingeladen hast. Oder hast du schon die Lust an deinem neuen Projekt verloren? Wäre ja nicht das erste Mal.»

«Du hättest mir vorher Bescheid geben können.»

«Habe ich versucht, aber du gehst ja nie ans Telefon. Zumindest bekomme ich so deine Aufmerksamkeit. Henrik Oppermann war schon bei dir im Lokal, ohne überhaupt zu wissen, dass das dein Restaurant ist. Kannst du dir vorstellen, wie unangenehm das war, als er davon erzählt hat? Besonders für Anna. Wie sieht das denn aus, wenn der Vater der Schwiegertochter in spe – aber für so was fehlt dir ja jedes Feingefühl. Jedenfalls hoffe ich, dass das heute Abend klappt, Mama und Papa wären sonst sehr enttäuscht. Georg? Bist du noch dran?»

«Ja. Natürlich werde ich da sein.»

Evelyn läuft schweigend neben ihm, doch hakt sie sich schließlich bei ihm ein, als sie das Lokal erreichen. Sie müsse wirklich nicht mit, wiederholt er, er werde sich zusammenreißen, aber sie schüttelt den Kopf. «Ich kenne dich. Ich lasse dich da nicht allein rein.»

Er hatte Victor angerufen, um einen Platz mehr am Tisch gebeten – «Was zur Hölle soll das, Georg?»

«Es war deine Idee, dass es offiziell mein Restaurant sein soll, schon vergessen? Spiel einfach mit.»

«Wenn du wagst, irgendwas abzuziehen –»

«Ich werde gar nichts tun.»

Victor hat sich hinter der Theke verschanzt, wirft Georg einen prüfenden Blick zu, als er mit Evelyn das Lokal betritt. Eine Kellnerin führt sie an den reservierten Tisch, kurz darauf treffen auch die anderen ein, Georgs Eltern, Joachim mit Carmen, Anna mit Theo und auch Henrik Oppermann mit seiner Frau, ein behäbiger Mittsechziger mit streng nach hinten gekämmtem Haar, Hängebacken, schmalen Äuglein hinter randlosen Brillengläsern, ein Gesicht, bei dem Georg an eine Kreuzung aus Dogge und Nager denken muss, langjähriger Vermögensverwalter der Familie und demnächst offizielles Familienmitglied, seit seine jüngste Tochter und Annas Sohn verlobt sind. Alle tragen elegante Abendgarderobe, Joachim einen marineblauen Zweiteiler mit Einstecktuch, Anna ein cremefarbenes Etuikleid und Perlen, die wie Tropfen an ihren Ohrläppchen glänzen, doch seine Eltern, selbst in teure Kleidung gesteckt, sehen immer noch aus wie das robuste Großschlachterpaar, das sie vor vierzig Jahren waren.

Als Victor die Bestellung aufnimmt, mustert er aufmerksam jeden am Tisch, während er Speisen und Weine empfiehlt, aber er ist so höflich und zurückhaltend, dass ihn kaum einer ansieht. Alle konzentrieren sich auf ihre Speisekarten, nur Evelyn beobachtet ihn unauffällig, blickt Georg fragend an, der nickt, bevor Victor die Karten einsammelt, Richtung Küche verschwindet. Georgs Vater lässt seinen Blick anerkennend durch den Gastraum schweifen, alle beginnen, die Einrichtung zu loben, den Service, das Essen, als der Gruß aus der Küche kommt, wenig später die Vorspeise. Selbst Joachim wirkt ehrlich beeindruckt. «Deine Geschäftspartner haben wirklich tolle Arbeit geleistet, endlich machst du etwas Vernünftiges.» Der Satz klingt so aufrichtig erleichtert wie herablassend, aber Georg überspielt ihn lapidar, als Evelyn warnend seine Hand unter dem Tisch nimmt: «Zu vernünftig auch wieder nicht», dann hebt er sein Glas, stößt mit allen an. Henrik Oppermann nickt zustimmend, schwafelt etwas von der Leidenschaft einer Investition, fasst ihn jovial am Arm: «Wenn man das Risiko einer Investition eingeht, braucht es nicht nur Kalkül, sondern eine Vision, dein Restaurant ist ein hervorragendes Beispiel. Was mich darauf bringt, dass wir uns noch mal deine Anlagen ansehen sollten. Wir könnten viel optimieren.»

Seit bald zwanzig Jahren verwaltet Oppermann die Gelder der Firma, die Stiftungen, das Familienvermögen, auch Georgs Anteile. Georg lasse das Geld verkümmern! Oppermanns Nagergesicht war traurig geworden, dann hatte es aufgeleuchtet, als er Georg beim letzten Mal, als er gekommen war, um das Geld für das Lokal aus den Anlagen zu lösen, wieder *greifbare Werte* ans Herz legen konnte. Die Familie habe diese Papiere schon lange im Portfolio, kein Grund zur Sorge, Agraraktien, nicht viel anders als die

Investition in das Restaurant, Ackerland, Viehweiden, Zertifikate für Weizen, Mais, Papiere von Dünger- und Saatgutproduzenten, Landmaschinenbauern, gegessen werde immer, alte Börsenweisheit. Und getrunken, natürlich, Investitionen in Unternehmen, spezialisiert auf Wasserversorgung, -infrastruktur, -technik, -aufbereitung, ein Win-win-Szenario von Nachhaltigkeit und finanzieller Performance, sinnvoll, ethisch, ökologisch. Georg verstehe da etwas falsch, Wasser sei nicht wie Luft, Wasser brauche einen Preis, um den sorgsamen Umgang mit der Ressource zu erzwingen, den Wert und die Knappheit widerzuspiegeln. Werde etwas kein Wert gegeben, tendierten Menschen dazu, es zu verschwenden, das sei ja menschlich. Henrik Oppermann ist eine echte Bereicherung für die Familie.

Der Vater erzählt von einer neuen möglichen Kooperation mit einem dänischen Produzenten, den Joachim an Land gezogen hat, der Erhöhung der Schlachtkapazitäten, Anzahl der Arbeitskräfte, der anstehenden Entscheidung über die Investition in den Ausbau. Joachim und Anna werfen Georg drohende Blicke zu, Georg spürt wieder Evelyns Hand, also nickt er dem Vater nur zu, greift nach seinem Glas. Er wird nicht streiten, *nichts abziehen*, wie Victor sagte, er wird sich stumm, blind und taub trinken, das ist der Plan, kein guter, aber etwas, in dem er Übung hat.

Es sei so schön, dass sie hier alle in Georgs Lokal zusammensitzen, seine Mutter streicht ihm über die Schulter, sein Vater strahlt ihn an, tippt mit der Messerspitze auf das Filet auf seinem Teller. «Das ist wirklich aus unserer Schlachtung?» Georg bejaht, auch wenn es eine Lüge ist, der Vater wirkt so stolz, dass es ihm fast das Herz zerreißt. Er muss daran denken, wie sein Vater ihm geduldig das Zerlegen und Entbeinen beigebracht hat, anfangs eine verwirrende Unordnung verschlungener roter und weißer Formen, doch auf den zweiten Blick die Logik des Körpers, ein kunstvoll gewachsenes Mosaik aus Knochen, Sehnen, Schichten aus Haut, Fett und Fleisch, das Suchen nach den Nähten, an denen die Muskeln zusammengewachsen sind, dazwischen schneeweißes Bindegewebe, die filigrane Klinge des Schlachtermessers, die das Fleisch genau dort wieder teilt, auf dem Weg des geringsten Widerstands. Schließlich das Säubern der fertigen Stücke, das Entfernen letzter Aderstümpfe, Gewebereste, damit alles schön aussieht, nicht nach Tod, sondern nach dem Versprechen auf Leben. Eine anstrengende, langwierige, genaue Arbeit, kein hemmungsloses Zerfleischen, kein wildes Gemetzel. Georg hat trotz allem Respekt vor dem Schlachterhandwerk, das Töten ist nichts Beiläufiges für seinen Vater. Wer nicht bereit sei, auch selbst zu schlachten, habe eigentlich nicht verdient, Fleisch zu essen, hat sein Vater oft gesagt, und doch ist alles beiläufig geworden. Joachim und Anna stehen zumindest zu dem, was sie tun, der Vater lässt es nur geschehen, solange die Zahlen stimmen, zehntausend Arbeiter, der Großteil kaum besser behandelt als Vieh, für neun Millionen Tiere bei vier Milliarden Umsatz. Es ekelt Georg mehr vor der Untätigkeit, weil sie einfacher ist, als selbst Hand anzulegen, doch nur zusammen wirken Untätigkeit und Gewalt in all ihrer Kraft.

Georg leert sein Glas, füllt es neu, leert es, lehnt sich zurück, Oppermann und seine Frau erzählen von ihren Urlaubsplänen, Mauritius, in zwei Wochen, Anna und ihr Mann schwärmen von den Seychellen, Joachim erzählt von ihrer Reise nach Südafrika, als er sich bei der Fahrt durch die Weingüter verfahren hat, ihre sechzehnjährige Tochter Gift und Galle spuckend auf dem Rücksitz, bis auch Carmen und er schließlich in Streit geraten sind, weil er nicht nach dem Weg gefragt hat. Alle lachen, bestellen mehr Wein, mechanisch lässt Georg sein Glas gegen die der anderen klingen, in seinem Kopf rauscht es, er spürt sein Herz, ein hartes, rasches Pochen in der Brust, dieses muskuläre Hohlorgan, nur fünfzehn Zentimeter lang, dreihundert Gramm schwer, fünfzig bis achtzig Schläge pro Minute, sind wir entspannt, bis zu zweihundert, kämpfen wir, laufen wir davon. Stirbt das Herz, stirbt der Mensch; stirbt sein Gehirn, lebt er weiter, aber auch ein Wagen, dessen Fahrer einschläft, fährt noch ein Stück. Georg ist stumm, aber blind und taub ist er immer noch nicht, sein Blick fast schmerzhaft scharf, Fett glänzt auf Oppermanns Lippen, die Überreste flammend orangefarbener Königsgarnelen und ausgepresster Zitronenscheiben auf seinem Teller, Joachims sonst so ernstes Gesicht belebt, rosig vom Wein, Anna, die ihre Lippen schürzt, als sie ihr Glas zum Mund führt, ein Hauch Lippenstift bleibt zurück, ein fein gemasertes, rotes Halbrund. Sein Vater schwenkt sein Cognacglas, lässt die Flüssigkeit tanzen, seine Mutter lächelt, lehnt sich an ihn, als er den Arm um sie legt, Soßenreste auf den Tellern wie gesprenkelte Farbe auf dem weißen Porzellan, Wasserperlen auf den Flaschen im Kühler, das üppige Tablett mit Käse, Feigen, Datteln, helle Brotkrumen verstreut auf dem Tischtuch, das Funkeln des Lichts im Gold und Rubin des Weins in den Gläsern, alles schwingt, atmet, ein Fest.

Die Idee von Familie. Die Verpflichtung, weil man das Blut teilt. Man verletzt sein eigenes Fleisch und Blut nicht, die eigenen Leute, die eigene Gruppe, das eigene Rudel, zumindest weniger als Fremde. Wir. Die anderen. Das macht es letztlich so einfach. Er liebt seine Familie. Niemand aus dem direkten Umfeld, niemand, den du kennst, niemand mit irgendeiner Verbindung zu dir, hatte Victor ihm eingebläut. Aber er ist noch nicht fertig.

Als sie sich schließlich verabschieden, Georg mit Evelyn allein vor dem Lokal zurückbleibt, sieht sie ihn misstrauisch, wenn auch erleichtert, an. «Du hast dich wirklich zusammengerissen.» Er zuckt die Schultern, stützt sich an der Hauswand ab, als er merkt, wie betrunken er ist. «Ja. Aber ich muss das machen.»

Sie runzelt die Brauen, dann wird ihr Blick dunkel. «Was musst du machen? Es ist genug, hörst du? Es reicht.»

Georg nimmt wieder ihre Hand, schüttelt den Kopf, dann wendet er sich ab, steigt in ein Taxi.

2
Tap, tap, tap

Hinter Louisas Zimmertür rattern Schüsse, gefolgt von hysterischem Schreien, Joachim öffnet, ohne anzuklopfen, seine Tochter dreht sich empört zu ihm um. Im Pyjama sitzt sie auf ihrem Bett, die Decke um die Schultern gelegt, den Controller der Spielekonsole fest in den Händen.

«Deine Mutter sagte, du wärst schon wieder krank.»

Louisa hustet halbherzig. «Bin ich auch.»

«Aber wohl noch gesund genug, um so was zu machen.»

Auf dem Monitor erkennt Joachim einen verglasten Tunnel, im Hintergrund Hochhäuser im Stil der Dreißigerjahre mit grellen Neonreklamen an den Fassaden, doch die Stadt sieht aus, als liege sie unter Wasser, ein Schwarm Fische zieht gerade an der Scheibe vorbei. Louisa hat das Spiel pausiert, der Lauf der Waffe zielt auf grausige Gestalten in blutbefleckter Abendgarderobe und mit eigentümlichen Karnevalsmasken vor dem Gesicht, eine Figur ist mitten im Sprung, schwingt etwas, das wie eine rostige Sichel aussieht.

«Louisa, was ist das schon wieder für ein Schund? Das ist doch garantiert erst ab achtzehn. Ich habe dir gesagt, ich will nicht, dass du Spiele spielst, in denen du auf Menschen schießt.»

Für ein paar Sekunden liefern seine Tochter und er sich ein Blickgefecht, Louisas Ausdruck herausfordernd und defensiv zugleich, dann seufzt sie inbrünstig. «Das sind *Splicers*, die sind total degeneriert, das sind quasi keine Menschen mehr.»

Joachim beschließt, dass er nicht verstehen muss, wovon sie da redet. In diesem Alter sind für Kinder ohnehin die Eltern die uncoolsten Menschen der Welt, vor allem, wenn sie von ihrem Kind verlangen, das Poster mit dem Hanfblatt und der Forderung *Legalize it!* von der Zimmertür zu nehmen, oder, dass ihre Tochter regelmäßig zur Schule geht, die nicht gerade günstig ist und die ihre Eltern mit viel Mühe ausgesucht haben.

«Joachim, sei etwas nachsichtiger, du kannst ihr nicht dauernd Vorwürfe machen, ich mache mir wirklich Sorgen, sie will einfach nicht sagen, was los ist.»

«Ich sag dir, was los ist, sie ist das zweite Jahr versetzungsgefährdet, weil sie schlicht stinkfaul ist. Und im Gegensatz zu dir sehe ich nicht bloß zu, Carmen.»

Einen Moment lang betrachtet Joachim noch schweigend seine Tochter, die reglos auf das eingefrorene Bild des Monitors starrt, wohl in der Hoffnung, er werde einfach wieder gehen, dann reißt er den Stecker der Konsole aus der Wand, worauf Louisa in lautes Protestgeschrei ausbricht.

«Verdammt, Papa, das war nicht gespeichert!»

«Es reicht! Willst du ohne Schulabschluss enden?»

Louisa senkt den Kopf, blickt finster auf den jetzt nutzlosen Controller in ihren Händen. «Mir egal. Dann mach ich eben irgendwelche Jobs.»

«Irgendwelche Jobs, ja? Gut, nenn mir einen.»

«Onkel Georg macht auch irgendwelche Jobs. Mach ich eben auch ein Lokal oder eine Kneipe auf.»

Joachim atmet einmal tief durch, bringt schließlich ein humorloses Lachen heraus, das Louisa mit einem kalten Blick quittiert. Er hat die Bewunderung in ihren Augen gesehen, als Georg vor zwei Tagen nach der Besprechung in der Firma vorbeigekommen war, weil ihr Vater auf ein gemeinsames Abendessen bestanden hatte. Georg in seinem abgewetzten Sakko, der am Esstisch lungerte, eine drei Viertel Flasche Wein allein leerte. Natürlich beeindruckt schamlos zur Schau gestellte Verantwortungslosigkeit einen Teenager, Teenager lieben alles Schrille, Laute und Vulgäre.

Bei der Besprechung blickte Georg auch wieder nur gelangweilt zur Decke wie ein Schüler in der letzten Reihe, aber verkniff sich zumindest diesmal jeden unreifen Kommentar. Vielleicht ist er doch allmählich auf einem guten Weg, wenn auch sehr langsam und sehr spät. Tatsächlich war es ein fast harmonischer Besuch, Joachim konnte sehen, wie sehr das ihren Vater glücklich gemacht hatte, aber er ist zu weich mit Georg, ist es schon immer gewesen, Georg hat das nicht gutgetan. Georg versteht nicht, was es bedeutet, etwas für die Familie zu tun. Joachim hätte nach dem Studium andere Möglichkeiten gehabt, als ein mittelständisches Familienunternehmen zu führen. In Wahrheit wollte er keinen Mittelständler leiten, also blieb nur, mehr aus der Firma zu machen. Etwas zu bewahren, heißt auch, es kontinuierlich den Umständen anzupassen, damit es nicht untergeht. Joachim wollte etwas schaffen, das größer war als er selbst, etwas, das blieb, auch wenn er irgendwann selbst nicht mehr war. Für die Familie. Seine Tochter begreift das alles auch noch nicht, aber später wird sie ihm dankbar sein. Jeder Erfolg basiert auf harter Arbeit und manchmal auch auf unpopulären Entscheidungen.

Joachim streckt die Hand aus. «Gib mir den Controller. Als zukünftiger Kneipier brauchst du so was nicht.»

Louisas Augen weiten sich: «Was? Nein!», aber Joachim hält weiter die Hand auf, bis Louisa ihm den Controller reicht, dann wirft sie sich auf ihr Kissen, verkriecht sich unter der Decke. «Ich hasse dich –», dringt es erstickt hervor.

«Sag so etwas nicht, Louisa. Komm, bitte.»

Aber sie schweigt. Kurz verharrt er noch im Türrahmen, dann verlässt er das Zimmer. Später wird sie es begreifen. Später.

In Gedanken schickt Joachim ein Stoßgebet zum Himmel, als er zusammen mit Anna und seinem Vater ins Foyer hinuntergeht, um Cecilie Dyrholm und ihr Team zu begrüßen. Wenn der Deal mit den dänischen Produzenten klappt, wäre das eine Riesensache, aber Dyrholm ist eiskalt, geht es ums Geschäft, trotz ihrer jovialen Art und ihres einnehmenden Blicks, der auf einem ruht, als kenne man sich schon seit Jahren. Sie wäre nicht Chefin eines der größten Schweineproduktionsunternehmen Europas, wenn sich ihre Fähigkeiten auf Geplänkel beschränkten.

Zusammen machen sie eine Führung durch die Schlacht- und Zerlegehalle, um die Abläufe zu präsentieren, geplante Kapazitätssteigerung auf dreißigtausend Schlachtungen pro Tag, erläutert Joachim, Dyrholm nickt freundlich, aber ihre Augen blicken prüfend über dem Mundschutz hervor.

Erst im Konferenzraum entspannt sich Joachim im angenehmen Halbdunkel der Präsentation, beobachtet, wie Dyrholm aufmerksam Heinrichs Ausführungen folgt, seinen Vortrag mit Fragen unterbricht, die Heinrich alle zu ihrer Zufriedenheit beantworten kann. Es sieht gut aus. Ein Blick zu Anna und seinem Vater bestätigt ihm, dass sie derselben Meinung sind. Er lehnt sich auf seinem Stuhl zurück, sieht durch den Spalt zwischen den Jalousien zum Fenster hinaus, von hier oben kann man die ganze Ebene überblicken, weiches, welliges Land, goldgelbe Felder, der Wald, Eschersbach selbst, die schindelgedeckte Turmspitze der Kirche, das grünspanige Kupferdach des alten Rathauses. Joachim neigt nicht zur Sentimentalität, aber jeden Morgen genießt er die Aussicht aus seinem Büro auf den ihm so vertrauten Landstrich, den er über die Jahre auch selbst mitgestaltet hat, durch die Modernisierung und Erweiterung der Infrastruktur in Zusammenarbeit mit der Stadt, den kontinuierlichen Ausbau des Firmengeländes. Er erinnert sich noch an das alte Gelände mit dem Muff der Billigbau-Sechziger, einer Schlachthalle, die heutigen Standards spottet, und ihr damaliges Elternhaus lag so nah, dass man nachts die Schweine quieken hörte. Geradezu rückständig im Vergleich zu heute. Er würde nicht mehr gegen irgendeinen internationalen Posten tauschen wollen, auch wenn er früher –

Joachim wendet irritiert den Kopf, als etwas an seinem Sichtfeld vorbeischnellt, zitternde Ringe breiten sich auf der Oberfläche seines Kaffees aus, als wäre etwas hineingefallen. Über sich entdeckt er eine Fliege, sie kreist ein paar Runden, dann lässt sie sich nieder, untersucht den Spalt zwischen zwei Deckenplatten. Er wirkt dunkler als die anderen, und die Plattenränder sind verfärbt, wie beim Beginn eines Wasserflecks, aber unter der abgehängten Decke verlaufen keine Leitungen.

Wieder fällt etwas herab, Joachim glaubt, es wäre die Fliege, dann erkennt er einen dickflüssigen Tropfen auf der Tischplatte, umrahmt von sternförmigen Spritzern, im Halbdunkel fast schwarz. Vorsichtig tippt er mit der Fingerspitze hinein, verwischt die Flüssigkeit, sie fühlt sich leicht schmierig an, vielleicht Öl, nein, Unsinn, warum denn Öl, er faltet die Hände vor dem Gesicht, riecht unauffällig an der Flüssigkeit. Als ihm ein fauliger Geruch in die Nase steigt, zuckt er zurück, erntet einen fragenden Blick von Anna. Der Geruch ist ihm so bekannt, dass er nicht gleich darauf kommt, dann erschlägt ihn der Gedanke fast, *Blut*, aber – ein weiterer Tropfen fällt herab, dann ein dritter, landet auf dem Rand seiner Untertasse, diesmal sieht es auch Anna, runzelt die Stirn. «Was ist das?», fragt sie leise.

Blut, ich bin sicher, aber – Joachim schüttelt den Kopf, er muss das Meeting unterbrechen, in einen anderen Raum verlegen, doch Heinrich ist bereits beim Fazit seiner Präsentation, wie soll Joachim da unterbrechen, aber er muss die Leute hier rausbekommen, bevor – auf einmal zieht Cecilie Dyrholm erschrocken die Luft ein, weicht vom Tisch zurück, dann wirft sie einen Blick zur Decke, stößt einen leisen Schrei aus. Ihr Vertriebschef dreht sich besorgt zu ihr um, irgendwer stellt das Licht an, Panik erfasst Joachim, als er Dyrholm «blood» sagen hört, «the ceiling is bleeding», dann deutet auch ihr Assistent auf den Tisch, im Licht entdeckt Joachim Dutzende weitere Tropfen. Wie in Trance steht er auf, entschuldigt sich, faselt auf Englisch etwas von Wasserleitungen, blickt zu Heinrich, der immer noch wie angewurzelt vor der Präsentationswand steht. «Heinrich, sagen Sie Herrn Schiffers, er soll das Catering vorziehen, einen anderen Raum vorbereiten», aber Heinrich stiert wie gebannt zur Decke: «Das sieht wirklich aus wie –»

«Nun machen Sie schon!», zischt Joachim. Die Dänen werfen ihm beunruhigte Blicke zu, bis endlich auch Anna und sein Vater sich aus ihrer Starre lösen, die anderen mit sanfter Gewalt Richtung Tür lotsen. Langsam bewegen sich die Leute aus dem Raum, aber keiner kann aufhören, zur Decke zu sehen, alle verdrehen die Köpfe, bis sie aus der Tür sind.

Joachim drückt sie ins Schloss, wendet sich wieder zum Tisch. Das Tropfen scheint schneller zu werden, mittlerweile hat sich eine Pfütze neben der Keksschale gebildet, breitet sich aus, Joachim bringt alle Unterlagen in Sicherheit, verdorbenes Blut, plötzlich riecht er es überdeutlich, metallisch, salzig, zugleich einen Hauch süßlich, der Gestank von Verwesung. Zittrig greift er zum Telefon, ruft seinen Sicherheitschef an, er solle in den großen Konferenzsaal kommen, sofort, keine Zeit für Fragen –

Joachim legt auf, versucht, sich zu beruhigen, eine logische Erklärung zu finden, unter den Platten verlaufen die Stromversorgung für das Licht, die Lüftung, die Klimaanlage, vielleicht ein Tier im Lüftungsschacht, der Leiter der Hygienemannschaft versichert ihm jedes Mal, es bestehe kein Schädlingsproblem, aber das gilt nur für die Produktions- und Lagerhallen, Gott weiß, was im Bürokomplex lauert, trotzdem, für so viel Blut bräuchte es ein verdammt großes Tier. Mittlerweile tropft es so rasch, dass es ein nervöses *tap, tap, tap* auf der Tischplatte erzeugt, die Lache nähert sich bereits dem Tischrand, Joachim greift nach den Kaffeeservietten, wirft sie in die Lache, sofort blüht Blut in grellen Rosen im Papier auf. Eine erneute Woge des Gestanks steigt Joachim in die Nase, er reißt ein Fenster auf, hat plötzlich das Gefühl, er müsse sich übergeben, lehnt sich hinaus, wartet, bis der schale Geschmack in seinem Mund vergeht. Kein verendetes Tier. Rache? Sabotage? Wegen des Deals heute? Wem könnte das nicht passen?

Als es an der Tür klopft, fährt er zusammen, dann geht er

hinüber, öffnet sie nur einen Spaltbreit. Olaf Kopp sieht ihn an mit grimmiger Miene auf dem grobknochigen Gesicht, Kopp ist ein roher Kerl, aber loyal und vor allem nicht dumm, weiß fast immer, was zu tun ist, weiß mehr als die meisten der Führungskräfte. «Was ist passiert?»

Joachim lässt ihn rein, deutet zur Decke, Kopps Augen weiten sich ungläubig, trotz seiner Sonnenbankbräune wirkt er plötzlich sehr blass. «Ist das … Blut?»

«Das muss ein Racheakt sein.»

«Vielleicht verständigen wir besser die Polizei.»

«Nein, die neuen Geschäftspartner sind da, hier kann jetzt unmöglich die Polizei aufkreuzen, außerdem darf das auf keinen Fall unkontrolliert nach draußen dringen –»

«Aber was, wenn es … kein Tierblut ist?»

Kurz stockt Joachim, dann zwingt er sich zur Vernunft. «Machen Sie sich nicht lächerlich. Haben Sie eine Vorstellung, wie viel Tierblut wir hier täglich produzieren?»

«Sie glauben also, das war ein Angestellter? Ein internes Problem?»

«Ich weiß es nicht! Sehen Sie nach, was da oben drin ist!»

«Warten Sie, ich brauche einen Stock oder so was.»

Als Kopp wiederkommt, hat er den Stiel eines Wischmopps aufgetrieben, geht zu dem Platz, an dem Dyrholm gesessen hat, drückt mit dem Stielende gegen eine der Deckenplatten. Als er sie anhebt und ein Stück zur Seite schiebt, ertönt ein Schwappen, dann kippt die Platte, stürzt von der Hängung, gefolgt von einem Schwall Blut und einem dunklen Klumpen, der aussieht wie ein Organ – «Mein Gott, was –!» Joachim macht einen Satz zurück, hebt schützend die Hände, als der Klumpen schmatzend auf dem Tisch aufschlägt, ihm ein feiner Sprühregen entgegenspritzt. Kopp berührt den Klumpen vorsichtig mit dem Stiel. Kein Organ, nur ein Gefrierbeutel mit Zip-Verschluss, Blut tritt aus mehreren Löchern aus, und etwas knirscht, als Kopp fester mit dem Stiel zustößt. «Das war gefroren», stellt er fest, dann drückt er gegen eine andere Deckenplatte, und ein weiterer Schwall Blut ergießt sich auf den Tisch.

«Hören Sie auf!», fährt Joachim ihn an, aber Kopp beachtet ihn gar nicht, scheint plötzlich mehr fasziniert als entsetzt: «Wow. Wie viel ist da oben drin?»

Die Blutlache auf dem Tisch ist jetzt riesig, Rinnsale fließen träge auf den Boden, bilden neue Pfützen. Der Konferenzraum sieht aus, als wäre hier einer abgestochen worden, Blut ist nie mehr als ein Rohstoff für Joachim gewesen, trotzdem erfasst ihn bei diesem Anblick neue Übelkeit, weil er falsch ist, einfach falsch, Blut auf dem nüchternen Konferenztisch, Blut um die Schale mit Butterkeksen, der Thermoskanne Filterkaffee. Das ist nicht nur Rache. Das ist eine Drohung. Aber mit wem hatte er kürzlich solche Probleme, dass –? Mit Kemper, aber der droht höchstens mit Anwälten, Thienhaus, Neubauer, Schmidt ebenso, das ist keine Drohung eines Geschäftspartners. Das ist die Drohung eines Kriminellen. Oder eines Verrückten.

Sie haben mit Lukov die Werkverträge nicht verlängert, Unstimmigkeiten bezüglich der Vergütung, eine hässliche Auseinandersetzung, hat Hartung gesagt, Lukov sei sehr ausfallend geworden, sei der Meinung gewesen, die Holding schulde ihm Geld, Hartung hat versichert, das sei nicht der Fall. Joachim hat Frank Lukov nur ein einziges Mal getroffen, ein unangenehmer Mensch, kalt und grob, aber nicht wie Kopp, Kopp ist berechenbar, Lukov hat Joachim tatsächlich Angst gemacht, bloß ein kurzer Stich, aber der ging tief in die Eingeweide. Jemandem in Niedersachsen haben sie mal einen Hundekadaver vors Haus geschmissen, weil der sich angeblich mit den falschen Leuten angelegt hat. Vielleicht schuldet die Firma Lukov doch Geld, vielleicht schätzt Hartung die Sache falsch ein. Joachim fährt sich übers Gesicht. «Der tote Hund.»

«Was?» Kopp hebt verwirrt die Brauen.

«Kontrollieren Sie, ob sich jemand irgendwo gewaltsam Zugang verschafft hat oder eine verlorene Schlüsselkarte gemeldet worden ist. Und rufen Sie Hartung an, ich will mit ihm über Lukov sprechen.»

«Sie glauben wirklich, dass Frank Lukov –?»

«Ich weiß es nicht, aber wenn, ist die Polizei das Letzte, was ich hier haben will. Erstellen Sie mir eine Liste mit allen Personen, die in den vergangenen Tagen unbeaufsichtigt auf dem Stockwerk gewesen sein könnten, vor allem vom Reinigungspersonal. Vielleicht wurde jemand bezahlt für … das da. Was wird hier kameraüberwacht?»

«Nur das Foyer zum Konferenzflügel. Die Zwischentür zum Gang ist nur chipkartengesichert.»

«Verdammt noch mal, es gab Zeiten, da hatten wir überall auf dem Gelände Kameras!»

«Ja, die gute alte Zeit.» Kopps dünnlippiger Mund verzieht sich spöttisch. Kopp genießt das hier einen Tick zu sehr für Joachims Geschmack. Was, wenn –? Unsinn, Kopp, sein Sicherheitschef seit über zehn Jahren, Kopp ist vertrauenswürdig. Aber da ist immer noch dieses feine Lächeln auf Kopps Lippen. Oder bildet sich Joachim das ein?

Er versucht, sich zu sammeln, muss zu den Dänen, *Rostwasser* wird er sagen, vielleicht kommt er damit durch. Er fühlt sich immer noch zittrig, fast fiebrig, aber geht zur Tür. «Ich muss zu den anderen. Sorgen Sie dafür, dass keiner diesen Raum betritt.»

«So sollten Sie nicht runtergehen –»

«Ich muss, vielleicht ist noch was zu retten.»

«So retten Sie gar nichts. Sie sind voller Blut.»

Joachim lässt die Türklinke los, betrachtet sein Hemd, übersät mit roten Spritzern.

«Schicken Sie jemanden zu mir nach Hause – nein, Sie fahren selbst, ich rufe meine Frau an, sie soll Ihnen ein frisches Hemd und einen Anzug mitgeben. Und Anna sagen Sie, es sei Rostwasser in den Leitungen, und ich sei – sie soll sich irgendwas einfallen lassen!»

Kopp nickt, geht zur Tür.

«Sie haben auch Blut im Gesicht.»

Joachim wischt sich angeekelt mit dem Ärmel über die Wange. Als Kopp fort ist, lehnt er sich an die Innenseite der Tür, blickt wieder zur Decke, von der es immer noch tropft, hastig, leise, aber fast fordernd, *tap, tap, tap, tap*

3
Kanaille

Victor schüttelt nervös eine Zigarette aus der Packung, als er Freds Gebrauchtwagengelände erreicht, stellt sich in den Schatten einer Mauer, weg vom Licht der Straßenlaternen. Nach der Sache im Lokal wird Fred alles andere als begeistert sein, Victor zu sehen, aber er muss Georg stoppen. Je länger er wartet, desto tiefer zieht Georg Victor mit rein, nur ganz ohne Hilfe geht es nicht, Victor braucht Fred, und das ist noch ein Problem. Doch Fred ist der Einzige, dem er bei so was vertraut, fünfzehn Jahre zusammen auf Einbruchstour, fünfzehn Jahre, Mann, eine Geschäftsbeziehung, klar, aber auch Familie, und wenn nur der irre Onkel mit dem exzentrischen Modegeschmack, dem man besser nicht in die Quere kommt, weil er dich sonst zerlegt wie ein Nashorn einen Jeep voller Touristen.

Diesmal kennt Georg den Mann persönlich, bei dem er einsteigen will, weiß aus erster Hand, dass der Bewohner im Urlaub ist. Direktes Umfeld, normalerweise hätte Victor sich nie darauf eingelassen. Georg wollte, dass Victor sich die Sicherung des Hauses ansieht, und seine Augen hatten wieder so ein Leuchten, das Victor zur Genüge kennt, aber etwas daran war anders, freudlos und kalt. Victor hat es mit Reden versucht, aber Reden ist vorbei, er muss Georg hochgehen lassen, auf frischer Tat, doch kontrolliert, und ohne dass Georg merkt, dass er etwas damit zu tun hat. Er weiß, die Verhaftung wird durch die Presse gehen, aber noch hat es die Geschichte kaum aus den Lokalteilen geschafft. Er muss etwas unternehmen, bevor die Nummer noch größer wird, Georg richtige Scheiße baut, die sie beide bereuen werden. Victor wird mit Sina und Kim aus der Stadt abhauen, Urlaub, einfach weg, vor allem weg von den Lokalnachrichten, und dann kann er nur hoffen, aber wenn er nichts tut, nimmt das bald Ausmaße an, bei denen der Polizei klar sein wird, dass Georg das unmöglich ohne professionelle Hilfe durchgezogen haben kann. Und dann, dann schauen sie genauer hin, selbst in Richtung irgendeines kleinen Kellners, und vielleicht hat er doch einen Fehler gemacht, und dann – fuck, er geht auf keinen Fall zurück in den Knast. Kein zweites Mal lebendig eingemauert mit diesem Haufen Irrer, wo du die ganze Zeit aufpassen musst, dich nicht mit dem falschen Arschloch anzulegen, buckeln, Stiefel lecken, trotzdem Ecke pissen, keine Sekunde Schwäche zeigen, und dabei nicht noch mehr Ärger kriegen, weil du dich wehren musst, du musst einfach. Er wollte sich das nicht eingestehen, aber er hatte dreizehn Monate Angst gehabt, sich zwar eingeredet, er sei hart wie Stahl, wie fucking Diamanten, Alter, aber einen Dreck ist er, dreizehn Monate hatte er eine Angst gehabt wie nie zuvor.

Er hat sich das Haus, in das Georg einbrechen will, genau angesehen, eine kleine Altbauvilla mit weitläufigem Grundstück. Im großen Stil ist in mechanische Sicherung investiert worden, nachgerüstete Fenster, abschließbare Griffe, Zusatzriegel an allen Terrassentüren, jedes Kellerfenster vergittert, massive Fronttür mit Mehrpunktverriegelung, Sicherheitstürschild, hochwertigem Schließzylinder. Die einzige Schwachstelle, die Victor entdeckte, war die Seitentür im Anbau für Doppelgarage und Geräteraum, die durch den Garten erreichbar ist, auch wenn ein zusätzliches Riegelschloss angebracht worden ist, Victor kriegt das hin, aber die Schlosstypen brauchen Zeit und Fingerspitzengefühl. Mit viel Glück käme Georg vielleicht auch allein rein, aber Victor will diesmal dabei sein, genau wissen, wann Georg einsteigt, damit es hoffentlich das letzte Mal sein wird.

Victor tritt seine Zigarette aus, überquert den Parkplatz. Die Gebrauchtwagen auf Freds Gelände liegen wie lauernde Tiere im grellen Schein der Flutstrahler da, das einstöckige Bürogebäude ist dunkel, nur aus der Werkstatthalle dringen Licht und Musik, ein dumpfes Dröhnen, überlagert von einem aggressiven Gitarrensolo. Als Victor an eines der Fenster tritt, erkennt er fast die ganze Truppe in dem verrauchten Raum, Rico, Vera, Schröder, Dragan, außerdem einige neue Gesichter, keines davon wirkt besonders freundlich. Er zählt um die fünfundzwanzig Leute, es gibt anscheinend was zu feiern, vermutlich eine größere Tour. Ausgerechnet heute. Das ist Selbstmord, da reinzugehen, ein falsches Wort, ein falscher Blick, und er kann seine Zähne vom Boden aufklauben. Aber er muss mit Fred sprechen. Er macht jetzt keinen Rückzieher.

Fred steht am Billardtisch, reibt mit der Kreide konzentriert über die Spitze seines Queues, dann beugt er sich weit über den Tisch, locht mit Schwung eine der Kugeln ein, und ein paar der Leute um ihn herum zollen grölend Beifall. Victor atmet tief durch, drückt die schwere Metalltür auf. Zuerst scheint ihn keiner zu bemerken, dann drehen sich plötzlich alle in seine Richtung, Ricos gerade noch joviales Lachen verstummt abrupt, und der Ausdruck auf seinem Gesicht weicht Angriffslust, Vera blickt ihn nur kalt über ihr Bier hinweg an. Fred reicht Rico seinen Queue, kommt mit bedächtigen Schritten auf Victor zu, die Absätze seiner Stiefel klacken auf dem Beton, sind selbst durch das Dröhnen der Musik zu hören. Fred tritt dicht an ihn heran, aber Victor weicht nicht zurück, auch wenn ihm der Schweiß ausbricht, dann neigt Fred den Kopf, öffnet die Lippen gerade so weit, dass ein schmaler Streifen Zähne hervorblitzt. «Dass du es wagst, hier aufzukreuzen.»

«Ich muss mit dir reden, Fred.»

Fred schnaubt, und eine feuchte Woge Bieratem strömt Victor entgegen. «Der verlorene Sohn will also reden. Und was, wenn ich nicht reden will?» Fred zieht an seiner Zigarette, bläst Victor Rauch ins Gesicht, dass er unwillkürlich die Augen schließt, sie schmerzhaft zu tränen beginnen.

«Ja, Kleiner, mir war auch zum Heulen letztes Mal, als du ein so schlechter Gastgeber warst.»

«Hör zu, deshalb bin ich nicht hier, ich –»

Fred lacht auf, dreht sich mit einem Ruck zu den anderen um und packt Victor an der Schulter, hält ihn fest wie ein Angler seinen Fang für die Kamera. «Hey, alle mal herhören! Wisst ihr, was der gute Victor mir gerade verraten hat? Er ist nicht hier, weil er letztes Mal ein so schlechter Gastgeber war, dabei dachte ich, er ist gekommen, um sich zu entschuldigen! Mein Herz ist einfach zu rein, glaubt immer an das Beste im Menschen!»

Ein paar Leute lachen, aber die meisten starren Victor feindselig an, und Freds Griff wird so fest, dass Victor sich beherrschen muss, sich nicht vor Schmerz herauszuwinden.

«Dann verrat uns, warum du hier bist! Willst du dich bei uns beschweren? Über das, was nach diesem unerfreulichen Abend passiert ist? Oder hast du es dir anders überlegt? Weil so eine Entschuldigung, weißt du, die bewirkt wahre Wunder, eine aufrichtige Entschuldigung öffnet manchmal die Herzen, habe ich nicht recht?»

Wieder geht ein Lachen durch die Runde, und endlich lässt Fred Victors Schulter los, aber nur, um im nächsten Moment gewaltsam einen Arm um ihn zu legen, sodass Victor in Freds schweißige Achsel gedrückt wird. «Also, du wolltest doch reden, Kleiner! Sag, was du zu sagen hast!»

Victor spürt, wie ihm vor Scham das Blut heiß in die Wangen schießt, während alle Blicke auf ihn gerichtet sind, dann reckt Rico das Kinn, tritt einen Schritt vor: «Komm, entschuldige dich!»

«Es tut mir leid», zwingt Victor schließlich hervor, aber so leise, dass es im Lärm der Musik untergeht. Fred neigt den Kopf in seine Richtung: «Was? Ich glaube, die anderen haben dich nicht gehört.»

«Es tut mir leid!», wiederholt Victor, und ein paar beginnen zu skandieren: «Lauter! Lauter!» Fred lächelt trocken. «Ich glaube, es haben immer noch nicht alle gehört.»

«ES TUT MIR LEID!»

«Und *was*? Dass du so ein schlechter Gastgeber warst?»

«Ja.»

«Na dann. Laut und deutlich.»

Victor atmet tief durch. «TUT MIR LEID, DASS ICH SO EIN SCHLECHTER GASTGEBER WAR!», schreit er gegen die Musik an, und die Gruppe bricht in schallendes Gelächter aus, einer wirft eine leere Plastikflasche, die wie ein stumpfes Geschoss von seiner Brust abprallt, klackernd zu Boden fällt. Victor erträgt die Blicke nicht mehr, starrt seine Schuhe an, aber Fred lässt ihn los, tätschelt ihm aufmunternd den Rücken: «So. War doch gar nicht so schwer.»

Die Scham ist überwältigend, aber Victor glaubt, es wäre überstanden, er sieht Fred an, der ihn milde betrachtet, doch im nächsten Moment packt er ihn schmerzhaft am

Nacken, reißt die Tür auf. «Und jetzt reden wir!» Fred stößt ihn hinaus auf den Parkplatz, sodass Victor beinahe der Länge nach hinstürzt, sich gerade noch am Heck eines Autos abfangen kann. Als er sich umdreht, steht Fred da, die Arme vor der Brust verschränkt: «So, nenn mir einen guten Grund, weshalb ich nicht die Scheiße aus dir rausprügeln sollte, dafür, dass du hier ungefragt aufkreuzt.»

Victor hebt beschwichtigend die Hände. «Bitte, ich brauche wirklich deine Hilfe –»

Fred schnalzt mit der Zunge, kommt langsam auf ihn zu. «Oh Mann, Victor, das ist echt kein guter Grund ...»

Hektisch zieht Victor einen Zeitungsartikel aus der Hosentasche, streckt ihn Fred entgegen. «Hier, das waren wir, die Kofferräume, der Typ hat sie nicht mehr alle –»

Fred blickt abfällig auf den zerknitterten Artikel, aber nimmt ihn schließlich. Eine tiefe Furche gräbt sich zwischen seine Brauen, als er den Bericht überfliegt, dann sieht er Victor wieder an, perplex und gleichzeitig angewidert. «Schweineblut? Zehn Einbrüche? Du hast da mitgemacht?»

«Ich habe ihm nur beigebracht, wie man einsteigt, ich wusste nicht, was er vorhat!»

«Und im Gegenzug? Lass mich raten: Geld für dein schickes Lokal?» Als Victor nickt, seufzt Fred. «Schau an, wie ehrlich du geworden bist. Wärst du mal besser bei mir geblieben.»

«Hör zu, er wird über kurz oder lang geschnappt werden, also will ich kontrollieren, wie und wann. Ich will das beenden, aber sauber.»

«Wenn du nicht mitgemacht hast, was hat er dann gegen dich in der Hand? Bei der Autoaktion waren wir vorsichtig genug. Zumindest ich.»

«Meine Frau weiß nichts davon –»

Fred zuckt die Schultern. «Wär ja nichts Neues. Aber lass mich noch mal raten, er hat gedroht, es ihr zu sagen, und dann wäre die Hölle los im Paradies. Versteh nur nicht, was das alles mit mir zu tun hat.»

«Nichts, ich weiß, Fred, es tut mir wirklich leid, okay? Ich brauche deine Hilfe, in ein paar Tagen soll ich ihm helfen, in ein Haus einzusteigen. Und dann brauche ich jemanden, der die Polizei ruft. Am besten Vera.»

Fred schüttelt ungläubig den Kopf. «Weißt du, welches Wort du mir echt zu oft benutzt, Kleiner? *Brauchen*. Fred! Ich brauche dies! Ich brauche das! Du bist eine gierige kleine Kanaille.» Fred tritt einen Schritt auf ihn zu, Victor weicht zurück, doch dann lacht Fred plötzlich, knüllt den Zeitungsartikel zusammen, wirft ihn Victor zu, der ihn erschrocken auffängt –

«Aber, ehrlich gesagt, mochte ich das auch immer an dir. Hat dir Feuer verpasst. Wir gehen jetzt rüber ins Büro, dann erzählst du noch mal schön langsam von vorn, und zwar alles. Und dann sehen wir.»

4
Fallen

Victor zieht sich die dünnen Lederhandschuhe zurecht, die Nacht ist so mild, dass seine Finger bereits schweißnass sind. Er hat von Fred einen zweiten Wagen besorgt, trifft Georg auf einem Parkplatz an der Bundesstraße, aber sie wechseln kein Wort miteinander. Victor lässt nur einmal zum Zeichen die Lichthupe aufleuchten, dann bricht er Richtung Norden auf, Georg wird ihm ein paar Minuten später folgen. Er hat die Garage komplett ausgeräumt, alle Spuren beseitigt, für heute Abend zwei neue, identische Paar Schuhe besorgt. Seines ist ihm eine Nummer zu groß, Georgs Schuhgröße, Victor hilft mit Einlagen nach, aber er wird trotzdem darauf achten, möglichst keine Spuren zu hinterlassen. Morgen früh geht der Flieger nach Portugal, zwei Wochen Sommerurlaub mit Sina und Kim, zwei Wochen weg von allem.

Als er das Haus erreicht, parkt er in einer Seitenstraße, bevor er die Route nimmt, die er ausgespäht hat, dicht an den Mauern entlang durch einen angrenzenden Nachbargarten. Geduckt läuft er bis zum Anbau der Doppelgarage, macht sich an die Arbeit. Er merkt, dass er aus der Übung ist, seine Hände zittern, und die Finger verkrampfen, als er Spanner und Haken ansetzt, er versucht, sich ganz auf das Innere des Schließzylinders zu konzentrieren, doch wieder und wieder entgleiten ihm die Sicherheitsstifte. «Sanft und geschmeidig wie ein Kätzchen mit dem Tätzchen in der Sahne», hat Fred immer gesagt, Victor schließt die Augen, zwingt sich, locker zu lassen, während er behutsam mit dem Haken das Innere des Schlosses abtastet, dann rasten mit leisem Klicken schließlich alle Stifte ein, und der Zylinder gibt weich unter der Drehung nach. Nervös massiert sich Victor die Hand, macht sich an das Riegelschloss, minutenlang kauert er vor der Tür, spürt, wie ihm der Schweiß ausbricht, dann springt endlich auch das zweite Schloss auf, und Victor stößt ein lautloses Fluchen aus. Er hat zu viel Zeit gebraucht, komm, der letzte Bruch deines Lebens, Mann, versau es nicht.

Vorsichtig betritt er die große Doppelgarage, ein schwarzer Geländewagen steht auf dem ersten Stellplatz, der zweite ist leer, weiter hinten erkennt Victor Besen, Rechen, Gartenscheren, einen fahrbaren Rasenmäher, eine Werkbank voller Blumenkübel und die Übergangstür zum Haus. Auch die ist abgesperrt, aber diesmal geht es schnell, Victor hat seinen alten Rhythmus wieder, dreißig Sekunden, dann öffnet sich das Schloss. Kurz lauscht er, aber im Haus herrscht Stille, dann bewegt er sich langsam zurück bis zur Gartenmauer, wo Georg mittlerweile auf ihn wartet, zusammengekauert im Schutz der Büsche.

«Offen», flüstert Victor, dann läuft er zu seinem Wagen. Für den Weg zurück in die Stadt fährt er einen Umweg Richtung Osten, hält sich von der Autobahn fern, nimmt die schmalen, verlassenen Landstraßen. Er hält das Telefon bereit, ein paar Straßen entfernt von der Villa wartet Vera im Auto, damit der Standort des Handys stimmt, falls jemand nachforscht, aber Georg braucht mindestens fünfundzwanzig bis dreißig Minuten im Haus, und Victor will einen kleinen Vorsprung. Er steckt sich eine Zigarette an, blickt wieder und wieder auf die Uhr, bevor er schließlich zum Telefon greift, doch als er die Nummer wählt, erhascht er eine Bewegung am Straßenrand, etwas springt ins Licht, unwillkürlich bremst Victor ab, ein hässlicher, lauter Schlag, gefolgt von einem Holpern, eine Sekunde lang lässt Victor den Wagen weiterrollen, doch dann hält er an. Wildunfall – keine Spuren hinterlassen – hör auf, das ist paranoid – aber er muss wissen, was das war, steigt aus, wirft einen Blick auf den Kühlergrill, in dem jetzt ein paar bräunliche Fellflusen hängen, die er rasch mit einem Lappen entfernt, darunter zieht sich ein schmaler Riss durchs Plastik der Stoßstange.

Als er ein Stück die Straße zurückläuft, entdeckt er einen Feldhasen mitten auf der Fahrbahn, fast größer als ein Schoßhund, eine leichte Übelkeit packt Victor, als er mit der Taschenlampe den Körper ableuchtet. Das Maul des Tieres ist weit geöffnet, lange gelbliche Schneidezähne stehen hervor, sein Bauch ist aufgeplatzt, durch den Spalt schimmert Gedärm, doch der linke Hinterlauf zuckt noch, zuckt und zuckt. Das Tier blinzelt, starrt Victor an, er sollte ihm das Genick brechen, aber er muss hier weg, muss Vera Bescheid geben, er hat keine Zeit, und er will das Tier nicht berühren, er will es einfach nicht anfassen. Einen Moment blickt er noch mit einer Mischung aus Mitleid und Ekel auf den zuckenden Hinterlauf, dann macht er kehrt, läuft zurück zum Wagen.

Ein süßlich schwerer Geruch von Blumen hängt in der Luft, als Georg die Eingangshalle betritt, es ist so still, dass er sein eigenes Atmen hören kann, das behutsame Tappen seiner Schritte über den Steinboden. Der Lichtstrahl seiner Stirnlampe gleitet über einen Beistelltisch, darauf eine mit Lilien gefüllte Vase, neben der geöffneten Doppeltür zum

Wohnraum ein Treppenaufgang in die oberen Stockwerke. Im Haus herrscht eine angenehme Kühle im Gegensatz zur stickigen Nachtluft und der Hitze, die ihm seine Anspannung durch den Körper treibt, aber etwas in seinem Inneren ist ganz ruhig, vertieft in jede Bewegung, als er die Halle durchquert, in den ersten Stock geht. Vorsichtig öffnet er eine Tür nach der anderen, schließlich wird er fündig, ein massives Doppelbett aus dunklem Holz nimmt den Raum ein, dahinter eine hohe Fensterfront, die den Blick auf das Dunkel dicht bewaldeter Hänge unter klarem Nachthimmel freigibt.

Georg schließt die Tür hinter sich, zieht Maleroverall, Schutzbrille und Überschuhe an, dann hievt er das Sprühgerät aus seinem Rucksack, setzt den Kanister mit ein paar Pumpstößen unter Druck. Ein Zischen ertönt, als er die Düse betätigt, ein roter Sprühregen schießt heraus, hinterlässt einen großen Fleck an der Wand wie eine klaffende Wunde. Georg betrachtet das feucht glänzende Scharlachrot im kalten Schein seiner Lampe, kann nicht anders, als mit einer behandschuhten Hand mitten hineinzufassen, das Blut in weitem Bogen über die Wand zu schmieren, seine Finger hinterlassen krallenartige Schlieren im Weiß, einen einzelnen blassen Abdruck über dem Bett. Dann schultert Georg den Kanister, beginnt, mit langsamem Schritt den Raum abzugehen, feine Rinnsale beginnen, die Wände hinabzulaufen, ein Sprühregen fällt auf das Bett, perlt vom Holz, färbt in Sekunden die weiße Bettwäsche rot, schließlich überziehen wilde Spritzer die Zimmerdecke, und der salzige Metallgeruch wird so stark, dass Georg ihn fast auf der Zunge schmecken kann. Einen Moment lang betrachtet er den jetzt fast gänzlich mit Blut überzogenen Raum, dann fällt sein Blick auf das angrenzende Bad – *er verstehe da etwas falsch, Wasser sei nicht wie Luft* –

Georg tritt vor den Doppelwaschtisch, schließt die Abgüsse, dreht die Hähne auf, dann verstopft er die Überläufe mit Handtüchern, zieht weitere aus dem Unterschrank, füllt die Becken damit bis zum Rand. Als das Wasser plätschernd überläuft, weicht er zurück, eine Lache breitet sich rasch über die Granitfliesen aus, bahnt sich ihren Weg schließlich ins Schlafzimmer. Georg zieht einen zweiten Kanister aus dem Rucksack, schüttet ihn über dem Boden aus, und die beiden Lachen vereinen sich zögerlich, feine rote Wirbel und Wolken bilden sich im Wasser, Georg beobachtet fast verträumt, wie die Flüssigkeiten zu blassem Rosé verschmelzen, schließlich zu leuchtendem Rot, dann reißt er sich los, geht auf den Flur hinaus, schließt die Tür, und das Rauschen des Wassers wird zu einem leisen Flüstern. Zeit zu gehen.

Mit raschen Handgriffen streift er die Schutzkleidung ab, verstaut die Ausrüstung im Rucksack, läuft zurück zur Treppe. Doch als er das Erdgeschoss erreicht, hält er inne, glaubt, ein Geräusch zu hören, ein leises Rascheln, ein Tappen über Stein. Vorsichtig wendet er den Kopf, aus dem Augenwinkel erkennt er einen Schatten, der ihn herumfahren lässt, dann geht alles sehr schnell und sehr langsam zugleich, der Lichtkegel seiner Lampe erfasst den Umriss einer großen mageren Gestalt, die Arme vors Gesicht erhoben, lange dürre Finger, die ein Brotmesser umfassen, ein gellender Schrei ertönt, so dicht vor ihm, dass er die Gestalt unweigerlich von sich stößt, ein Poltern im Dunkeln, dann ein grauenhaftes, helles Knacken, Georg kennt es zu gut, um nicht sofort zu wissen, was es ist, das Brechen von Knochen. Einen Moment lang will er einfach nur wegrennen, doch dann dringt ein Stöhnen vom Fuß der Treppe herauf, mit hämmerndem Herzen tritt er an den Absatz zum Untergeschoss, leuchtet hinab in die Dunkelheit. Zuerst nur verblichener, blauer Stoff, eine Hand, das Messer, ein einzelner, verlorener Hauspantoffel, dann erkennt er eine junge Frau im Schlafanzug, ihr Unterkörper noch halb auf den Stufen, die Beine gekrümmt, die Arme von sich gestreckt, ihr Oberkörper unnatürlich verdreht. Georg kann sich nicht rühren, erst als ein erneutes Wimmern zu ihm dringt, löst sich die Starre, er läuft die Treppe hinab, kauert sich neben die Frau auf den Boden. Ihr Blick ist glasig an die Decke gerichtet, doch als er sich zu ihr hinunterbeugt, stößt sie einen ängstlichen Laut aus, versucht, von ihm wegzurutschen, dann wird ihr Blick wieder leer. Georg entdeckt Blut in ihrem Haar, feuchte Strähnen kleben an ihrer Schläfe, die ganze Seite ihres Kopfs ist voller Blut – «Nicht bewegen, hören Sie, ich rufe einen Arzt –» Mit zittrigen Fingern zieht er sein Telefon aus der Tasche, sein Schädel fühlt sich an wie mit Watte gefüllt, die Nummer, welche Nummer – dann fällt sie ihm wieder ein, sofort meldet sich eine Stimme am anderen Ende, Georg wartet nicht ab, bis sie ausgesprochen hat: «Ich brauche einen Notarzt, eine Frau ist die Treppe hinuntergestürzt, sie ist halb ohnmächtig, blutet am Kopf –» Georg gibt die Adresse durch, der Mann am anderen Ende wiederholt sie zur Bestätigung, doch als er nach Georgs Namen fragt, legt Georg panisch auf, schaltet das Telefon ab, sieht wieder zu der Frau. «Nicht bewegen, gleich kommt der Arzt –» Ihre Lider flattern, er berührt sie an der Schulter. «Bitte, Sie müssen wach bleiben – wie ist Ihr Name?» Ihr Mund öffnet sich, doch nichts kommt heraus, er muss hier weg, aber er kann sie nicht alleinlassen, wie soll der Notarzt ohne ihn ins Haus kommen? Woher sollen die Sanitäter wissen, wo die Frau liegt? Minutenlang kauert er neben ihr, redet weiter auf sie ein, sie blinzelt ihn an, zwischendurch dringt ein leises Murmeln über ihre Lippen, Wortfetzen, die er nicht versteht, dann lässt ihn das kakofone Heulen des Martinshorns zusammenzucken. Er eilt die Stufen hinauf bis zum Eingang, durchs schmale Türglas erkennt er das Flackern des Blaulichts, das grelle Orange des Krankenwagens, der mitten auf der Straße hält. Georg drückt die Klinke der Fronttür, aber natürlich ist sie abgesperrt, mit dem Schraubenzieher versucht er, sie aufzuhebeln, doch sie bewegt sich keinen Millimeter, dann fällt sein Blick auf den Garagenzugang – das Rolltor –

Durchs Türglas erkennt Georg jetzt zwei Sanitäter, die aus dem Rettungswagen springen, dann taucht eine dritte Gestalt in dunkler Uniform auf, läuft auf die Sanitäter zu. Als sie Georg den Rücken zukehrt, leuchtet im Schein der Straßenlampen der Schriftzug auf der Jacke auf – die Polizei, verdammt, was – die Frau muss sie gerufen haben – der Polizist hält die Sanitäter auf, alle blicken zum Haus, und Georg tritt erschrocken vom Türglas zurück. Die Polizei weiß, dass er hier ist, lässt die Sanitäter deshalb nicht ins Haus –

Einen Augenblick hämmert sein Herz so stark, dass sein ganzer Körper bebt, er muss sich stellen, er hat keine Wahl. Langsam steigt er die Stufen zur Garage hinab, sucht den Knopf für den Garagenöffner, findet ihn am Pfeiler zwischen den beiden Toren. Mit leisem Summen beginnt sich das linke Rolltor zu heben, gibt quälend langsam den Blick auf ein Stück der dunklen Einfahrt frei. Georg spürt, wie ihm fast die Knie nachgeben, er muss sich stellen, muss ihnen sagen, wo – aber plötzlich wendet er sich zur Seitentür, fast wie in Trance, als hätte er die Kontrolle über seinen Körper verloren, hastet zur Tür am Ende des Raums, stürzt hinaus, quer durch den Garten zurück bis zur Mauer, klettert aufs Nachbargrundstück und rennt. Hinter sich hört er Stimmen, aber leise, weit entfernt, dann blechern durch ein Megafon ein einzelner Satzfetzen: «Kommen Sie raus, wir haben das Haus –»

Plötzlich gibt unter ihm der Boden nach, er spürt, wie sein Schuh tief in aufgewühlte Erde einsinkt, ein heißer Schmerz fährt ihm durch den Knöchel, scharfe Äste dringen durch den Stoff seiner Maske, reißen ihm die Wange auf, als er stürzt, sich gerade noch mit den Händen abfangen kann. Eine Sekunde lang will er einfach aufgeben, liegen bleiben, er riecht den säuerlichen Duft von Gras und feuchter Erde, schließt die Augen, doch dann rafft er sich auf. Jeder Schritt jagt ihm einen heißen Stich durch den Knöchel, trotzdem rennt er weiter, steht auf einmal mitten im Grell der Straßenleuchten vor seinem Wagen, tastet panisch nach dem Schlüssel. Er war in der Jackentasche, Georg ist sich sicher – mein Gott, was tust du, du musst zurück – dann umfassen seine Finger raues Plastik, die kühle, geriffelte Oberfläche des Schlüssels, er sperrt den Wagen auf, wirft sich auf den Fahrersitz. Als er den Schlüssel ins Zündschloss rammt, blenden ihn Scheinwerfer durch den Rückspiegel, Georg lässt sich flach auf den Beifahrersitz fallen, schlägt sich schmerzhaft die Handbremse in die Rippen. Er hört das Rauschen von Reifen über Asphalt, als der andere Wagen mit Tempo vorüberzieht, dann wird es wieder still. Vorsichtig richtet sich Georg auf, lässt den Motor an, das Getriebe gibt ein protestierendes Knirschen von sich, als er hektisch den Gang einlegt. Er zwingt sich, langsam zu fahren, steuert im Schneckentempo durch die schmalen Straßen des Wohngebiets, beschleunigt, als er vor sich den Eingang zu einem Waldstück erkennt, der Motor heult auf, dann schießt der Wagen hinein ins Dunkel zwischen den hoch aufragenden Nadelbäumen.

5
Die eigene Haut

Georg steht mit dem Wagen auf dem Parkplatz hinter dem Bahnhof, starrt seit einer Stunde zu seinem Hauseingang hinüber, ob nicht doch eine Polizeistreife hält. Die halbe Nacht ist er herumgefahren, wusste nicht, wohin, immer wieder hielt er an, schloss für ein paar Minuten die Augen, fuhr beim leisesten Geräusch hoch. Im Morgengrauen hat er sich schließlich auf den Rückweg in die Stadt gemacht, aber sich nicht in seine Wohnung getraut. Erst nach einer weiteren Stunde im Wagen, in der ihn mehrmals der Sekundenschlaf packt, er beinahe mit dem Gesicht aufs Lenkrad schlägt, hält er es nicht länger aus, er muss einfach schlafen, will in sein Bett, nur für ein, zwei Stunden, damit er wieder klarer denken kann. Er steigt aus dem Auto, überquert mit raschem Schritt die Straße, doch als er die Eingangstür aufsperren will, fasst ihn eine Hand an der Schulter, beinahe schreit er laut auf, fährt herum, blickt in ein feistes, grobes Gesicht. Er will den Mann von sich stoßen, doch dann erkennt er ihn – Olaf Kopp, Joachims Sicherheitschef –

«Sie machen es einem ziemlich schwer, Herr Bercking.» Kopp schenkt ihm ein müdes Lächeln. «Beantworten keine Anrufe, keine einzige Nachricht. Hätte nicht gedacht, dass ich hier Glück habe, nachdem keiner aufgemacht hat, aber ich dachte, ich warte mal. Ihr Bruder ist für ein paar Termine in der Stadt und will Sie sehen. Dauert nicht lange.» Kopp öffnet die hintere Tür der schwarzen S-Klasse, die direkt vor dem Hauseingang parkt. «Kommen Sie.»

Georg will widersprechen, aber dann tut er, was Kopp verlangt, er ist zu erschöpft, um sich zu wehren. Kopp steuert den Wagen Richtung Westen, durch den Rückspiegel trifft Georg Kopps Blick, ein kaltes Blau, das ihn aufspießt wie eine Nadel ein Insekt für den Schaukasten.

«Was haben Sie mit Ihrem Gesicht gemacht?»

Georg fährt sich über die zerkratzte Wange, spürt Schorf auf der Haut. «Wollen Sie nicht wissen.»

«Ich weiß schon zu viel. Was im Konferenzraum passiert ist. Im Kühllager. Wir haben Aufnahmen. Irgendwann ist mir ein Zeitungsartikel untergekommen. Schweineblut. Einbrüche. Die Brunnen.» Kopp zuckt die Schultern, sein wulstiger Nacken wirft noch ein paar Wulste mehr, dann sieht er Georg wieder durch den Rückspiegel an. «Da Sie die Firma mit reinziehen, ist es meine Aufgabe, das zu wissen, aber ich könnte drauf verzichten.»

Georg nimmt die Information stoisch hin. Er hat nicht an Kameras im Kühllager gedacht, aber was macht das noch. Er hat die Frau einfach liegen lassen. Wie lange hat die Polizei den Notarzt davon abgehalten, das Haus zu betreten, weil sie dachten, er sei noch dort? Wie schwer ist sie verletzt, wie viel Zeit hat sie verloren, weil er weggerannt ist?

In der schattigen Hochhausschlucht der Neuen Mainzer Straße hält Kopp mit laufendem Motor in zweiter Reihe, greift zum Telefon. «Ja, wir stehen unten.»

Ein paar Minuten später reißt Joachim die Autotür auf, steigt zu Georg auf den Rücksitz. Georg kann sehen, wie viel Anstrengung es seinen Bruder kostet, die Beherrschung zu bewahren, mit gepresster Stimme weist er Kopp an, Richtung Grüneburgpark zu fahren, schweigt den Rest der Strecke, den Blick starr geradeaus, aber seine Hand umfasst den Griff der Wagentür so fest, dass seine Fingerknöchel weiß hervortreten.

Als sie den Park erreichen, hält Kopp, steigt wortlos aus, läuft ein Stück die Straße hinunter, Joachim starrt stumm zur Frontscheibe hinaus, dann wendet er sich Georg ruckartig zu, seine Stimme ohrenbetäubend in der engen Wagenkabine. «Wie kannst du uns das antun? In Häuser einbrechen? Wie ein Geisteskranker mit Tierblut herumschmieren? Sag mir, dass du das nicht warst! Dass du nur das Blut beschafft hast! Wer hängt da noch mit drin?»

«Niemand. Nur ich.»

«Das glaube ich dir nicht, das glaube ich einfach nicht!»

Georg schließt die Augen. Er hat die Frau einfach liegen lassen, für was? Taschenspielerspuk, Theoriescheiße. Das ist es doch, Theoriescheiße, in der Praxis ist er gerannt, gerannt wie der Teufel, um seine eigene Haut zu retten.

«Ich habe etwas Furchtbares getan», sagt er so unvermittelt, dass Joachim ins Stocken gerät.

«Was soll das heißen? Soll das Einsicht sein?»

«Ich bin bei Oppermann eingebrochen und –»

«Was? Bei Henrik? Was hast du gemacht?»

Also erzählt Georg, und Joachims Miene wird von Sekunde zu Sekunde erschrockener, ungläubiger, die zornige Röte in seinem Gesicht weicht einer ängstlichen Blässe.

«Ich muss zur Polizei», sagt Georg schließlich, «jetzt –»

«Bist du verrückt? Du sprichst erst mit einem Anwalt, du gestehst gar nichts! Vielleicht haben sie nichts gegen dich in der Hand! Hat sie dein Gesicht gesehen?»

«Nein, ich hatte eine Maske auf –»

«Dann haben sie nur den Anruf beim Notarzt –»

«Ich muss wissen, was mit ihr ist.»

«Vielleicht ist es nichts! Nichts weiter!»

«Was, wenn ich sie schwer verletzt habe?»

«Dann solltest du erst recht mit einem Anwalt sprechen, bevor du etwas tust, was du nicht rückgängig machen kannst!»

«Das habe ich bereits!»

«Vermutlich ist es nichts! Herrgott, Georg, sei vernünftig, nur irgendeine Hausangestellte, die bringen wir mit der entsprechenden Summe schon zum Schweigen, wir regeln das intern, ich rede mit Henrik –»

«*Nur* irgendeine Hausangestellte?»

Aber Joachim geht nicht darauf ein, packt ihn grob am Revers. «Georg, hör mir zu, du gehst nicht zur Polizei, du redest mit einem Anwalt, hast du mich verstanden? Wir lassen ein Gutachten erstellen, Alkoholprobleme, psychische Probleme –»

Georg schüttelt Joachims Hand ab, reißt wortlos die Wagentür auf, Joachim schreit ihm etwas hinterher, dann ruft er nach Kopp, der erschrocken zu ihnen herübersieht und zurück zum Wagen läuft, aber Georg wendet sich ab und rennt.

6
Sandburg

Victor atmet den Geruch von Salzwasser ein, über ihm azurblauer Himmel, an dem die Möwen kreisen, manche schnellen herab ins funkelnde Wasser, steigen wieder auf, gleiten durch die Luft, bevor sie erneut zum Sturzflug ansetzen. Im Schatten unter dem bastgedeckten Sonnenschirm liegt Sina und döst, ein aufgeklapptes Buch neben sich, ihre Haut gebräunt und glänzend von Sonnenmilch, die Füße im weißen Sand vergraben. Kim sammelt Muscheln und jagt den Meeressaum, der schäumend an den Strand kriecht, zurückweicht, ein silbernes Gleißen unter der Mittagssonne hinterlässt. Victor greift wieder zum Handy, geht noch mal die Zeitungen durch, jeden Tag hat er die Nachrichten durchforstet, den ersten Tag nach ihrer Ankunft, nichts, dann waren die Lokalteile zwei Tage voll davon. *Mutmaßlicher Bluteinbrecher hat sich selbst gestellt* – Victor musste den Satz zweimal lesen, bis er begriff. Georg war in der Einbruchsnacht irgendwie weggekommen, irgendwas war schiefgelaufen – *nach derzeitigem Erkenntnisstand Einzeltäter, Einbruch in Kronberg, eine Person verletzt.* Erst war Victor nur reglos dagesessen, dann hatte er ängstlich nach mehr gesucht, bloß eine kurze Erwähnung gefunden, Hausangestellte, Schulterbruch, schwere Gehirnerschütterung. Mein Gott, was hatte Georg getan? War das ein Unfall gewesen? Absicht? Aber egal, das war auch Victors Schuld. Jemand war im Haus gewesen, er hatte sich wieder verschätzt, schon wieder. Er hatte einfach nicht genug kontrolliert, hätte sich niemals so blind auf Georgs Informationen verlassen dürfen, auch wenn der den Bewohner persönlich kannte, genau wusste, wann der Mann im Urlaub war. Victor hätte noch genauer sein müssen, und wenn er hier unsauber gearbeitet hatte, bei was vielleicht noch?

Am zweiten Tag mehr Details, Georg B., 43, mal nannten sie ihn Aktivist, mal Aktionskünstler, mal gelernten Schlachter, schrieben über den Betrieb der Familie, aus dem er das Blut entwendet hatte, aber ohne Firmennennung, und kein Wort zum Restaurant, zumindest noch nicht. Danach plötzlich Funkstille, mittlerweile seit zehn Tagen. Victor fragt sich ständig, ob doch eine Vorladung der Polizei in seinem Briefkasten liegt; ob eine Vorladung als Zeuge oder als Beschuldigter; ob die Polizei vielleicht im Restaurant aufkreuzt. Was, wenn Georg doch erzählt, wer ihm das Einsteigen beigebracht hat. Ob Sascha irgendwas mitkriegt, auch wenn sich sein Nachrichteninteresse hauptsächlich auf Sport beschränkt und er *Wolfgang Bercking, Restaurantinvestor und bildender Künstler*, erst mal mit *Georg B., Aktionskünstler*, zusammenbringen müsste. Die Service- und Küchenkräfte bereiten Victor weniger Sorge, sie hatten mit Georg kaum Kontakt; als Katja mal mehr wissen wollte, sagte Victor nur, Georgs Familie sei in der Lebensmittelindustrie, trotzdem machen ihn jede SMS, jede E-Mail nervös, gleichzeitig ruft er dauernd im Lokal an, tut, als wolle er nur wissen, wie das Geschäft laufe, Sascha und die Serviceleute sind schon völlig entnervt. «Katja und die Truppe machen einen Spitzenjob, auch ohne dich, beweg deinen Hintern an den Strand und hol dir deinen wohlverdienten Sonnenbrand, du Kontrollfreak.»

«Nice Sunglasses! Five Euro!» Victor zuckt zusammen, als ein Strandverkäufer neben ihm auftaucht, ihm eine

Reihe glänzender Sonnenbrillen auf einem Styroporbrett unter die Nase hält. Er kann sein verschwitztes, erschrockenes Gesicht in dem schmutzigen Spiegel aufblitzen sehen, der in der Mitte des Bretts festgeklebt ist. Ärgerlich scheucht er den Händler weg, kontrolliert, ob sein Geldbeutel noch da ist, auch wenn er sich in der nächsten Sekunde wie ein Arschloch vorkommt.

Sina öffnet die Augen, blinzelt ihn an, fragt, ob alles in Ordnung sei. Er nickt, gibt ihr einen Kuss, seine Kehle fühlt sich auf einmal staubtrocken an, er geht zum Strandkiosk, kauft sich ein Bier, auch wenn das nicht klug ist bei der Hitze, einen Orangensaft für Sina, ein Eis für Kim, das sie in wenigen Minuten verschlungen hat. Auch Victor stürzt sein Bier hinunter, bekommt postwendend Kopfschmerzen. Er legt sich zurück aufs Strandtuch, schließt die Augen, doch als er gerade fast eingeschlafen ist, rüttelt ihn Kim wieder wach.

«Papa, baust du eine Sandburg mit mir?»

Er atmet aus, fährt sich übers Gesicht. «Gleich, okay?»

«Jetzt, bitte!» Mit großen Augen blickt sie ihn an, dann fasst sie ihn an der Hand, stemmt sich lachend mit den Füßen in den Sand, versucht, ihn mit aller Kraft hochzuziehen. «Eine Burg mit Wassergräben! Bitte!»

«Na gut.» Victor erhebt sich schwerfällig, folgt ihr bis zur Wasserlinie, kniet sich neben Kim in den Sand, greift sich den Spaten und beginnt, Sand aufzutürmen.

«Machen wir sie groß, ja, Papa?»

«Klar machen wir sie groß, Kimmi, wir bauen die schönste Burg am ganzen Strand.»

7
Reden

Im Gerichtssaal hängt der Geruch von Reinigungsmitteln und alten Polstern, das kühle Morgenlicht hat etwas Grelles und zugleich Einschläferndes, Georg lässt seinen Blick über die Wandpaneele gleiten, die ausgeblichenen, grünen Vorhänge an den hohen Fenstern. Draußen kann er Baumkronen erkennen, die Blätter in leuchtenden Farben, als stünden sie in Flammen, glühendes Rot, Orange und Gelb vor einem bedeckten, weißen Himmel. Es ist ein großer Saal, aber er wirkt leer, fast verlassen. Er sieht zu Evelyn, weit entfernt im Zuschauerbereich, ihr Blick, angestrengt und ernst nach vorne gerichtet, weitere Leute sitzen in den hinteren Reihen, aber nicht viele, die meisten wohl Angehörige oder Freunde der Geschädigten. Vielleicht eine Handvoll Reporter. Nachdem Georg sich gestellt hatte, schlug es ein paar Wellen, reißerisch, chaotisch, *Schlachtersohn war der Bluteinbrecher, Blutige Heimsuchung endet in Gewalttat, Die kranke Agenda des Blutaktivisten*. Fast hätte es einen Skandal für das Unternehmen gegeben, auch wenn Joachim, Anna und ein Heer von Anwälten bisher erfolgreich den Firmennamen aus der Presse herausgehalten haben. «Das ist eine Verletzung deines Persönlichkeitsrechts, Georg», aber darum geht es ihnen natürlich nicht, in diesem einen Fall schätzt sich die Firma glücklich, mit Georg den Namen zu teilen, doch durch die Angabe einiger Eckdaten hat sich letztlich jeder denken können, welche Firma gemeint war, zumindest jeder, der sich dafür interessierte, aber elf Wochen später scheint es kaum noch jemanden zu interessieren. Joachim und Anna haben ihm bereits mit der Zwangseinziehung seiner Geschäftsanteile gedroht, aber er wird sie freiwillig abgeben. Seine Eltern sprechen mittlerweile nicht mehr mit ihm. Sein Vater, der sonst nie schreit, hatte so sehr geschrien, dass Joachim dazwischengegangen war, weil alle gefürchtet hatten, der Vater bekomme einen Herzinfarkt.

Joachims Sicherheitschef machte eine Aussage, im Schlepptau zwei Unternehmensanwälte. Bei den Aussagen der Geschädigten brach eine Frau in Tränen aus. Georg zwang sich hinzusehen. Die Hausangestellte sprach in leisem, festem Ton, als sie im Zeugenstand saß. Als Georg schließlich an der Reihe war, sah er zu ihr, entschuldigte sich, doch sie wandte nur den Blick ab. Sein Stottern war heute so stark wie seit Jahren nicht, fast bei jedem Satz blieb er hängen, bis ihn sein Verteidiger unterbrach, selbst die Richterin beendete einmal fragend einen seiner Sätze, worauf Georg nur stumm nickte.

Mit hoher krimineller Energie, betont der Staatsanwalt beim Schlussplädoyer, fahrlässige Körperverletzung, Hausfriedensbruch in elf Fällen, enorme Sachbeschädigung, Fenster, Terrassentüren, Hausrat, die Autos, die Stadtbrunnen, Beschädigung öffentlichen Eigentums, Diebstahl aus der Firma, zusätzliche Nebenklagen der Geschädigten auf Schadensersatz, Schmerzensgeld. Vollumfänglich geständig, betont sein Verteidiger, aber Georg hört nicht mehr zu, blickt wieder hinaus zu den Baumkronen. Sein letztes Wort als Angeklagter ist ein hässliches Gestammel, er kommt kaum über den ersten Satz hinaus, dann bricht er entschuldigend ab, setzt sich wieder.

Als die Richterin das Urteil verliest, fasst ihn sein Verteidiger an der Schulter, flüstert ihm etwas zu, er wirkt unzufrieden, acht Monate auf Bewährung, hohe Geldstrafe, «Revision», sagt er leise, aber Georg schüttelt den Kopf. Er will nicht mehr reden.

8
Fast

«Na, Kleiner, wie fühlt es sich an, das neue Dasein als Judas?»

Fred grinste Victor spöttisch an, dann lachte er, klopfte ihm auf die Schulter. «Bloß Spaß. Er war ja nie einer von uns. Was hat die Pfeife denn für den Schwachsinn gekriegt?»

In der Zeitung stand nicht mehr viel, Victor hat nur drei Artikel gefunden, ein verpixeltes Foto von Georg auf der Anklagebank, ein Bild von einem der verschmutzten Brunnen. Die Fakten wurden noch mal zusammengefasst, die Einbrüche, die Körperverletzung, die exorbitante Schadenssumme. Acht Monate auf Bewährung und eine hohe Geldstrafe. Seit Wochen hat er nichts von Georg gehört, nicht gewagt, ihn anzurufen.

Fast täglich hatte er die Termine der Verhandlungen beim Amtsgericht durchgeschaut; als der Termin feststand, war er mit Sina und Kim noch mal für ein verlängertes Wochenende weggefahren, hatte etwas vorgeschlagen, zu dem Sina nicht Nein sagen konnte, weil Kim zu begeistert war. Disneyland, Paris. Er, fröhlich posierend zwischen Goofy und Mickey Mouse; mit Sina Hand in Hand, während die Disney-Parade winkend und tanzend vorüberzog; mit Kim in Dutzenden Fahrgeschäften, bis ihm fast die Frühstückswaffeln wieder hochkamen, aber was hätte er tun sollen? Und es ist trotzdem ein schöner Kurzurlaub gewesen. Als Kim schlief, hatten Sina und er sich mit einem Mitternachtshappen vom Roomservice und einer guten Flasche Wein auf den Balkon ihres Hotelzimmers verzogen, Blick über den ganzen Park, das kitschige Märchenschloss hell beleuchtet gegen den Nachthimmel, Prinz und Prinzessin of fucking everything.

Victor räumt die letzten Gläser in die Spülmaschine, Sascha ist bereits gegangen, die Küche sauber und still. Am Zigarettenautomat zieht Victor sich eine frische Schachtel, sein Blick fällt auf den Spielchip im Münzfach seiner Geldbörse, den Fred ihm damals in Vegas geschenkt hatte. Er nimmt ihn heraus, streicht mit dem Daumen über die abgewetzte violett-goldene Oberfläche. Keiner von uns. Fred hat wohl recht. Trotzdem fühlt er sich irgendwie mies. Oder vielleicht gerade deshalb.

«Mach dich mal locker», hatte Fred gesagt, während er bedächtig die Geldscheine durchzählte, die Victor ihm auf den Tisch gelegt hatte, die letzte Rate für den Anruf und den Wagen, Fred hatte diesmal richtig zugelangt. «Der Typ hat einen an der Klatsche, hast du doch selber gesagt, jetzt krieg keinen Moralischen, das ist ungesund. Der Moralische hält sich für was Besseres, weil er auf die Waffen der anderen spuckt, sich die Hände auf den Rücken bindet und meint, so ein Märtyrertod wäre was Feines. Das ist nichts für eine Frohnatur wie dich.» Fred zwinkerte ihm zu, wickelte ordentlich ein Gummiband um die Scheine und warf das Bündel in seine Schreibtischschublade, dann holte er zwei Bier aus dem Kühlschrank. «So, jetzt stoßen wir drauf an, dass der Spinner dich nicht mit angeschwärzt hat, weiß man nie bei Dilettanten. Nächstes Mal arbeitest du wieder mit Profis.»

«Es gibt kein nächstes Mal, Fred.»

«Ja, ja. Das Liedchen hab ich schon mal gehört.»

Victor nimmt die frische Zigarettenpackung aus dem Automaten, geht in den Hinterhof, stellt den Kragen seiner Jacke auf gegen den eisigen Wind. Der erste Schnee, magere Flocken, die durch die karge Hofbeleuchtung wirbeln, lautlos herabfallen und schmelzen. Als Victor sich mit kalten Fingern eine Zigarette anzündet, hört er plötzlich Schritte, erkennt eine Gestalt in der dunklen Einfahrt, die langsam auf ihn zukommt, dann tritt Georg ins Licht. Er sieht erschöpft aus, schmaler, sein Mantel hängt an ihm herab wie ein Sack. Einen Moment lang weiß Victor nicht, was er sagen soll, dann geht er auf ihn zu.

«Was ist genau passiert?»

«Liest du keine Zeitung?» Georg lacht humorlos, aber er spricht sehr langsam und betont, fast mühevoll.

«Natürlich, aber –» Victor unterbricht sich, öffnet die Tür zum Lokal. «Wir sollten nicht hier draußen sprechen.»

Als sie den Gastraum betreten, läuft Georg ein paar Schritte, dann bleibt er unschlüssig mitten im Raum stehen.

«Du hast Glück gehabt», sagt er schließlich. «Sie haben in die falsche Richtung geschaut, einige alte Freunde von den Straßenaktionen in die Mangel genommen, sogar meine Galeristin und ein paar Angestellte aus dem Schlachtbetrieb befragt. Aber schließlich haben sie mir geglaubt, dass ich allein war, zumindest konnten sie nichts anderes nachweisen.»

Georg betrachtet das Ölbild neben der Bar, das Victor damals aus Georgs alter Sammlung ausgesucht hat, es fühlt sich wie eine Ewigkeit an, seit Victor es aufgehängt hat. Georgs Blick bekommt etwas Unglückliches, während er über das Bild gleitet, als suche er es ab nach irgendetwas, dann sieht er Victor wieder an, und sein Ausdruck wird sachlich.

«Weißt du, ich habe meinen Verteidiger ein wenig nachfragen lassen, als ich hörte, wer die Polizei gerufen hat. Ich dachte, es sei die Hausangestellte gewesen, aber eine Frau auf dem Heimweg, die angab, in der Nachbarschaft Pflegekraft zu sein, hat angeblich einen Mann am Haus gesehen. Für die Verhandlung konnte sie nicht ausfindig gemacht werden, mehr weiß ich nicht, für den Prozess hat es ohnehin keine Rolle gespielt.» Georg taxiert Victor schweigend, doch der hält dem Blick ruhig stand, auch wenn er spürt, wie seine Hände feucht werden.

«Und weiter?»

«Victor, hast du mich hingehängt?»

«Was soll das? Was glaubst du, wie viele Zeugen versuchen, sich aus einer Vorladung herauszuwinden, wenn es sie nicht direkt betrifft? Vielleicht arbeitet sie schwarz oder hatte einfach später keine Lust, offiziell auszusagen –»

Kurz wird Georgs Blick unsicher, dann winkt er ab. «Egal, es ist vorbei, hör auf, ich werde deiner Frau nichts sagen. Falls sie es nicht ohnehin mitbekommen hat.»

Victor wendet den Blick ab. «Wir waren nicht in der Stadt», sagt er schließlich.

«Also hast du mich hingehängt?»

Victor atmet aus. «Verdammt noch mal, du hast mir keine Wahl gelassen! Was hast du mit dem Ganzen erreicht? Alles geht weiter wie immer, keine Sau interessiert sich mehr dafür! Ich wollte verhindern, dass du mich noch tiefer mit reinziehst, dass du richtig Scheiße baust, und trotzdem ist es passiert! Was ist mit der Hausangestellten? Was hast du gemacht?»

Georg senkt den Blick. «Es war dunkel, sie hat mich im Treppenhaus überrascht. Ich habe mich erschrocken, sie gestoßen, und sie ist die Treppe hinuntergestürzt. Ich habe den Notarzt gerufen, bin bei ihr geblieben, aber als die Polizei kam, habe ich sie zurückgelassen. Ich wusste nicht, ob sie schwer verletzt war. Trotzdem bin ich gerannt.»

«Das war auch meine Schuld. Ich habe nicht genug kontrolliert.»

Georg schweigt, zieht schließlich einen Umschlag aus der Innentasche seines Mantels, hält ihn Victor hin. «Ich habe für euch einen Kaufvertrag aufsetzen lassen. Für die Übernahme des Restaurants, die Ablöse des Inventars. Ein symbolischer Preis. In drei Monaten steige ich aus, das gibt euch etwas Zeit. Ich habe auch schon alles mit dem Vermieter geklärt, der neue Mietvertrag wird auf euch laufen.»

Victor betrachtet einen Moment lang den Umschlag, dann nimmt er ihn schließlich. «Danke.»

Georg zuckt die Schultern. «So war die Abmachung.» Er reicht Victor die Hand, ein kurzer, trockener Griff. «Viel Glück», sagt er noch, dann wendet er sich ab, verlässt das Lokal.

Als die Tür ins Schloss fällt, sitzt Victor eine Weile nur da mit dem Umschlag in den Händen, öffnet ihn schließlich, überfliegt den Vertrag. *Victor Ellischer, im folgenden Käufer genannt.* Sein eigenes Restaurant. Jetzt gehört es wirklich ihm. Fast. Er sollte das feiern, aber er weiß nicht, mit wem. Fred? Doch ihm ist eigentlich alles andere als nach Feiern zumute. Er steckt den Vertrag zurück in den Umschlag, macht einen letzten Kontrollgang durch das Lokal, löscht die Lichter.

Als er nach Hause kommt, wirft er einen Blick ins Kinderzimmer, Kim schläft tief und fest, ihr neues Stofftier aus dem Vergnügungspark im Arm. Aus der Küche hört Victor leise Musik und das Klappern einer Pfanne auf dem Herd. Als er den Raum betritt, gibt Sina ihm einen Kuss zur Begrüßung. «Du hast sicher schon gegessen, aber ich habe Omelett mit Kräutern gemacht.» Sie hält ihm eine Gabel hin, Victor probiert, dann sieht er ihr dabei zu, wie sie eine Flasche Wein öffnet, zwei Gläser füllt. Vor ein paar Tagen hatte sie ihn gefragt, ob er wieder ganz bei ihr und Kim einziehen wolle. Natürlich hatte er Ja gesagt. Aber den Mietvertrag seiner Wohnung hat er noch nicht gekündigt. Er muss es ihr sagen. Er weiß noch nicht, wie. Aber er kann das hier nicht schon wieder mit einer Lüge anfangen.

«Sina?»

Sie wendet sich ihm zu, lächelt ihn an. «Was ist?»

Er legt die Arme um sie, hält sie einfach eine Weile.

9
Versuche

Ein makelloser erster Frühlingstag, Georg blinzelt gegen den zartblauen Himmel, spürt die Wärme der Sonne auf der Haut. Er sitzt schon seit heute früh auf den Stufen an der Hauptwache, beobachtet Touristen, die vor der Kirche und dem barocken Wachengebäude für Urlaubsfotos posieren, Passanten, die Richtung Einkaufsstraße laufen. Ein leises Summen dringt zu ihm herüber, eine Frau in einem schmutzigen, gelben Anorak durchsucht die Mülltonnen nach Pfandflaschen, ein paar Meter weiter steht ein Obdachloser mit Zeitungspapier an den Füßen, füttert die Tauben, bis zwei Polizisten kommen, ihm sagen, er müsse damit aufhören. Der Mann presst seine Brottüte fest vor die Brust, als wolle er sie beschützen, dann setzt er sich ein Stück entfernt von Georg auf die Stufen, wirft den Tauben verstohlen noch eine Handvoll Krumen hin. Schließlich macht auch die Pfandsammlerin Pause, zieht eine Packung Salzbrezeln aus ihrem Rucksack, Georg greift nach seinem Block, beginnt, die beiden zu zeichnen.

Caroline hat angerufen, gefragt, ob er nicht doch ein paar Bilder für sie habe, nach der ganzen Aufregung habe es Anfragen gegeben. Er hat einfach aufgelegt. Talente. Was fängst du damit an? Er spitzt seinen Bleistift nach, lauscht dem Flüstern von Grafit über Papier.

Zumindest Victor. Er hat seiner Frau schließlich alles gesagt. Es war hässlich, doch sie scheinen es trotzdem miteinander versuchen zu wollen. Das Lokal läuft. Victor versucht, was er eben kann.

Als ein Schatten über ihn fällt, sieht Georg von seinem Block auf, Evelyn steht vor ihm, zwei Tüten Pommes frites vom Stand in den Händen. «Als ich angerufen und von Mittagessen geredet habe, dachte ich eigentlich an was anderes. Etwas mit Stühlen.» Evelyn setzt sich neben ihn auf die Stufen, hält ihm eine der Tüten hin. «Du solltest auch was essen.»

Georg zuckt schweigend die Schultern.

«Komm, lass uns woandershin gehen, hier standen mal ein Galgen, ein Schandesel, ein Pranger und ein Trillerhäuschen, das war ein hölzerner Käfig, den jeder drehen durfte, bis dem darin Eingesperrten übel wurde.»

«Ich dachte, du wolltest mich aufheitern.»

«Du lachst doch.»

«Woandershin, gut, lass uns abhauen, auf eine verlassene Insel. Wir könnten den ganzen Tag nackt herumlaufen, Piña Colada aus einer ausgehöhlten Ananas trinken.»

«Du würdest einen furchtbaren Sonnenbrand kriegen. Und irgendwann langweilen wir uns zu Tode.»

«Vermutlich.»

Evelyn lehnt sich an ihn. «Aber ich würde mich lieber mit dir auf einer Insel zu Tode langweilen als mit irgendjemand anderem.»

«Ich schätze, das soll ein Kompliment sein.»

Als Evelyn seine Hand nimmt, neigt er sich zu ihr, gibt ihr einen vorsichtigen Kuss, schmeckt Salz auf ihren Lippen. Schließlich löst sie sich von ihm, deutet auf seine Fritten.

«Nun iss was.»

Georg greift sich ein paar Pommes aus der Tüte, doch lässt sie erschrocken fallen, als auf einmal ein Schrei ertönt. Gegenüber am Kaufhaus stieben die Leute auseinander, manche legen den Kopf in den Nacken, dann heben sie die Arme schützend vors Gesicht, machen kehrt und flüchten. «Da! Auf dem Dach!» Georg läuft in Richtung des Geschreis, einige deuten nach oben, er folgt ihrem Blick, erkennt einen dunklen Schleier gegen den Himmel, feine Tropfen, die herabfallen, vernimmt schließlich ein lautes, abgehacktes Zischen, sieht in die erschrockenen, rot gesprenkelten Gesichter der Leute, die an ihm vorbeihasten. Er streckt die Hand aus, dunkelrote Tropfen fallen darauf, verlaufen zu dünnen Rinnsalen, dann ertönt ein Rauschen, als ein großes Transparent an der Fassade herabrollt –

Regen.
Frankfurt a. M. Düsseldorf. Berlin. Wien.

Georg erhascht noch die Silhouetten dreier Gestalten, dann sind sie fort. Evelyn holt ihn ein, packt ihn am Arm, zieht ihn zurück. «Verdammt, was hast du jetzt schon wieder gemacht?»

«Glaub mir, ich habe gar nichts –»

«Hier bluten Leute!», schreit jemand, aber niemand ist verletzt, nur schmutzig, hysterisch, wütend, andere schießen Fotos und filmen aus sicherer Entfernung. Schließlich ertönen Sirenen, zwei Streifenwagen bahnen sich ihren Weg durch die Fußgängerzone, ein Passant stößt Georg beinahe um, als er vorbeieilt, das Gesicht vor Ekel verzerrt, er verliert eine seiner Einkaufstüten, flucht, kehrt um, hebt sie auf, eilt weiter.

«Was hast du gemacht?», wiederholt Evelyn, aber Georg schüttelt den Kopf.

«Ich habe wirklich nichts damit zu tun –»

Gemeinsam blicken sie wieder hinauf zum Dach, aber es ist niemand mehr zu sehen, nur das Transparent bewegt sich langsam im Wind.

Georg wischt sich mit dem Ärmel übers Gesicht, Evelyn fasst seine Hand, zieht ihn fort. «Los, lass uns gehen, du bist auf Bewährung, du Idiot, schon vergessen?»

Georg nickt und folgt ihr, doch dann wendet er sich noch einmal um, wirft einen letzten Blick hinauf zu den Tropfen im Blau.

Aus dem aktuellen Verlagsprogramm

Hans Pleschinski

Wiesenstein

Roman

554 Seiten. München 2018

Lilian Loke

Auster und Klinge

Roman

313 Seiten. München 2018

Matthias Göritz

Parker

Roman

299 Seiten. München 2018

Waguih Ghali

Snooker in Kairo

Roman

Aus dem Englischen von Maria Hummitzsch

255 Seiten. München 2018

Wioletta Greg

Unreife Früchte

Roman

Aus dem Polnischen von Renate Schmidgall

143 Seiten. München 2018

Matt Rees

Die Damaskus-Connection

Roman

Aus dem Englischen von Werner Löcher-Lawrence

363 Seiten. München 2018

Die Teheran-Trilogie

Amir Hassan Cheheltan

Teheran, Revolutionsstraße
Roman
Aus dem Persischen übersetzt
von Susanne Baghestani
240 Seiten. Broschiert. München 2018

Amir Hassan Cheheltan

Teheran, Apokalypse
Roman
Aus dem Persischen übersetzt von
Susanne Baghestani und Kurt Scharf
189 Seiten. Broschiert. München 2018

Amir Hassan Cheheltan

Teheran, Stadt ohne Himmel
Roman
Aus dem Persischen übersetzt und
mit einem Nachwort von Kurt Scharf
224 Seiten. Broschiert. München 2018